全国高等院校医学实验教学规划教材

机能学实验教程

主　编　周裔春　王爱梅　张　敏
副主编　何　巍　牛　力　吴周环　王光亮
编　委　（按姓氏汉语拼音为序）

陈　波	九江学院	王光亮	邢台医学高等专科学校
龚　帧	九江学院	魏国会	邢台医学高等专科学校
何　巍	九江学院	邬　珊	九江学院
黄爱君	九江学院	吴周环	九江学院
黄　诚	赣南医学院	熊建军	九江学院
李兴暖	九江学院	叶丽平	辽宁医学院
李雪芹	九江学院	于　欢	九江学院
林　玲	九江学院	张俊会	邢台医学高等专科学校
牛　力	九江学院	张　敏	九江学院
秦仲君	九江学院	赵　勇	九江学院
王爱梅	辽宁医学院	周裔春	九江学院

科学出版社

北　京

内 容 简 介

《机能学实验教程》结合各参编院校实验教学改革的实际,将机能学中生理学、病理生理学和药理学的传统实验内容进行重新优化整合,并增加了机能学常用仪器设备和实验动物以及科研基础知识、机能学综合性实验、疾病动物模型的复制、机能学开放性实验和病案讨论等内容。本书以训练学生动手动脑和自主创新能力,培养实用性和开拓性人才为目标,以精简和实用为特征,兼顾先进性,可作为医药卫生院校本科和专科相关学科的实验教材,也可供青年教师考研和从事科研工作时参考。

图书在版编目(CIP)数据

机能学实验教程 / 周裔春,王爱梅,张敏主编 .—北京:科学出版社,2011.6
全国高等院校医学实验教学规划教材
ISBN 978-7-03-031581-6

Ⅰ. 机… Ⅱ.①周… ②王… ③张… Ⅲ. 实验医学-医学院校-教材
Ⅳ. R-33

中国版本图书馆 CIP 数据核字(2011)第 113253 号

责任编辑:王佳家 / 责任校对:陈玉凤
责任印制:刘士平 / 封面设计:范璧合

科 学 出 版 社 出版
北京东黄城根北街 16 号
邮政编码:100717
http://www.sciencep.com

北京市文林印务有限公司 印刷
科学出版社发行　各地新华书店经销
*

2011 年 6 月第 一 版　　开本:787×1092　1/16
2011 年 6 月第一次印刷　　印张:12 1/2
印数:1—4 000　　　　　　字数:289 000

定价:28.00 元
(如有印装质量问题,我社负责调换)

前　言

近些年来,国内各高校对医学理论和实验教学进行了一系列的改革,也都取得了很好的成效。在这个大的环境下,我校也在不断地努力和探索,2000 年就已将生理学、病理生理学和药理学实验进行了整合,对原先分属 3 个教研室的实验室也整合为一个机能实验室。经过整合,克服了 3 个学科实验的分散重复开设、综合效益差、实验资源浪费等缺点,实现了实验设备和资源的共享,极大地提高了实验设备和资源利用的效率,也减少了实验准备人员的配置,提高了实验室和实验准备人员的工作效率。但与实验教学和实验室的整合改革不相适应的是我们没有一套与之相配套的成熟的实验指导教材可用,在机能学实验过程中,各机能学科仍然使用以前的生理学实验指导、病理生理学实验指导和药理学实验指导,实验教材建设严重滞后于实验教学改革和实验室整合的实际,这也使得实验教学改革和实验室的整合难以发挥最佳的效果。因此,我们非常渴望编写一部与我校实验教学改革和实验室整合相适应的实验指导教材。鉴于此,在科学出版社的大力帮助下,以我校机能学教学团队为主体,联合辽宁医学院、赣南医学院和邢台医学高等专科学校三所高校部分机能学相关科室具有丰富教学经验的一线老师共同设计编写了这部《机能学实验教程》。

《机能学实验教程》的编写指导思想是以培养知识全面、具有开拓精神的实用性人才为目标,紧密结合作者学校实验教学改革的实际,"量身订做",体现特色;以训练学生动手、动脑和自主创新的能力为重点,既要重视基础性实验的训练,又要加强医学科研能力的培养;自始至终贯穿实用性、综合性、探索性和先进性并适度超前的设计编写理念,既要内容丰富,又要精简、实用。《机能学实验教程》将机能学中生理学、病理生理学和药理学的传统实验内容重新进行优化整合,并增加机能学常用仪器设备和实验动物以及科研基础知识的介绍、机能学综合性实验、疾病动物模型的复制、机能学开放性实验和病案讨论等内容。通过机能学实验教学,使学生不仅能够掌握机能学实验的基本操作技术,将生理学、病理生理学和药理学的知识融会贯通,而且可以全面培养学生观察问题、解决问题的能力,实验设计与实验结果统计分析的能力,培养学生科学思维的方法与科研论文撰写的能力以及培养学生团结协作、开拓创新的精神,为提高学生的综合学习素质以及今后临床课程的学习打下坚实的基础。

《机能学实验教程》一书在编写大纲的确定和教材编写过程中虽然得到了一些专家和老教授的指导和帮助,各位编者在编写过程中也非常敬业认真,反复修改,但由于我们的学识水平和经验有限,教材中难免存在错误和不足之处,我们恳求使用本教材的老师和学生提出宝贵的意见和建议,以便再版修订时能够及时更正。在此,也向给予了我们大力指导和帮助的专家和老教授、使用这部教材并提出宝贵意见和建议的师生以及科学出版社表示衷心的感谢!

编　者

2011 年 1 月

目　录

第一章 绪 论

第一节 机能学实验的内容和要求

一、机能学实验的内容

近些年来,随着各高校医学教学改革的深入,逐渐形成了一门新的医学实验课程,这就是机能学实验。机能学实验以观察器官功能变化的动物实验为主,从正常-病理状态-药物影响3个不同的角度全面而系统地观察和探讨了机体功能变化的规律。机能学实验在教学内容上将生理学、病理生理学和药理学的传统验证性实验进行了重新梳理和有机的融合,并增加了机能学常用仪器设备、实验动物、科学研究基础知识、机能学综合性实验、疾病动物模型的复制、机能学开放性实验和病案讨论等内容。通过优化整合,机能学实验克服了传统实验教学过程中重复开设、实验资源浪费、综合效益差等缺点,实现了实验设备、耗材和人力资源等的共享,因而极大地降低了实验教学的成本,也极大地提高了实验教学的效率。通过机能学实验,不仅可以验证和巩固机能学的基本理论,将生理学、病理生理学和药理学的理论知识融会贯通,还可使学生初步掌握机能学实验的基本操作技能、基本方法,培养学生的动手能力和观察、分析、解决问题的能力,培养学生严谨的科学作风和严密的逻辑思维能力以及一些科研的基本知识,为今后的学习和工作打下坚实的基础。

二、机能学实验的要求

(一) 实验前

1. 仔细阅读实验教程,了解实验目的和要求,掌握实验步骤方法和注意事项。

2. 复习相关的理论知识并查阅有关的文献资料,充分理解实验原理。预测各项实验的结果,对预期的实验结果进行初步分析。

3. 设计记录实验原始项目和数据的表格。

(二) 实验过程中

1. 进入实验室必须穿工作服,严格遵守实验室各项规章制度。

2. 根据实验内容和班级人数分组,每组选出一名组长。实验以组为单位进行,应尽可能使每个同学都有操作机会,并使全组每个同学都能看到每一步实验过程。

3. 按照实验教程或指导老师的要求,认真规范操作,不得随意更改实验步骤和实验项目。

4. 保护实验动物和标本,维持其良好的机能状态。

5. 按照操作规程正确使用实验仪器和手术器械,爱护公物。节约实验器材和药品。注意安全,严防触电、火灾、动物咬伤和中毒等事故的发生。

6. 耐心、仔细地观察实验现象,及时、客观地记录实验结果并加上文字注释,不可单凭记忆,以免发生错误或遗漏。在实验过程中,实验条件应始终保持一致,如有变化应文字说明。

(三) 实验后

1. 规范关闭实验仪器和设备电源,清洗、擦干手术器械,清点实验用具,如有损坏或缺少立即报告指导老师,如数归还实验器材和物品。

2. 规范妥善处理实验动物和标本,值日生做好实验室清洁卫生工作,关闭水电和门窗。

3. 整理和分析实验结果,认真独立地完成实验报告,按时呈交指导老师。

(周裔春)

第二节 实验结果的分析处理和实验报告的书写

一、实验结果的分析处理

实验结束后需将所记录到的实验结果进行统计、分析和整理,使之转变为有说服力的定性或定量的数据或图表,以明确实验结果的可靠性,分析其产生的机制,得出正确的结论。

实验过程中直接得到的结果数据称为原始资料或原始数据。原始资料根据其性质可分为计量资料和计数资料两大类。计量资料是以数值大小来表示事物的变化程度,如体温、心率、血压、血糖浓度和尿量等,这类资料可用测量仪器测得。计数资料是通过清点数目所得到的实验结果,如实验动物存活或死亡的数目、阳性反应或阴性反应的例数等。在获得一定量的原始资料后,即可进行统计学处理,使实验结果具有较高的可靠性。凡可用曲线方式记录结果的实验,应尽量采用曲线方式来记录实验结果,并在曲线上标注实验项目。如果记录到的曲线太长,可以客观科学的态度将没有实验意义的曲线部分去掉,通过剪辑方式得到具有典型变化的实验曲线。有些实验结果可采用表格或绘图的方式来表示。制表时,一般将观察项目列在表内左侧,自上而下逐项填写,表内右侧依次填写各项结果变化的数据。绘图时,应在横轴和纵轴上列出数值、标明单位,一般横轴表示时间或各种刺激条件、纵轴表示所记录到的反应强度。绘制通过各点的曲线要光滑,如果不是连续性的变化,也可用柱形图表示。绘图时,在图的下方须注明实验名称和实验条件等。有些实验数据,须经相应的统计学方法处理,才能对其进行评价。

二、实验报告的书写

书写实验报告是机能学实验课程的一个重要环节,是对机能学实验的全面总结。通过书写实验报告,认真整理实验结果,并用已知的理论知识和文献资料对实验结果进行分析和总结,得出实验结论,从而培养学生应用知识、独立思考、分析和解决问题的能力。此外,通过书写实验报告,可学习和掌握科学论文书写的基本格式、图表绘制、数据处理和文献资料查阅的基本方法,提高文字表达能力,为今后撰写科研论文打下良好的基础。因此,学生应该以科学严谨的态度,在老师规定的时间内认真独立地书写实验报告,而不可抄袭他人的实验报告。实验报告书写时文字要言简意赅,书写工整、字迹清楚,正确使用标点符号。具体书写内容包括:

（一）一般项目

包括实验题目、班级、实验组、日期等。

（二）实验目的

尽可能简要说明实验的目的，如通过实验掌握某种实验方法或验证某方面的理论原理。

（三）实验原理

简要阐明与本实验相关的理论知识。

（四）实验器材和药品

列举实验过程中须用到的器材和药品，不应遗漏。

（五）实验方法和步骤

简要叙述实验方法和步骤，不应照抄实验教程。

（六）实验结果

实验结果是机能学实验最为重要的部分。应将实验过程中观察到的现象真实、详细地记录下来，每次观察都要作原始记录。书写实验报告时应根据原始记录填写实验结果，而不能单凭记忆或凭空想象。

（七）讨论和分析

讨论和分析是利用已知的理论和知识对实验现象和结果进行解释和推理分析。如果实验结果与预期结果不符，分析其可能原因。讨论和分析是培养独立思考、综合分析问题能力的重要环节。

（八）实验结论

实验结论是从实验结果中归纳总结出的一般而概括性的结论，也是该实验所要验证的原理或理论的简要总结。实验结论中不必罗列具体的实验结果，在实验中未得到充分证据的理论分析也不应写入结论。

（周裔春）

第三节　处　方

一、处方学的意义

处方是医师为患者所开的药单。药师即按药单（处方）配药和发药，因此处方是医师和药师共同对患者负责的重要的书面文件，凡由于开写处方或配制、发药的差错而造成的医疗事故，处方便是重要证据之一，借以帮助确定医师或药师应负的法律责任。为了正确书写处方，医师不仅应具有丰富的临床医学知识，而且要通晓药物的药理作用、毒性、用量、用法、配伍及制剂学的知识。

二、处方的结构和内容

一般的医疗单位都有印好的统一的处方笺，便于应用和保存，开处方时只要把应写的项目填写即可。完整的处方可分作六部分，依次排列如下：

（一）处方前项

处方前项包括医院全名、患者的姓名、性别、年龄、门诊号或住院号以及处方的日期等。

（二）处方头

凡写处方都以 Rp 或 R 起头。Rp 是拉丁文 Recipe 的缩写，是"请取"的意思，即请药师取下列药品并发给患者。

（三）处方正文

这是处方的主要部分，包括药物的名称、剂型、规格和用量。如一张处方中有几种药，则每一种药物应另起一行书写。药品数量一律用阿拉伯数字表示，药物量的小数应排列整齐，以防错误。

（四）配制法

凡是完整处方，均应写明调配方法，简单处方则省去这一项。

（五）用法

"用药方法"通常以 SIG 或 S(拉丁文 SINGA 的缩写)标记。包括每次剂量、每日次数、给药途径和给药时间，口服给药可省去给药途径，饭后服用可省去给药时间，除此之外，均应填写清楚。

（六）医师、药师签名

医师开完处方，需细看一遍，保证无误后才交给患者。急诊处方须立即取药者，一般用急诊处方笺书写或在处方笺右上角加写"急"或"STAT"字样。药师有责任检查处方，如发现错误有权退还医师改正，在确认无误后才能进行配制和发药，并在处方笺上签名。

三、处方的书写要求

1. 书写处方可采用中文、英文或拉丁文，无论采用何种文字，均要用蓝黑墨水。中文处方要正确使用简化汉字，不准用自造字或繁体字，不可有错别字。

2. 处方的前记均应认真填写。姓名、年龄和性别完全相同者不少，这时门诊号或住院号就成为惟一重要的区别。成人有青年、中年和老年之分，药物用量也有所区别，所以年龄必须填写具体，不得用"成人"代替，婴儿应写出周龄或月龄。处方日期亦甚重要，因为随着时间的推移，患者的病情也在变化发展，如果使用原来的处方就不一定还有效，甚至发生意外，所以只有当日处方才是有效的。

3. 处方药品的第一个字母均应大写，有些药名可用缩写词，但不得引起误解。毒性药品和麻醉药品均不得使用缩写，应写出全称。请求药师调配的用语可用缩写词"Sig"或"S"表示。服用方法应用中文较好，但在不致引起误解的原则下，亦可用拉丁文的缩写词替代。复杂而重要的用法说明，仍应采用中文。

4. 药物用量单位一律采用药典规定的法定单位，固体以克(g)为单位，液体以毫升(ml)为单位，在开写处方时可省略"g"和"ml"的字样，仍表示"××g"或"××ml"。但如以毫克(mg)或国际单位(U)等用量单位时，则必须注明单位，不可省略。

5. 药物的剂量数字一律用阿拉伯数字表示并应排列整齐，写在每个药物的右边，上下的小数点要对齐，小数点前要加零，整数后面也应加小数点和零，如 0.5 和 1.0。药物用量一般不应超过《中华人民共和国药典》(以下简称《药典》)规定剂量，如果达到或超过《药典》

极量时,医师应在剂量或总剂量旁边加示惊叹号,如"2.0!",并在此处签名以示负责或用阿拉伯数字加以区分。

6. 如果在同一个处方笺上开 2 个或 2 个以上处方时,可在各个处方之间用"♯"号隔开或用阿拉伯数字加以区分。

7. 麻醉药品、精神药品、毒性药品和放射性药品等应采用规定的处方笺开写。需要做过敏试验的药品,处方笺上应注明"皮试"字样,急症处方应在处方笺的左上角加盖红色"急"的字样图章或写上"Cito",药师见到急症处方应尽快配发药品。

8. 医师写完处方应仔细核对,确认无误后方可签名。药师有责任检查处方,发现错误有权退还医师修改,确认无误后方可调配发药并在处方笺上签名。

四、处 方 种 类

处方种类主要有完整处方和简化处方两大类,至于法定处方虽有特殊含义,但书写的形式与简化处方相同。

(一)完整处方

完整处方即医师根据病情需要,自己设计的比较复杂的处方,包括主药、佐药、赋形药、矫味药等,因此处方中必须有第 4 项,即配制方法和剂型要求。配制后的药量是一个总量。如:

Rp	胃蛋白酶	5.0g	(主药)
	稀盐酸	2.0ml	(佐药)
	单糖浆	2.0ml	(矫味药)
	橙皮酊	10.0ml	(矫味药)
	尼泊金醇	0.5%～1.0%	(防腐药)
	蒸馏水	加至 200.0ml	(赋形药)

配制:混合、摇匀

用法:每次 10ml,每日 3 次,饭前服

(二)简化处方

简化处方是针对完整处方而言。为了提高医疗工作效率,在不影响处方质量和正确性的基础上,将处方结构加以简化的处方称为简化处方。处方所列药物均为已经制成各种制剂的药品,在处方正文中,药物的名称、剂型、规格和所需剂量一行即可写完,配制方法可省略。如:

Rp   青霉素 G   80 万 U×6 支

      用法:每次 80 万 U,每 12 小时 1 次,肌内注射(药前皮试,阴性者应用)

Rp   阿司匹林片   0.3×6 片

      用法:每次 1 片,每日 3 次

(三)法定处方

以简化处方形式开写的国家最新颁布《药典》上的制剂称为法定处方。如果这种制剂只有 1 种规格,可以省略不写,若有 2 种以上规格的应注明规格。如:

Rp   复方氯化钠注射液   500.0/瓶×2 瓶

      用法:1000ml,静脉滴注

有些制剂虽非药典所规定,但在临床上应用已久或被药品规范等专著收载,而制药单

位也按这一规格生产,这称为标准制剂,其处方方法与法定处方相同。

(四) 协定处方

医疗单位内部或几个单位联合协商议定之处方称为协定处方。由于已预制好制剂,在写处方及发药时可节省时间,提高工作效率,故被多数医疗单位所采用,这种处方仅适用于制定该协定处方的医院内部使用。如:

Rp　　　胃蛋白酶合剂　　　　100.0/瓶×1 瓶
　　　　用法:每次 10ml,每日 3 次,饭前服

五、处方书写方法

(一) 单量处方法

单量处方法要求药物制剂独立可数,每次用量可以分装。如片剂、胶囊剂、丸剂、栓剂、注射剂及冲剂等都是可数的,均可以采用单量处方法。单量处方法通式如下:

药物名称及制剂　　　　规格×总个数
用法:每次用量、每日次数、给药时间、给药途径

规格是指每一个可数制剂的主药含量,例如硝酸甘油片每片含硝酸甘油 0.6mg,吲哚美辛胶囊每粒含吲哚美辛 25mg,抗栓丸每丸含环扁桃酯 100mg,阿托品注射液每支含阿托品 0.5mg,10%葡萄糖注射液每瓶 500ml 等。复方制剂不必写出制剂规格,只写总个数。

每次用量应根据患者年龄大小和病情需要,可以是 1 个规格的含药量或是 2 个以上规格的含药量。如:

Rp　　　硝苯地平片　　　　　10mg×20 片
　　　　用法:每次 1 片,每日 3 次
Rp　　　青霉素 G 钠粉针剂　　800000U×6 支
　　　　用法:每次 80 万 U,每 12 小时 1 次,肌内注射(注药前做皮试,阴性者应用)

(二) 总量处方法

总量处方法的制剂是不可数的,每次剂量需从药物制剂的总量中取出,如溶液剂、合剂、糖浆剂、酊剂、洗剂、软膏剂、喷雾剂及滴眼剂、滴鼻剂、滴耳剂等都是不可数的药物制剂,均应采用总量处方法。其总量处方法通式如下:

药物:名称、剂型、浓度、总需要量
用法:每次用量、每日次数、给药时间、给药途径

总需要量即一次处方所开写的剂量,这类处方的药物制剂其容器都有一定的规格,如合剂 100ml/瓶、洗剂 200ml/瓶、软膏剂 10g/袋、眼膏剂 2.5~5.0g/袋、滴眼剂 5ml/支、滴鼻剂 10ml/支。开处方时,总需要量应是 1 个或 2 个完整规格的包装。有些需要临时配置的药物制剂,则根据病情需要开写总量。如:

Rp　　　10%氯化钾溶液　　　100.0/瓶×1 瓶
　　　　用法:每次 10ml,每日 3 次,饭后服
Rp　　　炉甘石洗剂　　　　　200.0/瓶×1 瓶
　　　　用法:涂于患处,一日数次,用前摇匀
Rp　　　金霉素眼膏　　　　　0.5%~2.5%/支×1 支
　　　　用法:涂于下眼睑内,每日 3~4 次

在处方书写过程中,经常要使用各种拉丁文缩写。处方常用拉丁文缩写及其中文意思见表 1-1。

表 1-1 处方常用拉丁文缩写及其中文意思

拉丁缩写	中文意思	拉丁缩写	中文意思	拉丁缩写	中文意思
aa.	各	C. T.	皮试	pulv.	粉剂、散剂
a. c.	饭前	dim.	一半	p. r. n.	必要时
a. m.	上午	em. ; emuls.	乳剂	q. d.	每日 1 次
a. u. agit.	使用前振荡	h. s. ; h. d.	临睡觉时	q. h.	每 1 小时
ac. ; acid	酸	in d.	每日	q. n.	每天晚上
ad.	到、为、止	inj.	注射剂	q. i. d.	每日 4 次
ad. us.	应用	i. h.	皮下注射	Rp.	取
alt. die	隔日	i. m.	肌内注射	s. ; sig.	指示,标记
amp.	安瓿	i. v.	静脉注射	s. o. s.	需要时
aq.	水	liq.	溶液,液体	sir. ; syr.	糖浆
aq. dest.	蒸馏水	neb.	喷雾剂	stat. ; St.	立刻
aq. steril.	无菌水	O. D.	右眼	supp.	栓剂
b. i. d.	每日 2 次	O. L.	左眼	t. i. d.	每日 3 次
cap.	应服用	O. U.	双眼	tab.	片剂
caps.	胶囊剂	ol.	油	ug. ; ung.	软膏
cit.	快	om. bid.	每 2 日	us. ext.	外用
collut.	漱口剂	om. man.	每天早晨	us. int.	内服
collyr.	洗眼剂	p. c.	饭后	vesp.	晚上
co.	复方的	p. o.	口服		
cort.	皮	pil.	丸剂		

六、处 方 制 度

1. 医师的处方权由科主任提出,院长批准。

2. 有处方权的医师必须将本人签字留样转给药房,药师凭此签字留样方可接收处方并配发药品。

3. 无处方权的医师和其他人员不得开写处方,医师也不得为自己开写处方。

4. 药房应建立错误处方登记制度,对医师的错误处方如配伍禁忌、剂量错误、名称用法不清楚及不完整等进行登记,定期上报公布。

5. 药房工作人员不得擅自修改处方,确需修改时应经处方医师同意。但特殊药品处方在修改后医师应签名盖章,否则仍不予调配。处方内所短缺药品需要其他药品代替时,要经过处方医师更改。

6. 普通药品处方量以 3 日为限,急症处方量以 1 日为限,对于某些慢性病或特殊情况可酌情适当延长。毒性药品每次处方不得超过 2 日剂量,麻醉药品每张处方注射剂不超过

2日常用量,片剂、酊剂、糖浆剂等不超过3日常用量,连续使用不得超过7天。精神药品中第一类处方每次不超过3日常用量,第二类处方每次不超过7日常用量。

7. 处方当日内有效,超过日期不予配发药品,必要时经过处方医师更改日期并重新签字后方可配发。

8. 一般处方保存1年,精神药品和毒性药品处方保存2年,麻醉药品处方保存3年,到期造册登记由院长批准后销毁。

（吴周环）

第二章 机能学实验的常用仪器、器械和生理溶液

第一节 膜 片 钳

一、膜片钳技术发展历史

1976 年,德国马普生物物理化学研究所 Neher 和 Sakmann 首次在青蛙肌细胞上用双电极钳制膜电位的同时,记录到 ACh 激活的单通道离子电流,从而产生了膜片钳技术。1980 年,Sigworth 等在记录电极内施加 $5\sim50cmH_2O$ 的负压吸引,得到$(10\sim100)G\Omega(10^{10}\Omega)$的高阻封接,大大降低了记录时的噪声,实现了单根电极既钳制膜电位又记录单通道电流的突破。1981 年,Hamill 和 Neher 等对该技术进行了改进,引进了膜片游离技术和全细胞记录技术,从而使该技术更趋完善,具有 1pA 的电流灵敏度、$1\mu m$ 的空间分辨率和 $10\mu s$ 的时间分辨率。1983 年 10 月,《Single-Channel Recording》一书问世,奠定了膜片钳技术的里程碑。Sakmann 和 Neher 也因其杰出的工作和突出贡献,荣获 1991 年诺贝尔医学和生理学奖。

二、膜片钳技术的基本原理

膜片钳技术是在电压钳技术的基础上发展起来的。电压钳技术是利用负反馈原理将膜电位在空间和时间上固定于某一测定值,以研究动作电位产生过程中膜的离子通透性与膜电位之间的依从关系。但电压钳只能研究一个细胞上众多通道的综合活动规律,而无法反映单个通道的活动特点,同时通过细胞内微电极引导记录的离子通道电流其背景噪声太大。膜片钳技术的优势是可利用负反馈电路,将微电极尖端吸附的一至几个平方微米细胞膜的电位固定在某一水平,对通过通道的微小离子电流作动态或静态的观察。因微电极尖端与细胞膜表面进行了高阻抗封接,阻值可达到$(10\sim100)G\Omega$,近似绝缘,从而可大大减少记录时的背景噪声,使矩形的单通道信号得以分辨出来,如图 2-1 所示。

用场效应管运算放大器构成的 I-V 转换器,即膜片钳放大器的前级探头是测量回路的核心部分。场效应管运算放大器的正负输入端子为等电位,向正输入端子施加指令电位时,经过短路负端子可以使膜片保持等电位,因而达到电位钳制的目的。当膜片微电极尖端与膜片之间形成 $10G\Omega$ 以上的封接时,其间的分流电流达到最小,横跨膜片的电流(I)可百分之百作为来自膜片电极的记录电流(Ip)而被测量出来。

膜片钳使用的基本方法是,把经过加热抛光的玻璃微电极在液压推进器的操纵下,与清洁处理过的细胞膜形成高阻抗封接,把只含 $1\sim3$ 个离子通道、面积为几个平方微米的细胞膜通过负压吸引封接起来,导致在电极尖端封闭的那片细胞膜与电极外的膜在电学上和化学上隔离起来,由于电性能隔离与微电极的相对低电阻$[(1\sim5)M\Omega]$,只要对微电极施以电压就能对膜片进行钳制,从微电极引出的微小离子电流,用一个极为敏感的电流监视器即膜片钳放大器,测量此片膜内离子通道开放所产生的跨膜电流,就可代表单通道离子电

流。通过高分辨、低噪声、高保真的电流-电压转换放大器输送至电子计算机进行分析处理。

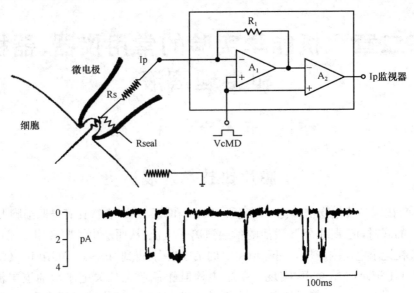

图 2-1　膜片钳技术的原理示意图

膜片钳技术的关键是建立高阻抗封接,并通过特定的设备记录这些变化。膜片钳技术实验室除了一般电生理实验所需的仪器外,还需要防震工作台、屏蔽罩、三维液压操纵器、膜片钳放大器、倒置显微镜、数据采集卡、数据记录和分析系统等。

膜片钳技术被称为研究离子通道的"金标准",是研究离子通道最重要的技术手段。传统的膜片钳技术每次只能记录一个或一对细胞,对实验人员来说是一项费时、费力的工作。传统膜片钳技术既不适合在药物开发初期和中期进行大量化合物的筛选,也不适合需要记录大量细胞的基础性实验研究。全自动膜片钳技术的出现,在很大程度上解决了这些问题,它不仅通量高,一次能记录几个甚至几十个细胞,而且从找细胞、形成封接、破膜等整个实验操作实现了自动化,因而大大提高了膜片钳技术的工作效率。

三、膜片钳技术的应用

(一) 应用学科

膜片钳技术发展至今,已成为现代细胞电生理的常规实验方法。它不仅可以作为基础生物医学研究的工具,而且直接或间接为临床医学研究服务。目前膜片钳技术已广泛应用于神经(脑)科学、心血管科学、药理学、细胞生物学、病理生理学、中医药学、植物细胞生理学、运动生理学等许多学科领域的研究。全自动膜片钳技术因其具有自动化、高通量的优点,在药物研发、药物筛选中显示了强劲的生命力。

(二) 应用的标本种类

膜片钳技术使用的标本种类繁多。从最早的肌细胞(心肌、平滑肌、骨骼肌)、神经元和内分泌细胞发展到血细胞、肝细胞、耳蜗毛细胞、胃壁细胞、上皮细胞、内皮细胞、免疫细胞、精母细胞等多种细胞;从急性分散细胞和培养细胞(包括细胞株)发展到组织片(如脑片、脊髓片)乃至整体动物;从蜗牛、青蛙、蟒蜍、爪蟾卵母细胞发展到鸡细胞、大鼠细胞、人细胞等等;从动物细胞发展到细菌、真菌以及植物细胞。此外,膜片钳技术还广泛地应用到平面双分子层、脂质体等人工标本上。

（三）研究对象

膜片钳技术的研究对象已经不局限于离子通道。从对离子通道(包括配体门控性、电压门控性、机械敏感性离子通道以及缝隙连接通道等)的研究发展到对离子泵、交换体以及可兴奋细胞的胞吞、胞吐机制的研究等。

（四）应用举例

1. 在离子通道研究中的应用　应用膜片钳技术可以直接观察和分辨单离子通道电流及其开闭时程、区分通道的离子选择性,同时可发现新的离子通道及亚型,并能在记录单通道电流和全细胞电流的基础上,进一步计算出细胞膜上的通道数和开放概率,还可用于研究某些胞内或胞外物质对离子通道开闭及通道电流的影响等。

膜片钳技术还可以用于药物在其靶受体上作用位点的分析。如神经元烟碱受体为配体门控性离子通道,膜片钳全细胞记录技术通过记录烟碱诱发电流,可直观地反映出神经元烟碱受体活动的全过程,包括受体与其激动剂和拮抗剂的亲和力,离子通道开放、关闭的动力学特征及受体的失敏等活动。使用膜片钳全细胞记录技术观察拮抗剂对烟碱受体激动剂量效曲线的影响,来确定其作用的动力学特征。然后根据分析拮抗剂对受体失敏的影响,拮抗剂的作用是否有电压依赖性、使用依赖性等特点,可从功能上区分拮抗剂在烟碱受体上的不同作用位点,即判断拮抗剂是作用在受体的激动剂识别位点、离子通道或是其他结构位点上。

2. 离子在生理与病理情况下对细胞的作用机制研究　通过对各种生理或病理情况下细胞膜某种离子通道特性的研究,了解该离子的生理意义及其在疾病过程中的作用机制。如对 Ca^{2+} 在脑缺血神经细胞损伤中作用机制的研究表明,在缺血性脑损伤过程中,Ca^{2+} 起着非常重要的作用。脑缺血缺氧使 Ca^{2+} 通道开放,过多的 Ca^{2+} 进入神经细胞引起 Ca^{2+} 超载,导致神经元及细胞膜的损伤,膜转运功能障碍,严重的可致神经元坏死。

3. 对单细胞形态与功能关系的研究　将膜片钳技术与单细胞反转录多聚酶链式反应(PCR)技术结合,在全细胞膜片钳记录下,将单细胞内容物或整个细胞(包括细胞膜)吸入电极中,将细胞内存在的各种 mRNA 全部快速反转录成 cDNA,再经常规 PCR 扩增以及对待检的特异 mRNA 的检测,借此可对形态相似而电活动不同的结果做出分子水平的解释,或为单细胞反转录多聚酶链式反应提供标本,为同一结构中形态非常相似但功能不同的事实提供分子水平的解释。

（赵　勇）

第二节　BL-420E＋生物机能实验系统

BL-420E＋生物机能实验系统是配置在微机上的 4 通道生物信号采集、放大、显示、记录与处理系统,主要由 PC 机、BL-420E＋系统硬件和生物信号采集与分析软件 3 部分构成。

BL-420E＋生物机能实验系统的基本原理是:首先将原始的生物机能信号,包括生物电信号和通过传感器引入的生物非电信号进行放大、滤波等处理,然后对处理的信号通过模数转换进行数字化并将数字化后的生物机能信号传输到计算机内部,计算机则通过专用的生物机能实验系统软件接收从生物信号放大、采集卡传入的数字信号,然后对这些收到的信号进行实时处理,一方面进行生物机能波形的显示,一方面进行生物机能信号的存贮。另外,可根据使用者的命令对数据进行指定的处理和分析,比如平滑滤波、微积分、频谱分析等。对于存贮在计算机内部的实验数据,生物机能实验系统软件可以随时将其调出进行观察、分析和打印等(图 2-2)。

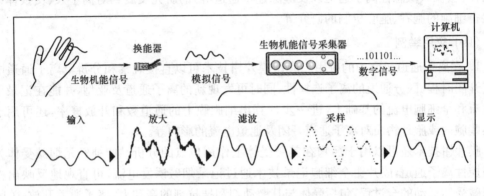

图 2-2 BL-420E＋生物机能实验系统原理图

一、BL-420E＋系统硬件

BL-420E＋系统硬件是一台程序可控的,具有 4 通道生物信号采集与放大功能,并集成程控刺激器于一体的设备。BL-420E＋系统硬件具有以下性能:①4 通道生物电信号采集与放大器;②4 通道 12 位、40KsPs 采样率的 A/D 转换器;③程控全导联心电选择;④程控电刺激器;⑤记滴和耳机监听功能。

生物信号由前面板(图 2-3)引导:CH1、CH2、CH3、CH4,5 芯生物信号输入接口;监听:2 芯监听输出接口;记滴:2 芯记滴输入接口;刺激:2 芯刺激输出接口;通道 1、2、3、4 输入接口可以直接连接引导电极,用以输入电信号,也可以连接张力或压力传感器,用来输入张力或压力信号。这 4 个通道的性能指标完全一样,它们之间可互换使用。

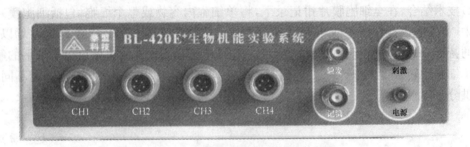

图 2-3 BL-420E＋生物机能实验系统前面板

二、生物信号采集与分析软件

生物信号显示与处理软件是利用微机的图形显示与数据处理功能,可同时显示 4 道从生物体内或离体器官中探测到的生物电信号或张力、压力等生物非电信号的波形,并可对实验数据进行存贮、分析及打印。

（一）主界面

BL-420E＋生物机能实验系统的生物信号采集与分析软件主界面如图 2-4。从上到下依次为：标题条、菜单条、工具条、波形显示窗口、数据滚动条及反演按钮区、状态条等 6 个部分；从左到右主要分为：标尺调节区、波形显示窗口和分时复用区 3 个部分。控制区从上到下分为 4 个通道、参数调节及扫描速度调节与显示区和特殊实验标记选择区；在主截面左上角有一个设置刺激参数对话框。在标尺调节区的上方是通道选择区，其下方是 Mark 标记区。分时复用区包括：控制参数调节区、显示参数调节区、通用信息显示区、专用信息显示区和刺激参数调节区 5 个分区，它们分时占用屏幕右边相同的一块显示区域，可以通过分时复用区底部的 5 个切换按钮在它们之间进行切换。BL-420E＋软件主界面上各部分的功能见表 2-1。

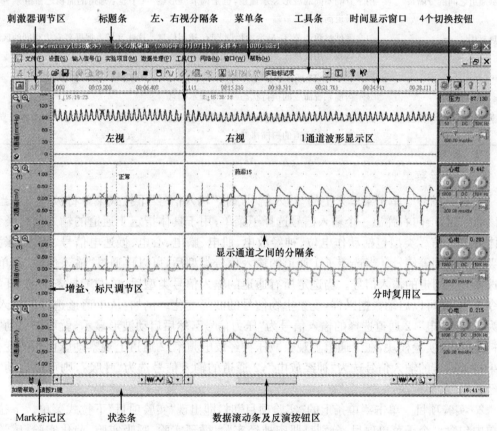

图 2-4　BL-420E＋生物信号显示与处理软件主界面

表 2-1　BL-420E＋软件主界面上各部分的功能

名称	功能	备注
刺激器调节区	调节刺激器参数及启动、停止刺激	包括 2 个按钮
标题条	显示软件名称及实验标题等相关信息	
菜单条	显示软件中所有的顶层菜单项,您可以选择其中的某一菜单项以弹出其子菜单。最底层的菜单项代表一条命令	菜单条中共有 9 个顶层菜单项

续表

名称	功能	备注
工具条	一些最常用命令的图形表示集合,它们使常用命令的使用变得方便与直观	其中包含下拉式按钮
左、右视分隔条	用于分隔和调节左、右视大小	左、右视面积之和相等
时间显示窗口	显示记录数据的时间	数据记录和反演时显示
4 个切换按钮	用于在 4 个分时复用区中进行切换	
标尺调节区	选择标尺单位及调节标尺基线位置等	
波形显示窗口	显示生物信号的原始波形或处理后的波形,每一个显示窗口对应一个实验采样通道	
显示通道之间的分隔条	用于分隔不同的波形显示通道,也是调节波形显示通道高度的调节器	4 个显示通道的面积之和相等
分时复用区	包含硬件参数调节区、显示参数调节区、通用信息区以及专用信息区 4 个分时复用区域	这些区域占据屏幕右边相同的区域
Mark 标记区	用于存放 Mark 标记和选择 Mark 标记	Mark 标记在光标测量时使用
状态条	显示当前系统命令的执行状态或一些提示信息	
数据滚动条及反演按钮区	用于实时实验和反演时快速数据查找和定位,同时调节 4 个通道的扫描速度	实时实验中显示简单刺激器调节参数(右视)

(二) 实验菜单

1. 输入信号　单击菜单条上的"输入信号"时,"输入信号"下拉式菜单将被弹出。当选择该命令后,会向右弹出一个输入信号选择子菜单,用于具体指定 1 通道的输入信号类型。具体的输入信号类型包括动作电位、神经放电、肌电、脑电、心电、慢速电信号、压力、张力、呼吸以及温度等信号。当选定了 1 通道的输入信号类型后,可以再通过"输入信号"菜单继续选择其他通道的输入信号。当选定所有通道的输入信号类型后,单击工具条上的"开始"命令按钮,就可以启动数据采样,观察生物信号的波形变化。例如,从 1 通道选择的输入信号为"神经放电",2 通道选择的输入信号为"压力信号",然后启动波形显示,就可以启动"减压神经放电"实验模块,在 1 通道上观察减压神经放电频率,2 通道上观察动脉血压的变化。如果将 1 通道的输入信号选为"神经放电",2 通道的输入信号选为"呼吸",则可以启动"膈神经放电"实验模块。

2. 实验项目　单击菜单条上的"实验项目"时,即出现"实验项目"下拉式菜单。下拉式菜单中包含 8 个子菜单项目,分别是肌肉神经实验、循环实验、呼吸实验、消化实验、感觉器官实验、中枢神经实验、泌尿实验以及其他实验。这些实验项目将按机能学实验性质分类,在每一组分类实验项目下又包含有若干个具体的实验模块。当选择某一类实验,如肌肉神经实验时,则会向右弹出一个包含该类具体实验模块的子菜单,可以根据需要从中选择一个实验模块。当选择了一个实验模块后,系统将自动设置该实验所需的各项参数,包括信号采集通道、采样率、增益、时间常数、滤波以及刺激器参数等,并且将自动启动数据采样,使实验者直接进入到实验状态。当完成实验后,根据不同的实验模块,打印出的实验报告包含有不同的实验数据。例如,当选择"肌肉神经实验"项目组中的"神经干动作电位的引导"实验模块后,系统将自动把生物信号输入通道设为 1 通道,采样率为 20 000Hz,扫描速度为 0.625ms/div,增益为 200 倍,时间常数为 0.01s,滤波为 10kHz,刺激器参数为单刺激,波宽为 0.05ms,强度为 1.0V。所有实验的开始均从"输入信号"或"实验模块"中进入。

3. 数据处理　单击菜单条上的"数据处理"时,"数据处理"下拉式菜将被弹出。数据处理菜单中包括微分、积分、频率直方图、序列密度直方图、非序列密度直方图、频谱分析、计算直线回归方程、计算 PA2、PD2、PD2′,计算药效参数 LD50、ED50、计算半衰期、两点测量、区间测量、细胞放电数测量、心肌细胞动作电位测量等 14 个命令。

4. 工具菜单　单击菜单条上的"工具"时,"工具"下拉式菜将被弹出。工具菜单的作用是集成 Windows 操作系统中的工具软件和其他 Windows 应用软件,如记事本、画图、Windows 资源管理器、计算器、Excel、Word 等。选择工具菜单上的某一命令,将直接启动选择的 Windows 应用软件。例如,要启动画图软件,然后将区域选择的图形复制到画图软件中进行拼接,那么选择工具菜单中的画图命令将直接进入到画图程序,在画图的"编辑"菜单中选择"粘贴"命令,即可将选择的图形连同数据一起复制到画图软件中。

5. 工具条　工具条上一共有 23 个工具条按钮,分别代表 23 个不同的命令。这些按钮从左到右分别代表系统复位、零速采样、打开、另存为、打印、打印预览、打开上一次实验设置、数据记录、开始、暂停、停止等命令。需注意的是,当工具条按钮以灰色效果显示时,表明该工具条按钮不可使用,此时对输入的命令没有反应;否则,将响应输入的命令。

6. 时间显示窗口　用于显示记录波形的时间,但如果未进行数据记录,时间显示窗口将不显示时间变化。这样在反演时波形的时间显示就与实际实验中的时间相一致,因而可观察波形随时间的变化。这里所指的时间是相对时间,即相对于记录开始时的时间,记录开始时的时间为 0。时间显示窗口还具有区域选择的功能,区域选择有 2 种方法:①在某个通道显示窗口中选择这个通道中的某一块区域;②在时间显示窗口中选择所有通道同一时段的一块区域。在时间显示窗口选择所有通道同一时间段区域的方法是:首先在选样区域的起始位置按下鼠标左键并按住不放,向右拖动鼠标以选择选择区域的结束位置,这时所有通道被选择区域均以反色显示,然后在确定结束位置后松开鼠标左键完成区域选择。

7. 分时复用区　主界面的最右边是一个分时复用区。在该区域内包含 4 个不同的分时复用区域:控制参数调节区、显示参数调节区、通用信息显示区和专用信息显示区。它们通过分时复用区顶部的切换按钮进行切换。

8. 控制参数调节区　控制参数调节区是 BL-420E+系统软件用来设置硬件参数以及调节扫描速度的区域,对应于每一个通道有一个控制参数调节区,用来调节该通道的控制参数。

控制参数调节区从上至下分为 3 个部分,它们分别是:信息显示区、硬件参数调节区和扫描速度调节区。信息显示区包括通道信号类型显示和简单测量信息显示 2 个部分;硬件参数调节区则包括增益调节旋钮、时间常数调节旋钮、滤波旋钮、50Hz 滤波按钮等 4 个调节器。根据放大信号是交流信号还是直流信号各分为 11 档。如果放大的信号为交流信号(即时间常数不在 DC 档位上),那么增益从小到大分别是:20、50、100、200、500、1000、2000倍。如果放大的信号为直流信号,那么增益从小到大分别是:2、5、10、20、50、100、200、500、1000、2000、5000 倍,共 11 档。时间常数分为 5 档,它们从小到大分别是 0.001s、0.01s、0.1s、5s、DC。高频滤波分为 8 档,从小到大分别是:0.3、3、30、100、300、1K、3.3K、10K,单位是 Hz。50Hz 滤波按钮用于启动 50Hz 抑制和关闭 50Hz 抑制功能。

9. 刺激器　刺激器调节区位于主界面左上角,在工具条的下方。刺激器调节区内部包含 2 个与刺激器调节有关的按钮,分别是"打开刺激器调节对话框按钮"和"启动刺激器按钮"。"打开刺激器调节对话框按钮"用于打开或关闭刺激器调节对话框,用来调节刺激的各种参数,包括延时、波间隔、延时 2、波宽、强度 1 和强度 2。"启动刺激器按钮"用于启动或停止刺激,如果选择的刺激方式是单刺激、双刺激或串刺激,那么单击该按钮一次,BL-420E＋生物机能实验系统将发出一次刺激;如果选择的刺激方式是连续刺激,那么单击一次该按钮,系统将不停地连续发出刺激,直到再次按下这个按钮才会停止刺激。当没有进行实时实验或系统处于数据反演状态时,"启动刺激器按钮"处于不可使用的灰色状态。

三、BL-420E＋生物机能实验系统使用步骤

1. 开机　将 BL-420E＋生物机能实验系统与 PC 机连接,打开 PC 机。

2. 进入 BL-420E＋生物机能实验系统　鼠标左键双击 PC 机桌面 BL-420E＋生物机能实验系统的图标,显示该系统主界面。

3. 选择实验项目　单击主界面上方菜单条的"实验项目",打开实验项目下拉式菜单,选择实验的系统,再选定具体实验题目。

4. 调节屏幕显示方式　根据实验要求选择单通道全屏显示或多通道同时显示。如要以全屏方式显示某通道信号,只需用鼠标左键双击该通道任何一地方,即完成单通道的全屏显示。如要恢复多通道同时显示,再双击全屏显示的任一地方即可。用鼠标还可随意拖动每个通道间的横分隔条以调节通道显示的大小。

5. 调节波形显示参数　根据观察信号的大小及波形特点,调节该通道信号的增益、滤波及扫描速度,以显示最佳的信号波形。它们的控制旋钮都位于该通道波形显示窗口的右侧,具体操作如下:

（1）增益:即信号波形的放大倍数。将鼠标移动到增益控制旋钮(G)上,单击鼠标左键可使信号波形幅度增大,单击鼠标右键则可使波形幅度减小。

（2）滤波:即高频滤波,作用是衰减生物信号中的高频噪声而让低频信号通过。滤波按钮位于增益控制按钮右侧,将鼠标移动到滤波控制按钮(F)上,单击鼠标左键可使滤波频率增高,单击鼠标右键则可使滤波频率降低。

（3）时间常数:即低频滤波,作用是衰减生物信号中的低频噪声而让高频信号通过。将鼠标移动到时间常数控制按钮(T)上,单击鼠标左键可使滤波频率增高,单击鼠标右键则可使滤波频率降低。

（4）扫描速度调节:将鼠标移动到信号通道扫描速度调节区,在绿色柱的右边单击鼠标一次,扫描速度增快一档;而在黄色柱的左边单击鼠标一次,扫描速度减慢一档。此时该通道扫描速度显示也将同时改变。

6. 调节刺激参数　一般情况下,刺激器的参数调节面板以最小化隐藏。当需要调节刺激参数时,单击主界面左侧刺激器调节区内的"打开刺激器调节对话框"按钮 ∏ ,这时刺激器的参数调节面板将展开在主界面的左方。可根据实验需要调节刺激参数,单击某项参数右边的 2 个上、下箭头为粗调,单击下边的 2 个左、右箭头为细调。根据实验的要求,可选择下列刺激参数:①刺激方式,有粗电压、细电压、粗电流、细电流等;②刺激形式,有单刺激、双刺激、串刺激等;③刺激强度;④刺激波宽;⑤刺激频率(或刺激间隔)。

7. 施加刺激　当实验过程中需要给标本施加刺激时,单击工具条中的"启动刺激按钮" 卪 ,给标本施加单刺激或连续刺激,需停止连续刺激时,再次单击该按钮。

8. 作刺激标记　在实验过程中常需记录刺激标记，从屏幕右下角点击"实验标记"，进入特殊实验标记选择区，选择实验项目名称点击选定后，在屏幕上合适的地方点击一次，即可打上相应的刺激标记。

9. 暂停或结束实验　当需暂停波形和实验数据的观察与记录时（如正在配制药品，为了减少无效数据占据磁盘空间，可以暂停实验），只需在工具条上单击"暂停"按钮即可。当需重新观察和记录波形和实验数据时，再次单击"暂停"按钮即可。当需要结束实验时，单击工具条上的"停止"按钮 ■，此时会弹出一个存盘对话框，提示给刚才记录的实验数据输入文件名（文件名自定）和保存地址，如不输入文件名，PC 机将以"Temp. dat"作为该实验数据的文件名，并覆盖前一次相同文件名的数据。点击"保存"以存盘，不需存盘则单击"不保存"。

10. 实验结果处理

（1）图形反演及选择：实验结果处理须先将存盘记录保存的图形重新播放（即反演）以供处理。单击菜单条上的"文件"按钮，显示"打开"对话窗口。在文件名表框中找出所需文件并单击，即可打开该文件，用鼠标拖动主界面下方的滚动条进行查找。主界面右下角设置有"波形横向展宽"按钮 MMM 和"波形横向压缩"按钮 N。反演时，可根据实验的需要，将记录波形进行展宽或压缩，以便在一幅图上获得较理想的波形曲线。

（2）图形剪辑

1）在实时实验过程或数据反演中，先单击"暂停"按钮使实验暂停，再单击"图形剪辑"按钮（右上方剪刀形按钮）使系统处于图形剪辑状态。

2）对有意义的一段波形进行区域选择，用鼠标左键选定并按住拖动选择，剪辑区域此时变成反色，松开左键即可进入剪辑页（剪辑窗口）。

3）选择剪辑区域后，图形剪辑窗口出现，上一次选择的波形将自动粘贴到图形剪辑窗口中。

4）单击图形剪辑窗口右边工具条上的"退出"按钮 □，退出图形剪辑窗口。

5）重复上述步骤，剪辑其他有意义的波形段，然后拼接成一幅整体图形，此时可以打印或存盘。

（3）输入实验组号及实验人员名单：实验完成，可在实验结果上打印实验组号及实验人员名单。输入方法为：单击菜单条上的"编辑"按钮，弹出菜单，选择"实验人员名单编辑"按钮并单击，屏幕上将显示"实验人员及实验组号"输入对话框，用键盘输入实验人员名单及组号，最后按"OK"即可。

（4）打印：在图形剪辑页中，单击"打印"按钮，即可由打印机打印出一张剪辑后的图形。

（赵　勇）

第三节　换　能　器

换能器也称为传感器，是将一种能量形式转变为另一种能量形式的器件或装置。在生物医学中使用的换能器是将机体内非电形式的生物信号（如体温、张力、血压、血流量、呼吸流量、脉搏、渗透压、血气含量等）转变成电信号，然后输入电子测量仪进行测量、记录和显示,以便对其所反映的生理或病理变化作深入的分析研究。换能器的种类很多,分类方法也很多。根据输入的生物信号种类分为:张力换能器、压力换能器、速度换能器、温度换能器和气敏换能器等;根据工作原理分为:电感式、电容式、电阻式、电势式等;根据输出信号分为:模拟式和数字式换能器;根据能量转换原理分为:有源式和无源式换能器。在机能学实验中常用的换能器有张力换能器、压力换能器和呼吸换能器等。

一、张力换能器

1. 原理及规格 张力换能器(图 2-5a)是利用某些导体或半导体材料在外力作用发生变形时,其电阻会发生改变的"应变效应",将这些材料做成薄的应变电阻片,用这种应变电阻片制成的 2 组应变元件(R1、R2 及 R3、R4)分贴于悬梁臂的两侧,作为桥式电路的 2 对电阻,2 组应变电阻片中间连接一可调电位器,并与一 3V 直流电源相接。当外力作用于悬梁臂的游离端并使其发生轻度弯曲时,应变电阻片受到压缩或拉伸,其阻值改变,导致电桥失衡,即有微弱的电流输出,经放大后可输入到记录仪(图 2-6)。测量血压、呼吸的换能器,基本的工作原理与张力换能器相似。

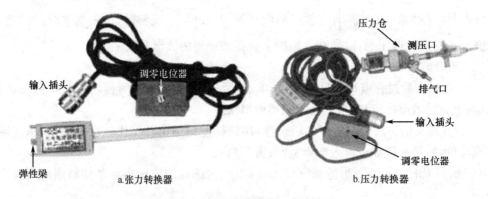

图 2-5 张力换能器和压力换能器

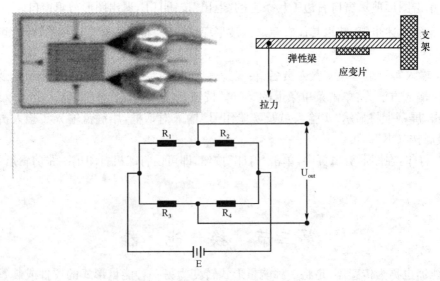

图 2-6 张力换能器的原理示意图

换能器的灵敏度和量程取决于应变元件的厚度。悬梁臂越薄越灵敏,但量程范围就越小。因此,张力换能器应根据不同的实验来选择不同的规格。例如,蛙腓肠肌实验的量程应在 100g 以上,肠平滑肌实验应在 25g,小动物心肌乳头肌实验应在 1g 以下。

2. 使用方法　先将肌肉的一端固定,在保持肌肉自然长度的情况下,将肌肉另一端的扎线穿过悬梁臂前端的小孔,并结扎固定。

3. 使用注意事项

(1) 张力换能器的应变元件非常精细,使用时要特别小心,实验时不能用猛力牵拉或用力扳弄换能器的悬梁臂,以免损坏换能器。

(2) 换能器应水平地安置在支架上。正式记录前,换能器应预热 30min,以确保精度。

(3) 使用时,防止 0.9% 氯化钠溶液等渗入换能器。

二、压力换能器

1. 原理和结构　压力换能器(图 2-5b)的功能是将机体内各种压力变化(如动、静脉血压、心室内压等)的信息转换为电信号,然后将这些电信号经过放大输入到记录装置。其原理与张力换能器相同。压力换能器的头端是一个半球形的结构,内充 0.9% 氯化钠溶液,其内面后部为薄片状的应变元件,组成桥式电路。其前端有两个侧管,一个用于排出里面的气体,另一个通过导管与测量压力的探头相连。

2. 使用方法及注意事项

(1) 压力换能器在使用时应固定在支架上,不得随意改变其位置,使用前预热 30min。待零位稳定后方可进行测量。

(2) 换能器在进行测量前,要将 2 个压力接嘴分别与三通接好,不得有泄漏现象。可用压力计先预压 2～3 次。然后再调整零位基准。

(3) 换能器结构中有调零电位器,可以单独调节零点位置,也可与记录仪配合调整。

(4) 注意将"O"形垫圈垫好,以免漏液。

三、呼吸换能器

呼吸换能器主要用于测量动物的呼吸波、呼吸流量。目前常用的呼吸换能器有胸带式和直插式 2 种,无论哪一种也都是利用费斯通电桥的基本原理来实现能量转换的。胸带式呼吸换能器是将胸带直接困在动物胸部,当胸廓随呼吸而运动时,应变电阻片受到牵拉,阻值改变,电桥失衡,换能器将该信号转换成电信号输出。直插式呼吸换能器前段有一锥状通气口,可与动物的呼吸插管相连,随着呼吸气流的冲击,应变电阻片阻值发生改变,电桥失衡,产生电流,换能器将电

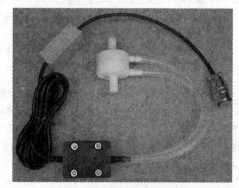

图 2-7　直插式呼吸换能器

信号输出。直插式呼吸换能器具有精度高、准确可靠、使用方便等特点(图 2-7)。

(赵　勇)

第四节　动物人工呼吸机

动物人工呼吸机主要用于生物医学实验室,可为麻醉、肌松或开胸动物提供机控呼吸。小动物呼吸机适用动物为:大白鼠、豚鼠、仓鼠、兔、猫、猴及小中型狗等常用实验动物。

(一) 使用方法

1. 准备　主机平置,接上电源,然后将两皮管分别插入潮气输出及呼气口接头。

2. 操作　首先估计实验动物所需潮气量、呼吸频率、呼吸时比,然后操作呼吸机。步骤如下:

(1) 打开电源开关。

(2) 将呼吸时比、呼吸频率调到所需位置。

(3) 将潮气量调到所需位置。

(4) 将三通一头用软胶管与动物气管插管接通,这时即开始作控制呼吸。

(5) 当动物进行机控呼吸时,应及时注意观察所选各参数对动物是否合适,在一般情况下,主要是潮气量的选择是否合适,如不适,应及时修正。

(二) 注意事项

1. 电源接通后,呼吸时比按键,一定要有一挡接通,不然机子指示灯虽亮,但机器不会工作。

2. 潮气量多数与呼吸频率及呼吸时比的参数之间有一定的关系,如果在实验中需要将呼吸频率和呼吸对比进行再一次调整的话,那么应将潮气量输出值重新修正到所需值。

(赵　勇)

第五节　血气分析仪

血气分析仪是定量测定血液样本(主要是动脉血)中的 pH、CO_2 分压(PCO_2)和 O_2 分压(PO_2),并通过计算获得其他血气指标的精密实验仪器,目前已广泛应用于临床医学检验、机能学实验和科学研究。血气分析仪对于评价肺的气体交换功能、评价体内是否存在代谢性或呼吸性酸中毒或碱中毒及其程度、指导临床用药和正确使用呼吸机有十分重要的意义。

一、血气分析仪的工作原理

血气分析仪是采用高灵敏度的离子选择电极,包括 pH 电极、O_2 电极和 CO_2 电极来测定血液中 PO_2、PCO_2 和 pH,并可根据所测得实际体温和血红蛋白浓度推算出(或通过电子计算机计算出)其他参数:实际碳酸氢盐(AB)、标准碳酸氢盐(SB)、血浆总 CO_2(TCO_2)、实际碱剩余(ABE)、标准碱剩余(SBE)、缓冲碱(BB)、血氧饱和度(SAT)、血氧含量(O_2CT)等。

二、血气分析仪的操作

(一) 定标

血气分析仪必须定标后才能正式测量血液各参数。pH 系统使用 pH 为 7.383 和

6.840 左右的 2 种标准缓冲液进行定标。O_2 和 CO_2 系统用 2 种混合气体来进行定标。第 1 种混合气中 CO_2 的浓度为 5%，O_2 浓度为 20%；第 2 种 CO_2 浓度为 10%，但不含 O_2。也有的是将上述 2 种气体混合到 2 种 pH 缓冲液内，然后对 3 种电极一起进行定标。无论何种型号的血气分析仪，均需要在总定标即对每种电极进行 2 点定标建立工作曲线之后，才能进行测量工作。在工作过程中，仪器还能自动对电极进行一点定标，随时检查电极偏离工作曲线的情况，一旦发现问题，仪器便停止测量工作，要求重新定标。

（二）样品采集

可以根据临床情况用针筒采取动脉或静脉血，或用毛细管采集外周毛细血管血。采取血样时，先用 2ml 清洁注射器连注射针取肝素溶液少许，湿润注射器内壁后，将针头朝上排尽气体及多余肝素溶液，使注射器无效腔和针头内部充满肝素溶液，然后抽取血样，注意血样内决不能混入气泡。拔出针头后立即插入橡皮塞内隔绝空气，尽快送检。

（三）检测

根据仪器显示要求，选择合适的测定方法，注入标本，仪器自动测定血液样本是被管路系统抽吸进样品窗内的测量毛细管中测量的。毛细管管壁上开有 4 个孔，pH、pH 参比、PO_2 和 $PCO_2$4 支电极感测头紧紧将这 4 个孔堵严，其中，pH 和 pH 参比电极共同组成对 pH 值的测量系统，被测量的血液吸入测量毛细管后，管路系统停止抽吸。这样，血液中 pH、PCO_2 和 PO_2 同时被 4 支电极所感测，电极将它们转换成各自的电信号，这些电信号经过放大模数转换后被送至计算机统计，计算机处理后将测量值和计算值显示出来并打印出测量结果。

（赵　勇）

第六节　常用手术器械

机能学实验中常用的手术器械有：手术剪、眼科剪、火头手术镊、眼科镊、止血钳、持针器、动脉夹、玻璃分针、气管插管、三通开关、蛙心夹、金属探针等（图 2-8）。这里就常用手术器械的用途及用法作一简要介绍。

1. **手术剪**　又称为组织剪，有直头、弯头、尖头和圆头之分（图 2-8a、b）。用于剪切或分离皮肤、皮下组织和肌肉等。握持方法为拇指和无名指各套入一环中，示指略伸直抵住剪柄，其余手指协助操作（图 2-9）。

2. **眼科剪**　专用于剪精细组织，如剪动脉等血管插管的切口，切勿用于剪皮肤、肌肉、筋膜等较硬的组织（图 2-8c）。

3. **止血钳**　有直头止血钳（图 2-8d）和弯头止血钳（图 2-8e）之分。用于协助手术剪、手术刀作皮肤或其他组织的切开，钝性分离结缔组织、肌肉、筋膜等，并用于钳夹出血点以便止血。止血钳的握持方法与手术剪基本相同。

4. **持针器**　其形状与止血钳很相似，只是头部较短、略粗，因此钳力较大，用以钳夹手术缝合弯针（图 2-8f）。

5. **手术镊**　亦有尖头和圆头之分（图 2-8g）。手术镊主要用于术中的协助性操作，如用以钝性分离血管、神经等，或用以穿线协助结扎血管等一些仅用手难以操作的精细动作。其握持方法如图 2-10。

6. 眼科镊 分直头(图2-8h)和弯头(图2-8i)眼科镊。其用途与手术镊基本相同,只是所操作的对象为精细组织,因其钳力较小。

7. 动脉夹 分几种型号(图2-8j、k),用以夹闭血管以阻断血流,根据具体情况选用不同型号。动脉夹也常用于钳夹静脉注射针(常用大号),以使注射针固定在血管中不致滑脱。

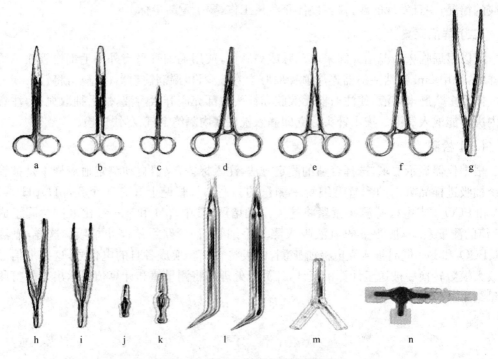

图 2-8 常用手术器械及相关器材

a. 尖头手术或组织剪;b. 圆头手术或组织剪;c. 眼科剪;d. 直头止血钳;e. 弯头止血钳;f. 持针器;g. 手术镊;
h. 眼科镊(直);i. 眼科镊(弯);j. 小动脉夹;k. 大动脉夹;l. 玻璃分针;m. 气管插管;n. 三通开关

8. 玻璃分针 与止血钳、手术镊等协同操作,用于组织的钝性分离和其他相关操作(图2-8l)。

9. 气管插管 为家兔手术的常用器材,在全身麻醉的情况下用其为动物作气管插管,以保证呼吸畅通(图2-8m)。

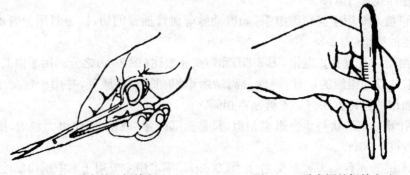

图 2-9 手术剪的握持方法　　　　图 2-10 手术镊的握持方法

10. 三通开关(图 2-8n)　可根据实验需要改变液体的流动方向。调节开关旋柄,旋柄上的箭头表示液体流通方向,其箭头指向哪个出口即表明哪个出口是通的(图 2-11)。

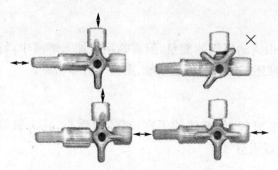

图 2-11　三通开关内液体的流动方向

注:图中箭头表示液体流动方向,打"×"者为不通

(赵　勇)

第七节　常用生理溶液的配制

机能学实验中常用的生理溶液有多种,其成分、配制方法和应用各异。

一、配制生理溶液的基本条件

(一) 渗透压

配制人工生理溶液要求等渗。不同动物的等渗浓度要求不同,如氯化钠溶液,冷血动物所用的是 0.60%~0.75%;温血动物所用的是 0.80%~0.90%。有些溶液不仅要求等渗而且要求等张。

(二) 离子

生理溶液中一般要求含有一定比例的不同电解质的离子,如 Na^+、Ca^{2+}、K^+、Mg^{2+}、OH^- 等,这些离子是维持组织和器官功能所必需的。组织器官不同,对生理溶液中离子的成分和浓度的要求也不同。配制时添加氯化钙要用无水氯化钙。配制时如有碳酸氢钠或有磷酸二氢钠则必须充分稀释后才可以加入已经溶好的氯化钙中,边加边搅拌,以免产生浑浊和沉淀。含有碳酸氢钠的溶液,储存的日期都不能过长。

(三) pH

人工生理溶液的 pH 一般要求为 7.0~7.8。制备离体器官人工生理溶液时要注意:
①用新鲜的蒸馏水,最好用重蒸馏水。蒸馏水储藏期过久,pH 会有改变。储藏期过久的蒸馏水,使用前需煮沸 1 次,以驱除 CO_2。②哺乳动物心脏的冠状动脉,酸性生理溶液可使之扩张,而碱性液使之收缩。③酸性生理溶液可使平滑肌松弛,碱性时则能加速其节律,缩小其振幅。如猫和兔离体的小肠,pH6.0~6.2 时,可停止收缩;如逐步增加其碱性,则出现兴奋,pH 超过 8.0 时,则可出现痉挛性收缩状态。又如离体豚鼠的子宫,垂体后叶制剂可使之收缩,如果增加重碳酸盐则兴奋减低。④横纹肌对 pH 的变化不及平滑肌敏感,但是酸过

多能使张力增加。因此,为了调节和稳定生理溶液 pH,常在生理溶液中加入缓冲液,常用缓冲对有 K_2HPO_2/KH_2PO_2,$Na_2CO_3/NaHCO_3$ 等。

(四)能量

葡萄糖能提供组织活动所需的能量,但需临用时加入溶液中,特别是气温较高时尤应注意。各种细胞培养液还需加入多种氨基酸、血清等营养物质。

(五)氧气

有的离体器官需要氧气,如离体的子宫、离体的兔心、乳头肌等,一般用 $95\%O_2$、$5\%CO_2$,在肠管实验时可以用空气。

二、常用生理溶液的配制

常用生理溶液的成分及配置方法见表 2-2。

表 2-2　常用生理溶液的成分和配制

药品名称	任氏溶液用于两栖类(g)	乐氏溶液用于哺乳类(g)	台氏溶液用于哺乳类(小肠)(g)	0.9%氯化钠溶液	
				两栖类(g)	哺乳类(g)
氯化钠	6.5	9.0	8.0	6.5	9.0
氯化钾	0.12	0.22	0.2	—	—
氯化钙	0.12	0.22	0.2	—	—
碳酸氢钠	0.20	0.1～0.3	1.0	—	—
磷酸二氢钠	0.01	—	0.05	—	—
氯化镁	—	—	0.1	—	—
葡萄糖	2.0(可不加)	1.0～2.5	1.0	—	—
蒸馏水	加至 1000ml	加至 1000ml	加至 1000ml	加至 1000ml	加至 1000ml

三、常用抗凝剂

(一)枸橼酸钠

常用浓度为 3.8%,一般按 1∶9 比例使用(即 1 份溶液∶9 份血液)。其抗凝作用较弱,碱性较强,不宜作化学检验用,可用于红细胞沉降速度测定和动物急性血压实验。不同的动物血液对枸橼酸钠浓度的要求不同,常用浓度如下:犬,枸橼酸钠 5%～6%;猫,枸橼酸钠 2%＋硫酸钠 25%;兔,枸橼酸钠 5%。

(二)草酸钾

吸取 0.2ml 10% 草酸钾溶液于一试管内,转动试管,使其浸润管壁,然后放入 80℃烘箱中烤干,备用。

(三)肝素

药厂生产的肝素钠注射液每支(2ml)含肝素 12 500U,相当于 125mg(即 1mg 相当于 100U)。

1. 体外抗凝　取 1‰ 肝素钠溶液 0.1ml，均匀的浸润试管管壁，放入 80℃ 左右的烘箱中烤干备用。每管可使 10ml 血液不凝。

2. 体内抗凝　静脉注射剂量为 500～1000U。

(四) 草酸钾-草酸铵混合剂

草酸钾 0.8g，草酸铵 1.2g，加蒸馏水至 100ml。取 0.5ml 于试管内，烘干备用。每管可使 5ml 血液不凝。只适于血细胞比容测定，不能用于血液非蛋白氮测定。

(赵　勇)

第三章 实验动物的基本知识

第一节 常用实验动物

实验动物是指经过人工饲养、繁殖，对其携带的微生物、寄生虫实行控制，遗传背景明确或来源清楚的用于教学、科研、生产、鉴定及其他科学实验的动物。实验动物具有较好的遗传均一性、对刺激的敏感性、反应的一致性和较好的可重复性。一般动物虽然也可被用于实验，但由于其遗传背景不清楚，健康状况有差异，机体的反应性不一致，受试动物的敏感性不同，造成实验结果的可重复性差，因而不能取得稳定可靠的实验结果，也不被国际学术界认可。

一、常用实验动物的种类和应用

(一) 蟾蜍和青蛙

蟾蜍和青蛙均属两栖纲，无尾目，是机能学实验教学中最常用的动物之一。蛙类离体心脏能较长时间地保持搏动，常用于心脏生理、病理生理和药理学实验；蛙坐骨神经-腓肠肌标本可用来观察各种刺激或药物对周围神经、肌肉或神经-肌肉接头的作用；蛙舌和肠系膜则是观察炎症反应和微循环变化的良好标本；整体蛙还常用于脊髓反射和反射弧的分析等实验。

(二) 小鼠

小鼠属哺乳纲，齧齿目，鼠科类动物，是医学研究中最常用的动物之一。小鼠人工饲养方便、繁殖周期短、繁殖量大、价廉，同时小鼠又温顺易捉，操作方便，特别适合于需要大量动物的实验研究，如药物筛选、半数致死量或半数有效量的测定、抗感染、抗肿瘤药物及避孕药物的实验研究等。

(三) 大鼠

大鼠属哺乳纲，啮齿目，鼠科类动物。大鼠性情较凶猛，雄性大鼠常相互撕咬，受惊时表现凶恶，易咬人。与小鼠一样，大鼠也是医学实验中最常用的实验动物之一，一些不便用小鼠进行的实验可改用大鼠。大鼠广泛用于高级神经活动、应激反应和内分泌实验，还用于胃酸分泌、胃排空、水肿、炎症、休克、心功能不全、黄疸、肾功能不全以及能量代谢等实验；大鼠的血压与人相近且较稳定，故也常用于抗高血压药物的研究；此外，大鼠还用于药物的亚急性、慢性毒性实验等。

(四) 豚鼠

豚鼠又称为荷兰猪、天竺鼠、海猪，属哺乳纲，啮齿目，豚鼠科类动物。豚鼠性情温顺，胆小易惊，不轻易伤人。豚鼠耳蜗发达，听觉灵敏，常用于听力实验、耳蜗微音器电位与蜗神经综合电位的记录、内耳迷路破坏实验等；豚鼠对组胺敏感，常用于过敏实验和平喘药、抗组胺药的筛选；豚鼠对结核杆菌敏感，也用于抗结核药的研究；此外，豚鼠还常用于心肌电生理以及钾代谢障碍、酸碱平衡紊乱等的研究。

(五) 家兔

家兔属哺乳纲,兔形目,兔科类动物。家兔品种很多,常用的有青紫兰兔、中国本地兔、新西兰白兔和大耳白兔等。家兔性情温顺易饲养,易于静脉注射给药、灌胃和采血,又可直接记录心电、血压、呼吸和脑电波等,故是机能学实验教学中最为常用的实验动物之一。家兔常用于血压、呼吸、消化和泌尿等多种实验,也用于钾代谢障碍、酸碱平衡紊乱、水肿、炎症、缺氧、发热、弥散性血管内凝血、心功能不全、休克以及有机磷农药中毒和解救等实验。家兔体温较稳定,对致热原较敏感,也可用于研究药物的解热作用、致热源检查等。

(六) 猫

猫属哺乳纲,食肉目,猫科类动物。猫对手术的耐受性较强,血压较稳定,适宜于药物对血压影响的实验研究,猫还可用于镇咳药、中枢神经系统药物的研究,但猫的价格较昂贵。

(七) 犬

犬属哺乳纲,食肉目,犬科类动物。犬嗅觉灵敏,对环境适应性强,与人类较接近。犬易于驯养,经过训练能很好地配合实验,可用于慢性实验研究,如条件反射、高血压的治疗研究、胃肠蠕动和分泌实验、慢性毒性实验和中枢神经系统的实验等。此外,犬还常用于外科手术的教学。由于犬的价格昂贵,在机能学实验中并不常用。

常用实验动物的正常生理、生化指标见表 3-1。

表 3-1 常用实验动物的正常生理、生化指标

生理、生化项目	小鼠	大鼠	豚鼠	家兔	犬
寿命(年)	2～3	2～3	6～7	7～8	10～20
性成熟期(月)	1.2～1.7	2～8	4～6	5～6	10～12
妊娠期(天)	18～22	18～22	60～72	30～32	63
成年体重(kg)	0.02～0.045	0.18～0.25	0.5～0.9	1.5～3.0	6～15
直肠体温(℃)	36.5～38	37.5～39.5	37.3～39.5	37.7～38.8	37.3～38.8
心率(次/min)	520～780	200～360	140～300	120～130	90～130
呼吸(次/min)	84～230	66～150	80～130	55～90	20～30
血压(mmHg)	81～113	90～130	70～80	80～130	108～160
Hb(g/L)	100～190	120～180	110～165	80～130	110～180
RBC($\times10^{12}$/L)	7.7～12.5	7.2～9.6	4.5～7.0	4.0～6.4	4.5～8.0
WBC($\times10^{9}$/L)	7.0～15.0	5.0～25.0	7.0～12.0	5.5～12.0	6.0～15.0
血小板($\times10^{9}$/L)	200～1520	400～1380	430～1000	120～250	120～300
血液 pH	7.31～7.43	7.30～7.44	7.35～7.45	7.31～7.42	7.35～7.45
PaO_2(mmHg)	80～100	80～100	80～100	80～100	80～100
$PaCO_2$(mmHg)	35～45	35～45	35～45	35～45	35～45
血量(ml/kg)	75			70	85
血糖(mmol/L)	5.1～7.0	5.1～6.9	5.3～8.4	6.2～8.7	4.3～6.1
总蛋白(g/L)	52～57	70～80	50～56	60～83	63～81

续表

生理、生化项目	小鼠	大鼠	豚鼠	家兔	犬
清蛋白(g/L)	16～27	26～35	28～39	41～50	34～45
血清钾(mmol/L)	7.7～8.0	3.8～5.4	6.5～8.5	2.7～5.1	3.7～5.0
血清钠(mmol/L)	143～156	126～155	120～146	155～165	129～149
血清氯(mmol/L)	95～112	94～112	94～110	92～112	104～117
尿量(ml/24h)	1～3	10～15	15～75	80～200	165～400
尿比重	1.038～1.078	1.040～1.076	1.033～1.036	1.010～1.015	1.015～1.050

二、实验动物的品系

动物的品系是依据动物的遗传背景特征而划分的。根据不同实验的要求,选用不同品系的实验动物。许多实验对动物的品系有较高的要求,希望实验结果不受遗传差异的影响,如肿瘤移植实验,希望被移植的肿瘤不受宿主的排斥,故常选用近交系动物进行实验。

(一) 近交系

近交系也称为纯系,是指经 20 代以上全同胞兄弟姐妹之间或亲代与子代之间的交配而培育出来的遗传基因纯化的动物品系。因全同胞兄弟姐妹交配较为方便而多被采用。如以杂种个体作为基代开始近交方式繁殖,至少需连续繁殖 20 代才初步培育成近交系,此时品系接近纯化,品系内个体差异很小,个体基因纯化度理论值可达 98.6%。目前世界上至少已有近交系小鼠 500 多种、大鼠 200 多种、豚鼠 12 种、家兔 6 种,应用最广泛的是近交系小鼠。

选用近交系动物进行实验的优点主要包括:①可增加实验结果的精确度。近交系动物的遗传特性是均一的,对致病因子和药物反应基本一致,而杂种动物个体差异较大,所得实验结果的精确度远比近交系动物差。因此,选用近交系动物可减少需要重复试验的次数,节省人力、财力。②实验结果易为其他实验者重复,实验的重现性较大。③每种近交系都有其品系的特性,可根据实验目的不同而选用不同特性的近交系动物。例如,近交系小鼠为致癌系的有 A 系、C3HA 系,抗癌系的小鼠有 C_{57} 系、C_{58} 系,致白血病的小鼠有 AKR 系、$OBA/_2$ 系等,因此可选择致癌系的小鼠来进行肿瘤理论和防治研究。

(二) 突变品系

突变品系是指在育种过程中,由于单个基因的突变、修饰,或将某个致病基因导入,或通过多次回交"留种"而建立的一个同类突变品系。此类动物个体都具有同样的遗传缺陷或病症,如贫血、侏儒症、无毛、肥胖症、肿瘤鼠、白血病鼠、糖尿病鼠和高血压鼠等等。这些品系的动物在相应疾病的防治研究中有着极大的价值。

(三) 封闭群

封闭群是指在同一血缘品系内进行随机交配,经 5 年以上培育成的相对维持同一血缘关系的种群。此类动物相对于近交系动物而言,其杂合性高,但在群体内又具有相对较高的遗传基因稳定性,其特有的遗传特征不易丢失,繁殖力强,某些基因发生突变的动物其机体可发生某些异常或疾病,这些动物便可作为医学研究的模型。

（四）杂交一代

杂交一代是指由 2 个近交系动物杂交产生的子一代，常用 F1 来表示。杂交一代既具有近交系动物的遗传特点，又获得了杂交优势，生命力强，繁殖率高，生长快，体质强健，抗病力强等。杂交一代与近交系动物有着相同的实验效果。

（五）非纯系

非纯系即一般任意交配繁殖的杂种动物。非纯系动物的优点是生命力旺盛、适应性强、繁殖率高、生长快、易于饲养管理，缺点是个体差异大、反应性不规则、实验结果重复性差。非纯系中包含最敏感的与最不敏感的 2 种极端的个体，适用于筛选性实验。非纯系动物比较经济，常用于实验教学。

三、机能学动物实验的方法

机能学动物实验可分为在体实验和离体实验，具体又可分为分子、亚细胞、细胞、组织、器官、整体动物和无损伤动物等水平的实验。常用的动物实验方法归纳如下。

（一）动物疾病模型复制

动物疾病模型复制是采用人工的方法使动物在一定的致病因素如物理、化学或生物等因素的作用下，造成动物的组织、器官或全身的一定损伤，产生特定的功能和代谢改变，复制成与人类疾病相似的动物疾病模型。动物疾病模型复制是研究人类疾病的发生、发展和转归规律、防治方法以及药物作用机制的一个重要手段，是动物实验最基本的方法。动物疾病模型复制最好选择与人类疾病相同的动物自发疾病模型，如日本原发性高血压大鼠就是研究高血压最理想的疾病动物模型。

（二）在体器官实验和离体器官实验

在体器官实验是在麻醉状态下对分离暴露的器官或组织进行观察和研究，如观察在正常状态下器官或组织的功能变化并分析其机制、观察动物在疾病状态下或药物作用状态下整体或局部器官组织的功能和代谢改变，从而分析疾病的发生机制和药物的作用机制。离体器官实验则是利用动物的离体组织、器官，给予一些在整体情况下无法实施的手段如离体组织器官灌流、神经干生物电的测定等，观察该组织、器官的各种生理、病理指标的变化或药物对其的影响。

（三）仪器检测和体液生化测定法

仪器检测就是用各种实验仪器检测动物的相关生理指标，如用电生理记录仪观察和记录动物的各种生物电信号，如心电图、肌电图和脑电图等。体液生化测定就是对动物的各种体液如血液、尿液、胃液等各种生物活性物质进行测定，如各种酶、激素、电解质等的测定。

（四）免疫学观察法

免疫学观察法是通过注入抗原使动物致敏，制备多种抗血清或采用免疫荧光技术、酶标记免疫技术、放射免疫测定技术、免疫电镜技术等对动物免疫后发生的各种功能变化进行检测。

（五）其他方法

如条件反射法、生物遗传法、放射生物法、药物化学法等。

四、常用实验动物健康状况、年龄和性别的判断

动物的健康情况、年龄和性别以及个体差异对实验结果往往有着直接的影响。因此，机能学实验对这些条件有具体的要求，一般来说，最好以性别相同、年龄一致或接近、个体状态大致相同的健康活泼动物作为实验对象，随机分配到实验组和对照组，这样就可以排除因健康情况、年龄和性别不同以及个体差异等对实验结果的影响，实验结果才真实可靠。

(一) 哺乳类动物健康状况的判断

健康的哺乳类动物可以从以下几个方面来判断：

1. 一般状态　喜活动、喜吃食、眼睛有神、反应灵活、发育良好。
2. 毛发　皮毛柔软而有光泽，无脱毛、蓬乱现象。
3. 腹部　不膨大，无腹泻（肛门周围无稀便或分泌物污染）。
4. 其他　瞳孔清晰、结膜不充血、鼻端湿而凉，皮肤无损伤、感染等。

(二) 动物年龄的判断

不同的机能学实验对动物年龄有不同的要求，一般情况下，常采用发育成熟的青壮年动物。实验动物只有记录其出生日期，才能准确计算其年龄，但这在一般实验室往往难以做到，因而必须根据动物的某些生理特征和体重来判断它们的年龄。家兔、小鼠年龄与体重的对应关系分别见表3-2和表3-3。

表3-2　家兔年龄与体重的关系

年龄(d)	雄性体重(g)	雌性体重(g)	年龄(d)	雄性体重(g)	雌性体重(g)
30	510	530	210	3200	3510
60	1180	1170	240	3400	3990
90	1710	1790	270	3500	4240
120	2380	2370	300	3630	4380
150	2650	2880	330	3660	4460
180	2890	3150	360	3730	4550

表3-3　小鼠年龄与体重的关系

年龄(d)	体重(g)	年龄(d)	体重(g)	年龄(d)	体重(g)	年龄(d)	体重(g)
10	4	40	18	70	25	100	30
20	8	50	22	80	27	120	30
30	14	60	24	90	28		

(三) 实验动物性别的鉴别

性别对大多数实验的影响不大，可以雌雄搭配，混合应用。而对某些实验，性别差异对实验结果则有较明显的影响，因此需要选择不同性别的动物进行实验。例如，骨折愈合受雌鼠发情期影响，因此疾病模型须选用雄鼠。

1. 蛙和蟾蜍　蛙和蟾蜍可通过叫声来判断雌雄，雄蛙头部两侧各有一个鸣囊，是发声

的共鸣器,雄蛙的叫声特别响亮。

2. 小鼠、大鼠的性别识别　根据外生殖器(阴带或阴茎)与肛门之间的距离来判断这些动物新生仔的性别,一般间隔短的是雌性,外生殖器阴茎比阴蒂大,成熟期雌性有阴道口,雄性有突起的阴囊和阴茎。

3. 豚鼠的性别识别　豚鼠的妊娠时间比较长,产下仔鼠有被毛,眼睛能睁开,有恒齿,新生仔的性别也容易通过外生殖器的形态来判定。雌性外生殖器阴蒂突起比较小,用拇指按住这个突起,其余指拨开大阴唇的被橹,可看到阴道口,但是一定要注意,豚鼠的阴道口除发情期以外有薄膜覆盖。雄性外生殖器处有包皮覆盖的阴茎的小隆起,用拇指轻轻按住包皮小突起的基部可使龟头突出,较容易判别。

4. 哺乳动物的性别识别　新生哺乳动物的性别鉴别较为困难。一般情况下,哺乳动物的性别可依据动物外生殖器(阴茎或阴道)与肛门之间的距离来区分,雄性要比雌性的距离更长。性成熟后的哺乳动物性别则易于区分,雄性动物睾丸已从腹腔降至阴囊内使阴囊部膨胀,雌性动物的阴道已开口。

（牛　力）

第二节　实验动物的基本操作技术

一、动物的捉拿和固定

动物的捉拿和固定是机能学动物实验的基本操作之一,正确地捉拿和固定动物可不损伤动物、不影响观察指标并可防止被动物咬伤,保证实验的顺利进行。下面介绍几种常用动物的捉拿和固定方法。

（一）蟾蜍或青蛙的捉拿和固定

用左手将蛙握住,以中指、无名指和小指压住其左腹侧和后肢,示指和拇指分别压住左、右前肢,右手即可进行操作(图 3-1)。如实验需要较长时间,可破坏脑脊髓或麻醉后,依实验需要用大头针将蟾蜍或青蛙固定在蛙板上。捉拿蟾蜍时,切忌碰压其两侧耳后部凸起的毒腺,以免毒液射入眼中。

（二）小鼠的捉拿和固定

小鼠较大鼠温和,虽也要提防被其咬伤手指,但毋须戴手套捕捉。可先用右手抓住鼠尾提起,置于鼠笼或实验台上。用左手拇指和示指抓住小鼠两耳后颈背部皮肤,将鼠体置于左手掌心中,拉直后肢,以无名指及小

图 3-1　蟾蜍或青蛙的捉拿

指按住鼠尾部即可(图 3-2a、b)。有经验者可直接用左手小指钩起鼠尾,迅速以拇指和示指、中指捏住其耳后项背部皮肤亦可(图 3-2c)。如实验操作时间较长,也可固定小鼠于固定板上。

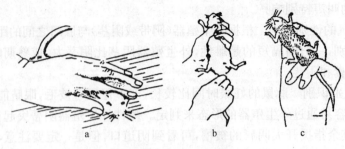

图 3-2 小鼠的捕拿

（三）大鼠的捕拿和固定

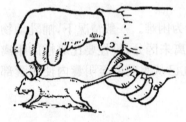

图 3-3 大鼠的捕拿

大鼠的捕拿和固定与小鼠基本相同,但大鼠易被激怒而咬人。无经验者可戴防护手套或用一块帆布盖住后捕拿。将大鼠放在鼠笼的铁丝网或其他粗糙面上,先用右手抓住鼠尾轻轻向后牵拉,使其爬伏不动,再用左手拇指和示指抓住大鼠两耳后颈背部皮肤,其余三指和手掌固定鼠体,使其头、颈、胸和腹呈一直线(图 3-3)。用力不要过大,切勿捏其颈部,以免窒息致死。

（四）豚鼠的捕拿和固定

豚鼠性情温顺不咬人,但胆小易惊,捕拿时要快、准、稳。用拇指和中指由豚鼠背部绕到腋下一手抓起,另一只手托住其臀部即可(图 3-4)。

（五）家兔的捕拿和固定

家兔习性温顺,除脚爪锐利易被其抓伤外,较易捕捉。捕拿时切忌以手提抓兔耳、

图 3-4 豚鼠的捕拿

拖拉四肢或提拿腰背部。正确的方法是用一手抓住其颈背部皮毛,轻提动物,再以另一手托住其臀部,使兔的体重主要落在掌心(图 3-5)。家兔的固定,依不同的实验需要,可选用兔盒固定或兔手术台固定。

1. 兔盒固定 用于耳血管注射、取血或观察耳部血管的变化等。此时可将家兔置于木制或铁皮制的兔固定盒内(图 3-6)。

图 3-5 家兔的捕拿　　　　　图 3-6 兔盒固定家兔

2. 兔台固定　在需要观察血压、呼吸和进行颈、胸或腹部手术时,应将家兔以仰卧位固定于兔手术台上。固定方法是:先以 4 条 1cm 宽的布带做成活的圈套(图 3-7a),分别套在家兔的四肢腕或距小腿关节上方,抽紧布带的长头,将兔仰卧位放在兔手术台上,再将头部用兔头固定器固定,然后将两前肢放平直,将两前肢的系带从背部交叉穿过,使对侧的布带压住本侧的前肢,将四肢分别系在兔手术台的木柱上(图 3-7b)。

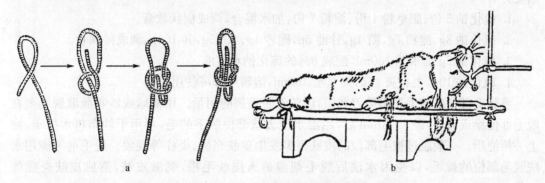

图 3-7　兔台固定家兔

(六) 犬的捉拿和固定

1. 犬的捆绑固定　捉犬时先用特制的铁钳夹住犬的颈部将其按倒,再用一粗绳打一空结绳圈,从犬背面或侧面将绳圈套住其嘴,迅速拉紧绳结,将绳结打在上颌,然后到下颌再打一个结,最后将绳引至后颈部打结,将绳固定好以防挣脱。再使犬侧卧,一人抓住其四肢,另一人注射麻醉药将其麻醉。

2. 固定头部　先将犬舌拽出口外,将犬嘴伸入铁圈内,再将一铁棒插入上、下颌之间犬齿之后加以固定,然后下旋螺旋铁棒,使弯形铁条压在下颌上以固定犬头部。

3. 固定四肢　头部固定后,用固定家兔四肢的方法固定犬的四肢。

二、动物的去毛

动物的被毛常会影响实验操作和结果的观察,因此实验前常需除去或剪短动物的被毛。常用的去毛方法有以下几种。

(一) 拔毛法

此法简单实用,各种动物进行皮下静脉注射或采血,特别是家兔耳缘静脉注射或采血时常用。将动物固定后,用拇指和示指将所需部位的被毛拔去即可。拔毛不但暴露了血管,又可刺激局部组织,起到扩张血管、利于操作的作用。

(二) 剪毛法

剪毛法是急性动物实验中最常用的去毛方法。将动物固定后,先将剪毛部位用水湿润,将局部皮肤绷紧,用剪刀紧贴动物皮肤依次将所需部位的被毛剪去。可先粗略剪去较长的被毛,然后再仔细剪去毛桩。剪毛时不能提起被毛,以免剪破动物皮肤。为避免剪下的被毛四处飞扬,应将剪下的被毛放入盛水的容器内。做家兔和犬的颈部手术以及家兔的腹部手术时常采用此法。

(三) 剃毛法

剃毛法常用于大动物的慢性实验。将动物固定后,先用刷子蘸温肥皂水将需剃毛部位的被毛充分浸润透,然后用剃毛刀顺被毛方向进行剃毛。若采用电动剃刀,则逆被毛方向剃毛。剃毛时用手绷紧动物皮肤,以免剃破动物皮肤。

(四) 脱毛法

脱毛法是采用化学脱毛剂去除动物被毛,常用于大动物无菌手术的备皮。常用的脱毛剂配方有:

1. 硫化钠 3 份、肥皂粉 1 份、淀粉 7 份,加水混合,调成糊状软膏。
2. 硫化钠 8g,淀粉 7g,糖 4g,甘油 5g,硼砂 1g,水 75g,共 100g,调成稀糊状。
3. 硫化钠 8g 加水至 100ml,配成 8% 的硫化钠水溶液。
4. 硫化钠 10g,生石灰 15g,加水至 100ml,溶解后即可使用。

将脱毛部位的被毛先用剪刀剪短,以节省脱毛剂的用量。用棉球或纱布蘸取脱毛剂在脱毛部位涂成薄层,经 2～3min 后,用温水洗去该部位脱下的毛,再用干纱布将水擦干,涂上一层油脂。一般脱过被毛部位的皮肤很少发生皮肤充血、炎症等现象。脱毛前不能用水洗脱毛部位的被毛,以免因水洗后脱毛剂渗透入皮肤毛根,刺激皮肤,造成皮肤炎症等变化。

(牛 力)

第三节 实验动物的麻醉

在机能学实验中,为了减轻实验动物的痛苦和挣扎,使其保持安静状态,以保证实验的顺利进行,确保实验数据、结果的准确可靠,常需对实验动物实行必要的麻醉术。实验动物的麻醉须根据实验动物种属、实验目的和要求的不同,选择适当的麻醉方法和麻醉药物。

一、麻醉方法

实验动物的麻醉方法分为局部麻醉和全身麻醉。

(一) 局部麻醉

局部麻醉简称为局麻,是指在动物意识清醒的条件下用药,使局部感觉暂时消失。局部麻醉方法有浸润麻醉、表面麻醉和阻断麻醉等,机能学实验中最常用的是浸润麻醉。浸润麻醉最常用的麻醉剂是 1% 普鲁卡因。浸润麻醉的操作方法是:将动物固定,局部手术野去毛,用左手拇指及中指将动物的局部皮肤提起使成一皱褶,并用示指按压皱褶的一端,使成三角体,增大皮下空隙,以利针刺。右手持装有麻醉药品的注射器,自皱褶处刺入皮下(有突破感和无阻力感),并将针头平行地全部扎入,当确信针头在皮下时即可松开皱褶注入药液,边注药边向后退移针头,同时注意向两侧注药,直至整个手术切口部位完全被麻醉药浸润为止,拔出针头,用手轻轻揉捏注射部位皮肤使药液均匀弥散。浸润麻醉一般在用药后几分钟内起效,药效可维持 1h 左右。

(二) 全身麻醉

全身麻醉简称为全麻,可使动物意识和感觉暂时不同程度地消失,肌肉松弛,反射活动减弱。全身麻醉又分为吸入麻醉和注射麻醉 2 种方法。

1. 吸入麻醉 常用的吸入麻醉药有乙醚、氯仿和氟烷等,其中乙醚最为常用。乙醚为无色透明液体,极易挥发,有强烈的刺激气味,易燃易爆,可用于多种动物的麻醉。给小动物如小鼠麻醉时,可将蘸湿乙醚的棉花和小动物一起放入钟罩内,使其吸入乙醚;给大动物如家兔实施麻醉时,可将蘸湿乙醚的棉花放在一大烧杯中,将家兔头部固定,将烧杯套在家兔口鼻部,使其吸入乙醚而麻醉。吸入麻醉时应随时观察动物的变化,麻醉后及时将动物取出,防止麻醉过深引起动物死亡。在实验过程中,如果动物苏醒挣扎激烈,可适时追加麻醉药的吸入。乙醚对呼吸道黏膜有较强的刺激作用,使其产生大量分泌物,可在麻醉前半小时给予阿托品以减少分泌物。

2. 注射麻醉　机能学实验中常用的注射麻醉方法有静脉注射麻醉和腹腔注射麻醉。

(1) 静脉注射麻醉:静脉注射具有麻醉诱导时间短、速度快、兴奋期短而不明显、麻醉深度易控制等优点。静脉注射麻醉药时,前1/2量注射宜快(但也不可过快),后1/2量宜慢,在注射过程中密切观察动物的呼吸、角膜反射、肌张力的变化和对夹捏肢体皮肤的反应等情况,随时调整注射速度和药量,以达到最佳的麻醉效果,防止麻醉过深。首次注射20min后,如果麻醉效果不理想,可再缓慢注射1/3的首次剂量。静脉注射方法多用于犬、家兔、猫等较大动物的麻醉。

(2) 腹腔注射麻醉:腹腔注射操作简便,但麻醉作用发生较慢,动物兴奋现象较明显,麻醉深度不易控制,偶有误注入肠腔或膀胱的可能。腹腔注射若麻醉效果不理想,追加的剂量不得超过计算总量的1/5。腹腔注射方法多用于大白鼠、小白鼠和豚鼠等较小动物的麻醉。

二、常用的注射用麻醉药

(一) 氨基甲酸乙酯

氨基甲酸乙酯又名乌拉坦,易溶于水,水溶液稳定,一般配制成20%～25%的水溶液,可静脉注射和腹腔注射。麻醉速度快,麻醉过程平稳,对循环和呼吸无明显影响。一次给药麻醉持续时间为4～6h或更长,动物苏醒慢。适用于急性动物实验。

(二) 戊巴比妥钠

戊巴比妥钠易溶于水,水溶液较稳定,但久置后易析出结晶,可稍加碱性溶液防止结晶。常配制成1%～3%的水溶液,可静脉或腹腔注射。一次给药麻醉持续时间为3～4h,一次补充量不宜超过原剂量的1/5。

(三) 硫喷妥钠

硫喷妥钠为黄色粉末,水溶液不稳定,需临时配制成2%～4%的水溶液静脉注射。硫喷妥钠为短效麻醉药,一次注射麻醉维持时间仅为0.5～1.0h,实验过程中常常需追加给药。

(四) 氯醛糖

氯醛糖溶解度小,常配制成1%的水溶液,使用前适当加热使其溶解,但温度不宜过高,防止分解降低药效。使用氯醛糖麻醉时,麻醉诱导时间和麻醉深度因动物种类和个体差异变化较大,故在注射计算剂量后未达到理想麻醉效果时,应观察一段时间,不宜盲目追加剂量,以防麻醉过量致动物死亡。氯醛糖较少抑制反射活动,因此特别适用于需要保留生理反射或研究神经反射的实验。

常用注射麻醉药的用法、用量和维持时间见表3-4。

表 3-4 常用注射麻醉药的用法、用量和维持时间

麻醉剂	动物	给药方法	剂量(mg/kg)	维持时间、特点
氨基甲酸乙酯	家兔	静脉皮下、肌内	750~1000	2~4h,毒性小,主要适用于小动物的麻醉
(乌拉坦)	大、小鼠		800~1000	
戊巴比妥钠	家兔、犬	静脉	30	2~4h,中途加 1/5 量,可维持 1h 以上,麻醉强,易抑制呼吸
		腹腔	40~50	
	大、小鼠	腹腔	40~50	
硫喷妥钠	家兔、犬	静脉	15~20	15~30min,麻醉力强,宜缓慢注射
	大鼠	腹腔	40	
	小鼠	腹腔	15~20	
氯醛糖	家兔	静脉	80~100	3~4h,诱导期不明显
	大鼠	腹腔	50	

三、麻醉的注意事项

1. 由于不同麻醉药品的麻醉作用原理、起效时间、维持时间和毒性作用各不相同,不同种属的动物对各种麻醉药品的敏感性也不同,因此需要根据实验目的、实验时间和实验动物的具体情况来选择最佳的麻醉药品与麻醉方式。

2. 静脉注射麻醉时应注意给药速度,密切观察动物生命体征的变化,当出现呼吸节律不规整和心动过缓时,应立即停止注射。

3. 若麻醉过浅,导致实验过程中动物发生挣扎、呼吸急促或尖叫等,可适时追加麻醉药,但一次追加剂量不宜超过计算总量的 1/5。待动物安静、肢体松弛后可继续实验。

4. 猫、犬和灵长类动物术前 8~12h 应禁食,以免麻醉或手术过程中发生呕吐。家兔、啮齿类动物无呕吐反射,术前无须禁食。

5. 动物麻醉后体温下降,需注意保温。在寒冷季节,注射前应将麻醉药加热至与动物体温一致的水平。

6. 乙醚挥发性很强,易燃易爆,使用时要远离火源。平时应装在棕色玻璃瓶中,贮存于阴凉干燥处,而不宜存放于冰箱内,以免遇到电火花时引起爆炸。

四、麻醉意外情况的处理

(一)麻醉过深

给药剂量过大或速度过快可导致动物生命中枢麻痹,呼吸缓慢而不规则,甚至呼吸、心脏停搏而死亡。对麻醉过深应根据不同程度立即采取相应的处理措施。

1. 若呼吸缓慢而不规则,但心跳和血压仍正常,一般给以人工呼吸即可。即用手抓握动物胸腹部,使其呼气,然后放开,使其吸气,交替进行,频率约为 1 次/s。也可小剂量尼可刹米肌内注射。

2. 若呼吸停止但仍有心跳时,肌内注射苏醒剂并用呼吸肌进行人工呼吸。人工呼吸的吸入气最好是 O_2 和 CO_2 的混合气体(O_2 95%、CO_2 5%)。常用的苏醒剂有:尼可刹米 2~5mg/kg,洛贝林 0.3~1.0mg/kg,咖啡因 1mg/kg。

3. 呼吸、心跳均停止,心内注射 0.1% 肾上腺素 1ml,用呼吸肌进行人工呼吸,用拇指、

示指和中指挤压心脏进行心脏按摩,肌内注射苏醒剂。

(二) 麻醉过浅

麻醉过浅时,动物会有挣扎、尖叫等表现,需要及时追加麻醉药物,但一次追加剂量不宜超过计算总量的 1/5,并密切观察动物是否进入麻醉状态。当追加剂量后,动物仍无法进入麻醉状态且影响手术操作时,可通过腹腔注射或肌内注射的方式再次慎重追加剂量,此时不能以静脉注射的方式给药。

(三) 呼吸道阻塞

呼吸道阻塞表现为呼吸困难、耳和嘴唇发绀等。应立即将动物的舌头向一侧拉出,多可缓解,必要时切开气管并行气管插管。如已插入气管插管,可能因插管斜面贴于气管壁造成气道阻塞,可将插管旋转 180°缓解。如因分泌物过多阻塞呼吸道,常伴有痰鸣音,可用注射器吸出分泌物,必要时拔出插管,用棉签拭去分泌物,再重新插管。

(四) 体温降低

在冬季寒冷环境中,动物麻醉后体温下降,进而血压降低。此时,应将手术台用加热装置保温,或用热水袋保温,以维持动物体温正常。

(牛　力　周裔春)

第四节　实验动物的常用插管术

插管技术是机能学实验的一个基本技能,是指借助一定的手术器械,将导管插入机体某一管腔内的一种实验技术。机能学实验中常用的插管技术有气管插管术、动静脉插管术、输尿管或膀胱插管术、胃管插管术以及心导管插管术等。

一、气管插管术

气管插管术是指将玻璃或钢质的"Y"形导管插入到动物气管,用以清除气管内的分泌物或异物,保证呼吸道的畅通,还可用来收集动物呼出的气体进行实验分析或经气管插管给动物以不同的气体刺激等。

将动物麻醉后仰卧固定,充分暴露颈部手术视野,剪去颈部手术部位被毛,在喉头下沿颈部正中线切开皮肤(切口长度家兔为 5～7cm,犬为 8～10cm,大白鼠为 2～3cm)。钝性分离皮下组织,沿正中线顺肌肉方向钝性分离肌肉,暴露气管。分离气管,剔尽气管周围组织,于气管下穿线备用,并在甲状软骨下 1cm 处的气管两软骨环之间剪一倒"T"形切口,将气管插管由切口处向胸部方

图 3-8　家兔气管插管术

向插入气管,用线扎紧,再将余线绕至气管插管的分叉处再行结扎,以防滑脱(图 3-8)。

二、颈总动脉插管术

颈总动脉插管是将充满肝素或其他抗凝剂溶液的导管插入颈总动脉,用于直接测定动

脉血压的变化、采集动脉血样和放血等，是机能学实验常用的基本技术。

动物的麻醉、固定、颈部去毛、切开颈部皮肤和肌肉并行气管插管等操作与上述相同。用左手拇指和示指将一侧颈部皮肤和肌肉提起向外侧牵拉，其余三指由皮肤外面向上顶起，即可见在气管两侧纵行的颈总动脉鞘，在颈总动脉鞘内，颈总动脉与迷走神经、交感神经和减压神经伴行在一起（图3-9）。用玻璃分针或蚊式止血钳顺颈总动脉走行方向小心分离其周围的神经、结缔组织，游离颈总动脉3～4cm，在颈总动脉下穿双线，用丝线将颈总动脉远心端结扎并用动脉夹夹闭其近心端，结扎处与动脉夹夹闭处之间的长度约3cm。用左手小指将颈总动脉轻轻挑起，用眼科剪在动脉远心端结扎线的近心侧剪一斜行切口，切口约为管径的一半，然后将准备好的动脉导管（插管前将导管与三通管和压力换能器相连接并一起充满抗凝剂溶液，三通管置于三不通的位置）由切口向心脏方向插入动脉内1.0～1.5cm。用线扎紧插入导管处的血管并固定导管，以防止其滑脱（图3-10）。剪去多余的丝线，放开动脉夹，打开三通管，使导管经三通管与压力换能器相通，即可进行动脉血压的测定、采血和放血等操作。

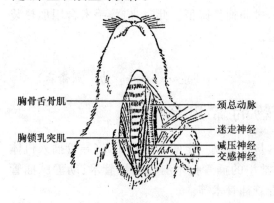

图 3-9　家兔颈部血管神经解剖位置示意图

胸骨舌骨肌

胸锁乳突肌

颈总动脉
迷走神经
减压神经
交感神经

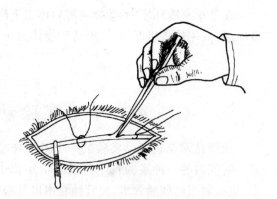

图 3-10　家兔颈总动脉插管术

三、颈外静脉插管术

颈外静脉位于颈部两侧皮下，颈外静脉插管可用于动物的药物注射、输液、静脉血样的采集以及中心静脉压的测定等。

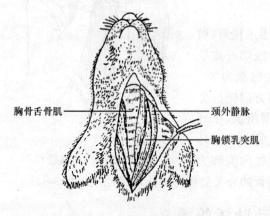

胸骨舌骨肌

颈外静脉
胸锁乳突肌

图 3-11　家兔颈外静脉位置

与上述操作相同，将动物麻醉、固定、颈部去毛、切开颈部皮肤和肌肉并进行气管插管。左手拇指、示指捏起颈部切口皮肤（不要捏住肌肉），向外侧牵拉，另外三指从外面将皮肤向外翻，即可见附于皮下的颈外静脉，颈外静脉呈紫蓝色，较粗（图3-11）。用玻璃分针或蚊式止血钳沿颈外静脉走行方向钝性分离周围的结缔组织，游离颈外静脉2～3cm，穿双线备用。用动脉夹夹闭颈外静脉近心端，待血管充盈后结扎其远心端。提起结扎线，用眼科剪在靠近远心端结扎处成45°角向心脏方向剪一斜行小口，然后将充满0.9%氯化钠溶液的静脉导管向心脏方向插入颈外静脉约 2cm(如果测定中心静脉压则需插至上腔静脉,在家兔需插入 5～6cm),用线将静脉与导管扎紧并固定,以防导管脱落,然后放开动脉夹。

四、股动脉和股静脉插管术

股动脉和股静脉插管也是机能学实验的常用基本技术。与颈总动脉插管一样,股动脉也可用于测定动脉血压、放血和动脉血样的采集,股静脉插管则可用于药物注射、输液以及静脉血的采样。

将动物麻醉并仰卧固定,剪去腹股沟部位的被毛。用手感触股动脉搏动,以明确腹股沟部位血管的位置,以搏动最明显处为中点沿血管走行方向作一 3～4cm 的皮肤切口。用蚊式止血钳沿血管走行方向钝性分离筋膜和肌肉,暴露股动脉、股静脉和股神经(图 3-12)。其中股动脉有搏动,呈粉红色,壁较厚;股静脉呈紫蓝色,较粗,壁较薄;股神经呈白色,位于股动脉外侧。用玻璃分针小心游离股动脉或股静脉 2～3cm,穿线备用。余下步骤与颈总动脉插管

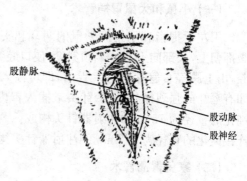

图 3-12　家兔股三角区血管神经

方法相同。由于股动脉和股静脉可分离的长度较短,再分离和再插管困难,要求插管一次成功。

五、输尿管插管术

输尿管插管是泌尿系统功能实验的基本技术,用于收集尿液、观察尿量、了解泌尿系统功能的变化。输尿管插管术适用于大型动物如犬、家兔等的泌尿功能实验。

将动物麻醉并仰卧固定,剪去下腹部被毛。在耻骨联合上缘沿正中线向上作 4～5cm 的纵行皮肤切口,可见腹白线。用止血钳提起腹白线两侧组织,沿腹白线切开腹壁 4～5cm,暴露膀胱。将膀胱轻轻移出体外并向下翻转,即可见膀胱三角。仔细辨认输尿管,用玻璃分针和蚊式止血钳将一侧输尿管与周围组织小心分离,穿双线备用。用线结扎输尿管近膀胱端,用眼科剪在结扎处近肾端的输尿管上剪一斜行切口,切口约为管径一半。将充满 0.9%氯化钠溶液的输尿管导管向肾脏方向小心插入输尿管内 2～3cm,用线扎紧固定,随后可见尿液从导管内慢慢逐滴流出。再用同样方法进行另一侧输尿管插管。术毕用温热(38℃左右)0.9%氯化钠溶液纱布覆盖腹部切口,以保持腹腔内温度。

六、膀胱插管术

膀胱插管操作简单,是泌尿系统机能实验最为常用的技术,用于收集尿液、观察尿量、了解泌尿系统功能的变化。

将动物麻醉并仰卧固定,按输尿管插管的方法找到膀胱。将膀胱轻轻移出体外,先将膀胱的尿道出口用线结扎以阻断其与尿道的通路,然后用止血钳将膀胱底部组织轻轻提起,用组织剪在膀胱顶部血管较少处剪一小口,将充满 0.9%氯化钠溶液的漏斗形膀胱插管插入膀胱,再将膀胱顶部与插管一起用线扎紧固定。最后再将膀胱放回腹腔,用止血钳夹

合腹部切口皮肤,用温热(38℃左右)0.9%氯化钠溶液纱布覆盖腹部切口,以保持腹腔内温度。随后可见尿液从导管内逐滴流出。

七、胃插管术

胃插管术是将胃导管插入动物胃内以将药物灌入胃内或采集胃液的一种常用实验技术。胃插管术的方法和材料因动物种类不同而不同。

(一) 小鼠和大鼠胃插管术

用左手拇指和示指抓紧鼠的两耳和头部皮肤,用无名指和小指将鼠尾压在手掌间,使腹部朝上,头部向上有一个倾斜度,使口腔和食管成一直线,右手将灌胃器从口角处插入口腔,由上腭经食管徐徐进入胃内,即可注入药液。灌胃如很通畅,表示针头进入胃内,动物如有呕吐或强烈挣扎,表示针头未插入胃内,须拔出重插。小鼠灌胃器由2ml注射器连接钝化的直径为1mm的注射器针头构成,一次最大投药量为1ml;大鼠灌胃器由5ml注射器连接钝化的直径为1.2mm的注射器针头构成,一次最大投药量为2ml。

(二) 家兔胃插管术

行家兔胃插管术时,需两人合作。一人取坐位,将兔体夹于两腿之间,左手紧握双耳,固定头部,右手抓住两前肢。另一人将张口器横贯于兔口中并使兔舌压在张口器之下,然后用胃导管(粗细适宜的导尿管或软硅胶管)由张口器中央的小孔缓慢沿上腭插入食管16~20cm。导管插入后,将其外侧端放入盛水的烧杯内,如有气泡冒出,表明导管插入气管,须拔出重插;如无气泡冒出表明导管已插入胃内。插管成功后即可将药液灌入胃内,随后注入少量空气,使管内药液完全进入胃内,然后拔出导管,取下张口器。家兔一次最大投药量为30ml。

(三) 犬胃插管术

将犬固定于实验台上,并将其头部固定牢固,嘴部用绳子绑住。左手抓住犬嘴,右手中指将犬右侧嘴角轻轻翻开,摸到最后一对大白齿,中间有一空隙,不要移动,然后用右手拇指和示指将用水湿润的犬胃导管(长30cm,内径0.3cm的软硅胶管)插入此空隙,并将胃导管顺食管方向不断地插入,如动物挣扎剧烈或插管不顺畅,可稍退出重插,不可强行插入。如插管顺畅,则当导管插入20cm时,表示已进入食管下段或胃内。先用注射器由胃导管试注适量温水,如试注很通畅且无液体自犬嘴流出,即可将药液经胃导管缓慢灌入胃内。犬一次最大投药量为200ml。

(牛 力 周裔春)

第五节 实验动物体液样本的采集

一、血液的采集

(一) 大鼠和小鼠的采血

1. 尾尖采血 少量采血时可用此法。将鼠麻醉后固定,将其尾放在45℃温水中浸泡数分钟或用75%乙醇溶液涂擦,使尾部血管扩张。擦干鼠尾,剪去尾尖(大鼠5～10mm,小鼠1～2mm),用手自尾根向尾尖按摩,使血自断端流出,让血液滴入容器或用移液器直接吸取。采血后用棉球压迫止血。此法每只鼠可采血10次以上,大鼠每次可采血0.3～0.5ml,小鼠每次可采血0.1ml。大鼠也可采用切割尾静脉的方法采血,3根尾静脉可交替切割,并自尾尖向尾根方向切割,切割后用棉球压迫止血。

2. 断头采血 当需采取较大量的血液而又不必保存动物生命时可采用此法。一手捉持动物,使其头向下倾,另一手持剪刀猛力剪掉鼠头,让血液流入容器。大鼠断头时应戴帆布手套以防被咬。此法小鼠可采血0.8～1.0ml,大鼠可采血5～8ml。

3. 眼眶动、静脉采血 此法既能采取较大量的血液,又可避免断头采血法中因组织液的混入导致溶血的现象,现常取代断头采血法。将鼠头朝下,压迫眼球使其突出充血,再以蚊式镊迅速摘取眼球,血液即自眼眶内很快流出。此法由于采血时动物未死,心脏不停地跳动,因此采血量比断头法多,一般可采取鼠体重4%～5%的血液量,是一种较好的采血方法。

4. 眼球后静脉丛采血 当需采取中等量的血液,而又需避免动物死亡时可采用此法。左手抓住鼠的颈背部并轻压颈部两侧,使头部静脉血液回流受阻,眼球后静脉丛淤血,眼球充分外突。右手持内径为0.5～1.0mm的毛细玻璃管或带7号针头的1ml注射器,沿内眦眼睑与眼球之间旋转刺入眼底(刺入深度大鼠4～5mm,小鼠2～3mm)。当感到有阻力时再稍后退,保持水平位,稍加吸引,血液即流入玻璃管或注射器内。采血后拔出采血管。若操作恰当,小鼠可采血0.2～0.3ml,大鼠可采血0.4～0.6ml。豚鼠、家兔等也可采用此法,而且可在数分钟内经同一穿刺孔重复采血。

5. 心脏采血 将动物仰卧固定,剪去心前区被毛。在左侧第3～4肋间心脏搏动最明显处,用带有5号或6号针头的注射器刺入心脏,血液随着心脏搏动自动进入注射器。若不需保留动物生命,也可麻醉后切开动物胸部,用注射器直接刺入心脏抽吸血液。

6. 大血管采血 大鼠和小鼠还可从颈动、静脉或股动、静脉以及腋下动、静脉采血。经这些部位采血时,需麻醉固定动物,游离动、静脉,使其暴露清楚,用注射器沿大血管平行刺入或用剪刀直接剪断大血管,采血所需血量。剪断动脉时,要防止血液喷溅。

(二) 豚鼠的采血

1. 耳缘切口采血 将豚鼠耳缘消毒,用刀片割破耳缘血管,血液自血管内自行流出。此法能采血0.5ml左右。

2. 背中足静脉采血 一人固定动物,另一人将动物一侧足背面用75%乙醇溶液消毒,找出背中足静脉,左手拉住豚鼠趾端,右手持注射器针刺入静脉,拔针后即有血液流出。采血后,用棉球压迫止血。需反复采血时,两后肢交替使用。此法采血量较少。

3. 心脏采血 豚鼠心脏采血与大鼠的心脏采血方法相同。采血1周后可重复心脏采血。

(三) 家兔的采血

1. 耳缘静脉采血 少量采血时可用此法。将兔用固定盒固定,拔去拟采血部位的被毛,用电灯照射加热或用电吹风吹热或用二甲苯棉球擦拭耳壳,使耳部血管扩张,仔细辨认耳缘静脉和耳部其他血管(图3-13)。用粗针头刺破耳缘静脉或以刀片在血管上切一小口,让血液自然流出即可。采血后用棉球压迫止血。亦可用针头插入耳缘静脉采血,其操作步骤与耳缘静脉注射基本相同(图 3-14)。若一助手帮助压紧耳根部,使耳缘静脉充盈,这样采血时更为容易。

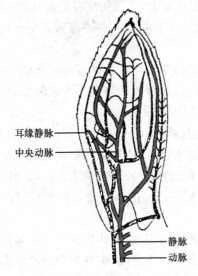

耳缘静脉
中央动脉

静脉
动脉

图 3-13　兔耳部血管分布　　　　　图 3-14　兔耳静脉采血或注射

2. 耳中央动脉采血　在兔耳的中央有一条较粗、颜色较鲜红的血管即为耳中央动脉。用左手固定兔耳,右手持注射器,在中央动脉末端沿着动脉向心脏方向平行刺入动脉采血,此法一次可采血 10~15ml。采血完毕后应及时止血。采血时须注意,一是由于兔耳中央动脉易发生痉挛性收缩,因此采血前,必须先使兔耳充分充血,在动脉扩张未发生痉挛性收缩前立即采血;二是不要在近耳根处采血,因耳根部软组织厚,血管位置较深,易刺透血管造成皮下出血。

3. 心脏采血　兔心脏采血法和大、小鼠心脏采血法类似,且比较容易掌握。将兔仰卧固定,剪去心脏部位被毛,选择心脏搏动最明显处垂直穿刺入心脏采血。若针头刺入心室即有血液涌入注射器。采取所需血量后,迅速拔出针头,这样心肌上的穿孔易于闭合。经6~7 日后,可以重复进行心脏采血。

此外,家兔还可以从颈动静脉、股动静脉和眼底(不常采用)等处采血,操作与大鼠、小鼠颈静脉采血相同。

(四) 犬的采血

1. 前肢内侧皮下小静脉或后肢外侧小静脉采血　此法最为常用。将犬固定,采血部位去毛、消毒。先用胶管绑紧肢体近端阻断血液回流,持注射器向心脏方向刺入静脉,再放开胶管,抽取血液。采血后按压止血。此法一次可采血 10~20ml。

2. 股动脉采血　将犬麻醉固定于手术台上,伸展后肢暴露腹股沟区,去毛消毒。左手示指和中指感触股动脉搏动并固定股动脉,右手持注射器于搏动处向心脏方向刺入股动脉,采取所需血量。采血后,拔出针头,压迫 2~3min 止血。

3. 颈静脉采血　大量采血时可采用此法。操作与大鼠、小鼠颈静脉采血相同。

一次采血过多或连续多次采血可影响动物的健康,导致贫血甚至死亡,需予以注意。常见实验动物的最大安全采血量与最小致死采血量见表3-5。

表 3-5　常用实验动物的最大安全采血量与最小致死采血量

动物种类	最大安全采血量(ml)	最小致死采血量(ml)	动物种类	最大安全采血量(ml)	最小致死采血量(ml)
大鼠	1	2	家兔	10	40
小鼠	0.1	0.3	犬	50	200
豚鼠	5	10			

【附注】　血清和血浆的制备方法

血清和血浆均是不含血细胞的血液液体部分,其主要区别是血清不含有凝血因子,血浆则含有凝血因子。血清和血浆的制备方法如下。

(一)血清的制备

采适量血液盛于离心管中,静置,待血液凝固后,将其以 3000r/min 的转速离心 5~10min,得到的上清液即为血清。可小心将上清液吸出(注意勿吸出细胞成分),分装备用。也可将血液静置,待血液凝固,等 1~2h 后自然析出血清。

(二)血浆的制备

采适量血液盛于离心管中,再加入一定比例的抗凝剂(抗凝剂与血液比为 1∶9),摇晃混匀,以 3000r/min 的转速离心 10~30min,所得到的上清液即为血浆。

二、尿液的采集

(一)代谢笼法

代谢笼是能将动物尿液和粪便分开而达到收集尿液目的的一种封闭式饲养笼。有的代谢笼除可收集尿液外,还可收集粪便和动物呼出的 CO_2。代谢笼法适用于大鼠和小鼠的尿液收集。收集尿液以 100g 体重每小时排尿的毫升数表示。为获得足够的尿量,可使动物多饮水或经胃给动物灌入适量的 0.9%氯化钠溶液。

(二)导尿法

将动物轻度麻醉,固定于手术台上。将液状石蜡涂抹过的导尿管经尿道插入,即可收集到未被污染的尿液。导尿法常用于家兔、犬等大型实验动物。

(三)压迫膀胱法

将动物轻度麻醉,用手在动物下腹部加压,动作要轻柔而有力。当外力足以使膀胱括约肌松弛时,尿液便会自动由尿道流出。压迫膀胱法也常用于家兔、犬等大型实验动物。

(四)膀胱穿刺法

将动物麻醉、仰卧固定,剪去耻骨联合上缘正中线两侧的被毛,消毒后用注射器取钝角角度穿刺,进入皮肤后针头稍改变一下角度,这样可避免穿刺后漏尿。犬和猫不麻醉也很配合。

(五)剖腹膀胱穿刺法

将动物麻醉、仰卧固定。剪去下腹部被毛,消毒。剖腹暴露膀胱,直视穿刺抽取尿液。

(六)膀胱插管法和输尿管插管法

将动物麻醉、仰卧固定。剪去下腹部被毛,消毒。剖腹暴露膀胱,行膀胱插管或输尿管插管，收集尿液。此法一般用于需精确记录动物单位时间内尿量的实验。可将插管开口置于记滴器之上，记录每分钟尿的滴数，或用容器直接测量单位时间内的尿量。在实验过程中要用 38℃ 0.9%氯化钠溶液纱布覆盖膀胱和腹部切口以保温。

三、消化液的采集

（一）唾液的采集

1. 直接采集法　机械刺激动物口腔或注射乙酰胆碱类药物，可致动物唾液分泌增加，流涎不止。可用容器接住动物口腔流出的唾液，也可用吸管直接从动物口腔吸取唾液。此法简单易行，适用于急性实验。

2. 腮腺造瘘法　将动物麻醉固定，通过手术将腮腺导管开口移向体外，以腮腺导管开口为中心，切成直径为 2~3cm 的圆形黏膜片，将其周围组织分开，经皮肤切口引导至颊外，将带有腮腺开口的黏膜片与周围皮肤缝合，即可在体外采集较为纯净的唾液。此法适用于慢性实验。

（二）胃液的采集

1. 直接采集法　正确插入胃管，用注射器在胃管出口端轻轻抽吸，即可采集胃液。直接采集适用于急性实验。

2. 胃造瘘法　由巴普洛夫最早创造。胃造瘘法分为全胃造瘘、巴式小胃造瘘、海式小胃造瘘等。胃造瘘法多用于慢性实验，可反复采集胃液。

（三）胆汁的采集

1. 直接采集法　将动物麻醉固定，右上腹部备皮消毒，切开右上腹部皮肤肌肉，找到胆总管，游离胆总管，用一根细塑料管向胆囊方向插入胆总管。轻轻挤压胆囊，胆汁即可经塑料管流出。也可用注射器直接插入胆总管，轻轻抽吸胆汁。

2. 胆囊造瘘法　有胆囊的动物可作胆囊造瘘，通过瘘管在体外直接采集胆汁。此法可用于慢性实验。

四、脑脊液的采集

动物脑脊液的采集有脊髓腔穿刺法和小脑延髓池穿刺法，后者危险性大，操作要求高，较少用。这里仅介绍脊髓腔穿刺法。

将动物浅麻醉，取侧卧位固定，使头部和腰部尽量屈曲。穿刺部位取两髂连线中点稍下方，即犬等大型动物的第 7 腰椎间隙处。局部备皮消毒。左手拇指、示指固定穿刺部位皮肤，右手持腰穿针垂直进针。当有落空感时，表示穿刺针进入蛛网膜下隙。抽出针芯，即可见脑脊液滴出。若无脑脊液滴出，可能是没有刺破蛛网膜，可再向内稍稍进针。如脑脊液滴出过快，要用针芯稍微阻塞，以防颅内压突然下降导致脑疝。采集脑脊液后，注入等量 0.9%氯化钠溶液以保持颅内压正常。

（牛　力　周裔春）

第六节 给药方法和给药剂量换算

一、给 药 方 法

在机能学实验中,为了观察药物对机体功能、代谢及形态的作用或麻醉以及其他目的,常需将药物注入动物体内。动物给药方法多种多样,可根据实验目的、实验动物种类、药物性质和剂型等情况的不同来选择不同的给药方法。

(一) 给药方法的选择

1. 根据药物性质 不同性质的药物需选择不同的给药方法。例如,具有刺激性的药物不适于皮下、肌内和腹腔注射,只能经口给药或静脉注射,因为经口给药比静脉注射更为简便,所以一般选择经口给药。粗制剂或不溶于水的药物也需经口给药,而有些在消化道可被破坏或不易吸收的药物则应注射给药。具有催吐作用的药物不宜经口给猫、狗和猴,因为动物呕吐时会将部分药物吐出而影响给药剂量的准确性,这时可采用注射给药,但鼠和兔不会呕吐,所以可经口给药。

2. 根据实验要求 要求药物快速发挥作用的时候可采用腹腔或静脉注射的方法。要使药物的作用相对延长时,可注射油溶液或混悬液。

3. 根据药物剂型 水溶液可采用任何给药途径,油溶液可经口给药,如需注射时,一般可用肌内注射,小鼠可采用皮下注射,但要注意给药部位是否完全吸收。

(二) 给药方法

1. 经口给药法 分为口服和灌胃 2 种,适用于小鼠、大鼠、豚鼠、兔和犬等动物。口服法是将药物混入饲料或溶于饮水中任动物自由摄取,此法简单,也不会因操作失误而导致动物死亡,适合于长期给药的实验,如药物长期毒性实验等。口服法不足之处是很难准确掌握给药量。要准确掌握经口给药量,需用灌胃法。灌胃法能掌握给药时间和记录症状发生的时间经过。日前已有各种不同型号的灌胃针头可把药物直接送到动物胃内,需注意的是选用的灌胃针头顶端小球的直径应大于动物的气管直径,这样药物便不会灌入肺内。灌胃法是强制性使动物摄取药物,可对动物造成一定的机械和心理影响。

(1) 小鼠:左手抓住小鼠,使其腹部朝上。右手持灌胃器,将灌胃针头先从小鼠口角插入口腔,然后用灌胃针头压其头部,使口腔与食管成一直线,再将灌胃针头沿上腭壁轻轻插入食管 2~3cm,当灌胃针头通过食管膈肌部时会稍感有阻力感。将灌胃针头插入达胃,如动物安静,呼吸无异常,便可将药物注入。如小鼠挣扎或注药有阻力,应拔出灌胃针头重插。如插入气管注射动物立即死亡。

(2) 大鼠:大鼠灌胃方法与小鼠相似,只是大鼠灌胃针头比小鼠的略粗。灌胃时,左手拇指和示指抓住大鼠两耳和头部皮肤,其他三指抓住其背部皮肤,将大鼠抓持在手掌内。右手将灌胃针头放在门齿与臼齿间的裂隙,使灌胃针头沿上腭向后达到喉头,进而插入胃内。为防止灌胃针头误插入气管,可回抽灌胃器证实内无空气后便可慢慢注入药液。大鼠性情凶猛,应防被其咬伤。

(3) 豚鼠:豚鼠灌胃时,助手一只手从豚鼠背部抓住其腰部和后腿,另一只手抓其两前腿以固定之。操作者手持灌胃器沿上腭壁滑行插入食管,进而插入胃内。也可用木制开口器,将导尿管通过开口器中央的孔插入胃内。豚鼠灌胃插入深度约为 5cm。回抽灌胃器证实内无空气后方可慢慢注入药液。最后注入 0.9% 氯化钠溶液 $1\sim2ml$，将针头内残留药液冲出，以保证药液全部进入胃内。

当给予的药物为固体时，将豚鼠放在实验台上，以手掌从背部握住豚鼠的头颈部而固定之，拇指和示指压迫其口角使口张开。用镊子夹住固体药物，放进豚鼠舌根部的凹处，使其迅速闭口而自动咽下。当证实咽下后即放开手。

（4）兔：兔的液体药物灌胃法需二人协作进行。一人坐好，将兔的躯体夹于两腿之间，一手紧握双耳，固定其头部，一手抓住前肢。另一人将开口器横放于兔口中，将舌头压在开口器下面并固定。将合适的胃管或导尿管经开口器中央小孔慢慢沿上颚壁插入食管$15\sim18cm$。为避免将胃管误插入气管，可将胃管的外口端放入清水杯中，若有气泡逸出则表明胃管插在气管内，应拔出重插；若无气泡逸出则表明胃管没有插入气管，即可用注射器将药物灌入胃内。然后再注入少量清水，将胃管内药液全部冲入胃内。灌胃完毕后先拔出胃管，再取出开口器，以免胃管被动物咬坏。兔的固体药物口服法与豚鼠基本相同。

动物一次灌胃药量都有一个最大耐受容量，最大耐受容量因动物种类和体重不同而不同。几种常用实验动物一次灌胃的最大耐受容量见表3-6。

表 3-6　几种常用实验动物一次灌胃的最大耐受容量

实验动物种类	体重(g)	最大耐受容量(ml)
小鼠	>30	1.0
	25～30	0.8
	20～24	0.5
大鼠	>300	8.0
	250～300	6.0
	200～249	4.0～5.0
	100～199	3.0
豚鼠	>300	6.0
	250～300	4.0～5.0
家兔	>3500	200
	2500～3500	150
	2000～2400	100

2. 注射给药法

（1）皮下注射：较为简单，一般取背部或后腿部位皮下进行注射。小鼠通常在背部皮下注射，将皮肤拉起，注射针刺入皮下，把针尖轻轻向左右摆动，容易摆动则表明已刺入皮下，然后注射药物。拔针时，以手指捏住针刺部位，可防止药液外漏。熟练者可把小鼠放在金属网上，一只手拉住鼠尾，小鼠习惯性向前爬行，此时易将注射针刺入背部皮下，注射药物，此法也可用于大鼠。

家兔皮下注射时，用拇指及中指将兔的背部皮肤提起形成一皱褶，并用示指按压皱褶的一端，使成三角形增大皮下空隙，以利针刺。右手持注射器，自皱褶处刺入。证实针头刺入皮下后松开皱褶，将药液注入。

豚鼠、大鼠、狗、猫等背部皮肤较厚，注射器针头不易进入，强行刺入容易折断针头，故给这些动物作皮下注射时不应选用背部皮肤。一般狗、猫选择大腿外侧，豚鼠选择后大腿内侧，大鼠选择左侧下腹部而进行皮下注射。

（2）皮内注射：此法用于观察皮肤血管的通透性变化或皮内反应。将动物注射部位去毛，75%乙醇溶液消毒。用左手拇指和示指按住皮肤并使之绷紧，在两指之间用卡介苗注射器带4号细针头紧贴皮肤表层刺入皮内，然后再向上挑起并再次刺入，随之慢慢注入一定量的药液。当药液注入皮内时，可见皮肤表面立即鼓起一橘皮样小泡，同时因注射部位局部缺血，皮肤毛孔极为明显。此小泡如不迅速消失，表明药液确实注射在皮内，如很快消失，就表明药液可能注在皮下，应换部位重新注射。

（3）肌内注射：当给动物注射不溶于水而混悬于油或其他溶剂的药物时，常采用肌内注射。肌内注射应选择肌肉发达的部位，如猴、狗、猫、兔等可选择两侧臀部或股部肌肉。注射时固定动物勿使其活动，剪去注射部位被毛，使注射器与肌肉成60°角刺入肌肉。注药前回抽针栓，如无回血则可注药。注射完毕后用手轻轻按摩注射部位，以助药液吸收。大鼠、小鼠、豚鼠因肌肉较小，不常作肌内注射，如需肌内注射，可选择大腿外侧或内侧肌肉，用5～6号针头注射。

（4）腹腔注射：小鼠腹腔注射时，左手固定动物，将腹部朝上，右手将注射器针头在左下腹部（避免损伤肝脏）刺入皮下，以45°角穿过腹肌，此时有突破感，固定针头，回抽无尿液、肠液和血液后，缓慢注入药液（图3-15）。为避免刺破内脏，可将动物头部放低，使脏器移向横膈处。大鼠腹腔注射操作与小鼠相同。

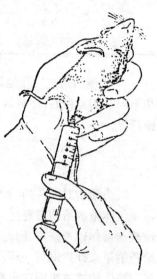

图3-15　小鼠腹腔注射法

狗、猫、兔等动物腹腔注射，可由助手抓住动物，使其腹部向上，注射部位都大致相似。兔在下腹部近腹白线左右两侧约1cm处，狗在脐后腹白线侧边1～2cm处注射。

（5）静脉注射：一般选择容易注射的血管进行注射。静脉注射只限于液体药物的注射，如果是混悬液，可能会因悬浮颗粒较大而引起血管栓塞。

大鼠、小鼠一般选择尾静脉注射。注射前先将动物用固定盒固定，使其尾巴露出。尾部用45～50℃温水浸泡1～2min或用75％乙醇溶液棉球擦之，使血管扩张并使表皮角质软化，以拇指和示指捏住尾根部使尾静脉充盈扩张，显示更清楚。再用无名指和小指夹住尾末梢，中指从下面托起尾巴，使尾巴固定。在左、右两侧尾静脉下1/4～1/3处，用4号针头平行进针。先缓慢注入少量药液，如无阻力并见沿静脉出现一条白线，表明药液已注入静脉，可继续注入。如注入药液有阻力，尾巴发白并出现皮丘，说明药液未注入血管，应拔出针头，向尾根部移行重新注射（图3-16）。注射完毕后，随即用左手拇指按住注射部位，右手放下注射器，取一棉球裹住注射部位并轻轻揉压，使血液和药液不致流出。如需反复静脉注射，尽可能从尾末端开始向尾根部移行注射。此外，大鼠还可麻醉后切开皮肤经股静脉或颈外静脉注射。

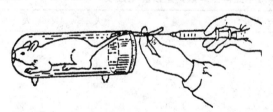

图3-16　小鼠尾静脉注射法

兔静脉注射一般采用耳缘静脉。将兔用固定盒固定，先拔去注射部位的兔毛，用75％乙醇溶液棉球涂擦，并用手指弹动或轻轻揉擦兔耳，促进静脉充血。然后用左手示指和中指压住耳缘静脉根部，拇指和小指夹住耳边缘，以无名指放在耳下作垫，待静脉显著充盈后，右手持注射器尽量从耳缘静脉末端向心脏方向刺入血管，并沿血管平行方向深入2～3cm，然后放开左手示指和中指对耳缘静脉根部的压迫，再用左手拇指和示指捏住耳缘静脉和针头，或用动脉夹夹住以固定。将药液注入，如感觉有阻力或静脉处皮肤发白隆起，表示药液没有注入静脉，应拔出针头，重新进针。注射若如无阻力和皮肤发白隆起现象或回抽见血，表明药液已注入静脉血管中，随后将全部药液注入静脉（图3-14）。注射完毕后，用棉球压住针眼,拔去针头,继续压迫数分钟,以防出血。

几种常用实验动物不同给药途径的注射剂量见表3-7。

表 3-7　几种常用实验动物不同给药途径的注射剂量(ml)

注射途径	小鼠	大鼠	豚鼠	家兔	犬
皮下	0.1～0.5	0.5～1.0	0.5～2.0	1.0～3.0	3.0～10.0
肌内	0.1～0.2	0.2～0.5	0.2～0.5	0.5～1.0	2.0～5.0
腹腔	0.2～1.0	1.0～3.0	2.0～5.0	5.0～10.0	5.0～15.0
静脉	0.2～0.5	1.0～2.0	1.0～5.0	3.0～10.0	5.0～15.0

3. 其他给药法　除经口给药和注射给药 2 种常用的给药方法外,针对不同的实验动物和不同的实验目的,还有其他一些给药方法,如经呼吸道给药、皮肤给药、直肠给药和脑内给药等。

二、给药剂量换算

人与动物对同一药物的耐受性差异很大。一般来说,动物对药物的耐受性要比人大,即单位体重的给药量要比人大。人的各种药物给药剂量可以在许多资料中查得,而动物的给药剂量却较难查得,因此在机能学实验中,常需要根据人的给药剂量或一种已知动物的给药剂量来计算出另一种动物的给药剂量。人与动物之间以及动物与动物之间的给药剂量可按体重或体表面积来换算。

(一) 按体重换算

已知 A 种动物每千克体重的给药剂量,欲计算 B 种动物每千克体重的给药剂量,可先从表 3-8 中查出换算系数(W),再按下列公式进行计算:

B 种动物给药剂量(mg/kg)＝W×A 种动物给药剂量(mg/kg)

表 3-8　常用实验动物与人体每千克体重等效剂量换算系数表

	小鼠	大鼠	豚鼠	兔	犬	人
小鼠(0.02kg)	1.00	1.40	1.60	2.70	4.80	9.01
大鼠(0.2kg)	0.70	1.00	1.14	1.88	3.60	6.25
豚鼠(0.4kg)	0.61	0.87	1.00	1.65	3.00	5.55
兔(1.5kg)	0.37	0.52	0.60	1.76	3.30
犬(12 kg)	0.21	0.28	0.34	0.56	1.00	1.80
人(60kg)	0.11	0.16	0.18	0.30	0.53	1.00

注:表中第一行为 A 种动物或成人,第一列为 B 种动物或成人

例如,已知小鼠(A 种动物)对某药物的最大耐受剂量为 20mg/kg,计算 1.5kg 家兔(B种动物)的给药剂量。

由表 3-9 中查得,家兔(B 种动物)对小鼠(A 种动物)给药的最大耐受剂量的折算系数为 0.37,因此 1.5kg 家兔的给药剂量为:

0.37×20mg/kg×1.5kg＝11.1mg

（二）按体表面积换算

研究表明，药物在不同种类动物体内的血药浓度和作用与体表面积呈平行关系，因此按体表面积换算给药剂量比按体重换算更为精确。按体表面积换算给药剂量可根据表 3-9 来进行。

例如，已知成人某药物的给药剂量为 100mg/kg，计算这种药物对犬的给药剂量。

由表 3-9 查得，12 kg 犬与 50kg 成人体表面积的比值为 0.37。成人的给药剂量为 100mg/kg，50kg 成人的给药剂量为：100mg/kg × 50kg = 5000mg。犬的给药剂量为：(5000mg×0.37)/12kg = 154.17mg/kg。

除按上述方法换算外，在实际实验过程中还可按更简单的方法换算。即小鼠、大鼠的单位体重给药剂量为人的 25～50 倍，豚鼠和兔为 15～20 倍，犬和猫为 5～10 倍。

表 3-9　常用实验动物与人的体表面积比值表

	小鼠	大鼠	豚鼠	兔	犬	人
小鼠(0.02kg)	1.00	7.00	12.25	27.8	124.2	332.4
大鼠(0.2kg)	0.14	1.00	1.74	3.90	17.8	48.0
豚鼠(0.4kg)	0.08	0.57	1.00	2.25	10.2	27.0
兔(1.5kg)	0.04	0.25	0.44	1.00	4.50	12.2
犬(12kg)	0.01	0.06	0.10	0.22	1.00	2.70
人(50kg)	0.003	0.021	0.036	0.08	0.37	1.00

（牛　力）

第七节　实验后动物的处理

从人道主义和动物保护的角度出发，需要爱护和善待实验动物。实验结束后，应该让动物尽快无痛苦或尽量减少痛苦地死亡。实验动物种类不同，处死的方法也不同。

一、颈椎脱位法

颈椎脱位法是用力使动物颈椎脱位，造成脊髓与脑髓断离，致使动物快速无痛苦地死亡。方法是：用拇指和示指或大镊子用力往下按住鼠头，另一只手抓住鼠尾，用力一拉，使动物颈椎脱位，造成脊髓与脑髓断离，动物立即死亡。颈椎脱位法由于处死动物后，动物内脏并未受损坏，内脏仍可用来取样，因此被认为是一种很好的动物处死方法。颈椎脱位法最常用于大鼠、小鼠。

二、空气栓塞法

空气栓塞法是用注射器将一定量的空气急速注入静脉，使动物发生栓塞而死亡。当空气注入静脉后，可在右心随着心脏的跳动使空气与血液相混致血液呈泡沫状，随血液循环到全身。空气如进入肺动脉，可阻塞其分支，如进入冠状动脉，可造成冠状动脉阻塞，发生严重的血液循环障碍，动物很快致死。空气栓塞法主要用于较大动物如犬、兔、猫等的处死。一般狗需注入 70～150ml 空气，兔与猫需注入 10～20ml 空气。

三、急性大失血法

急性大失血法是一次性放出动物大量的血液，使其死亡的方法。用粗针头一次性采取大量心脏血液，可使动物致死，豚鼠与猴等皆可采用此法。鼠可采用眼眶动、静脉大量放血致死，具体方法参见本章第五节，大、小鼠眼眶动、静脉的取血方法，犬或家兔等可采取颈总动脉或股动脉放血的方法。

四、药物吸入法

药物吸入法是将有毒气体或挥发性麻醉剂经呼吸道吸入体内，致动物死亡的方法。常用的有毒气体或挥发性麻醉剂有用 CO_2、CO、乙醚和氯仿等。药物吸入法常用于小鼠、大鼠、豚鼠等较小的动物。此法可将多只动物同时置入一个大盒子或塑料袋内，然后充入有毒气体或挥发性麻醉剂，动物在容器内 $1\sim3min$ 即可死去。

五、药物注射法

药物注射法是将药物由静脉注入动物体内致其死亡的方法。常用的药物有氯化钾、巴比妥类、DDT 等。药物注射法常用于较大的动物，如犬、家兔和猫等。

六、其 他 方 法

除上述方法外，鼠类动物的处死还可采用击打法、断头法等方法。

1. 击打法　具体操作为右手抓住鼠尾提起动物，用力摔击鼠头部，动物痉挛致死，或用小木锤用力击打头部致死。

2. 断头法　用剪刀在鼠颈部将鼠头剪掉，由于剪断了脑脊髓，同时大量失血，动物很快死亡。目前国外多采用断头器断头，将动物的颈部放在断头器的铡刀处，缓慢放下刀柄，待接触到动物后，用力按下刀柄，将头和身体完全分离。断头法有大量血液喷出，需多加注意。

（牛　力）

第四章　科学研究基础知识

第一节　科研选题与实验设计

医学科研是在专业理论的指导下,围绕人类身心健康对尚未研究或尚未深入研究的事物进行探讨,旨在揭示事物矛盾的内部联系与客观规律,为医疗防治工作提供科学依据。

一、医学科研方法的分类及特征

现代医学研究沿自然科学分为基础医学、临床医学、预防医学和卫生事业管理学研究。而实施这些研究的方法可概括为调查研究和实验研究两大类。

(一) 调查研究及其特征

调查研究是指研究者对研究对象不施加任何干预措施,而是被动地观察在自然条件或其他影响因素的作用下,某现象的实际发生情况及其相关特征。调查研究根据时间可分为:现状调查(横断面调查)、回顾性调查和前瞻性调查。调查研究具有 2 个基本特征:①研究因素是客观存在的,只能对研究对象作被动的观察;②非研究因素也是客观存在的,不能采用随机分配的方法来平衡混杂因素对调查结果的影响。这是区别于实验研究的最重要的特征。调查研究只能在资料的分析中借助标准化法,用分层分析以及多因素统计分析等方法对混杂因素加以调整。

(二) 实验研究及其特征

实验研究是指研究者根据研究目的主动地加以干预措施,并观察、总结其结果,回答研究假设所提出的问题。实验研究也具有 2 个基本特征:①研究者能人为地设置研究因素;②研究对象接受何种处理是由随机分配而定的。因此,各处理组间具有较好的均衡性,使非处理因素对研究因素的影响相同来评价处理因素的作用。实验研究能够更有效地控制误差,并能使多种实验因素包括在较少次数的实验中。在实际科研工作中,调查研究和实验研究经常结合应用、相互补充。

二、医学科研选题

科研选题是指在研究项目范围内选择本项研究课题的过程,立题是经论证后对本选择课题的确定,科研选题和立题提出了确定本项研究所要解决的科学问题,其中包含科学创新探索。

(一) 选题原则

科研选题时应以能否产生物质财富和精神财富为主要标准,必须坚持科学性、创新性、可行性和效益性的指导原则。

1. **科学性**　选题必须要有科学依据,医学科研首先应以医学理论等专业知识为指导来选择科研课题。

2. 创新性　要求研究的结果有所创新,有所发明,是前人未获得过的成就。所选课题应是当前社会需要解决的主要问题,如对某些严重危害人民身体健康的疾病发病机制和防治方法的研究。

3. 可行性　设计课题时应考虑实际情况,如人力、物力(设备、经费等方面)、情报等是否可保证科研的按期进行。

4. 效益性　科研投资与预期成果的综合效应是否相当。其衡量标准是有无医学指导意义、临床使用价值、经济效应和社会效应。

(二) 选题方法

科研选题时首先应进行预调查研究,借助和综合前人或前期发明创造确定研究方向和内容,并从现实条件出发,选择难度大小适宜的科研课题。为了综合要进行的研究领域的科技成果,必须进行预调查研究,了解现状和进展,才不至于重复工作走弯路。预调查研究的方法主要有以下 3 种。

1. 查阅文献　是贯穿研究全过程的一项重要工作。尤其在选题时必须集中一定的时间进行文献检索,准确及时地把握与研究领域理论、实验技术有关的科技成果现状及其研究动态。医学研究文献主要有:科技图书、古代和现代的医学著作、期刊杂志、反映国内外最新科技动态和信息的出版物等。其他的工具书和读物还有科技报告、学位论文、专利专刊文献及报纸新闻等。有的杂志内容新颖、报道速度快,反映了各国最新的研究动态和水平。

2. 计算机检索　由于现代计算机技术的发展和广泛应用,直接从计算机检索文献是最快速、便捷、准确的检索方法。

3. 市场信息咨询　某些研究如中西药制剂的研制往往还要进行市场前景调查或预测、专家咨询等。

(三) 选择课题

科研课题的最终选择是选题的核心,预调查研究是前期工作,为研究者提供了大量的可参阅资料,应用专业理论和知识选定具体的科研课题。确定选题时应注意:

1. 从临床和社会实践的积累中选择有价值的课题研究。

2. 从常见病、多发病、疑难病着手,选择适于研究的课题。

3. 从药理、药效学试验研究方法中选题。

课题来源有指令性课题、指导性课题、自选课题。为了科学研究工作的顺利进行或课题申报,必须有一个完整、科学的研究方案设计。

三、实验设计的三大要素

科研的基本要素包括处理因素、受试对象和实验效应。如用某种传统西药和中成药治疗缺铁性贫血,观察比较 2 组患者血红蛋白的上升趋势,在该研究中所用的 2 种药物称为处理因素,缺铁性贫血患者称为受试对象,血红蛋白称为实验效应。如何正确选择三大要素是科研中专业设计的关键问题。

(一) 处理因素

处理因素通常是指由外界施加于受试对象的因素,包括生物的、化学的、物理的或内外环境的。但是生物本身的某些特征如性别、年龄、民族、遗传特性、心理因素等也可作为处

理因素来进行观察。因此,研究者应正确、恰当地确定处理因素。在确定处理因素时应注意以下几点:

1. 抓住实验研究中的主要因素　研究中的主要因素是根据本人或他人在以往研究基础上提出的某些假设和要求来决定的。一次实验涉及的处理因素不宜太多,否则会使分组增多,受试对象的例数增多,在实施中难以控制误差。然而,处理因素过少,又难以提高实验的广度和深度。因此,在确定实验研究的处理因素时,需根据研究目的的需要与实施的可能来确定带有关键性的因素。

2. 找出非处理因素　除了确定的处理因素外,凡是影响实验结果的其他因素都称为非处理因素。非处理因素所产生的混杂效应也影响了处理因素产生的效应对比和分析,因此非处理因素又称为混杂因素。例如,在上述 2 种不同药物治疗缺铁性贫血患者的试验中,非处理因素包括年龄、性别和营养状况等。如果 2 组患者的年龄、性别和营养状况等构成不一,则可能影响药物疗效的比较。因此,在实验设计时,便需设法控制这些非处理因素,只有这样才能消除它们的干扰作用,减小实验误差。

3. 处理因素必须标准化　处理因素的强度、频率、持续时间与施加方法等,都要通过查阅文献和预备试验找出各自的最适条件,然后订出有关规定和制度,并使之相对固定,否则会影响试验结果的评价。如处理因素是药物,必须正确选择批号,给药途径和时间也应标准化和相对固定化。

(二) 受试对象

受试对象即研究对象的选择,对实验结果有着极为重要的影响。大多数医学科研的受试对象是动物和人,也可以是动物或人的离体器官、组织、细胞或分子。但中药种植中培育品系的研究则将药用植物列为受试对象。

在医学科研中,作为受试对象的前提是必须同时具备 2 个基本条件:一是必须对处理因素敏感;二是必须稳定。因此,在观察新药的临床疗效试验中,应当选择中等程度的中青年患者,受试对象的疾病应诊断明确(依照国内或国际统一的诊断标准),且表现具有典型性,只有这样才能显示疗效高低的差别。研究者必须深知受试对象的心理状况、情绪起落、病情程度、病程长短、生活习惯、个人嗜好、家庭经济收入和食品种类等都不同程度地影响疗效,这些影响因素必须很好地加以控制,使组间均衡化。根据研究目的不同,对实验动物的选择要求也不同。实验动物的选择应针对性地注意种类、品系、年龄(月龄)、性别、体重、窝别和营养状况等。为保证实验效应的精确性,对某些动物的生活环境还有严格的要求。

(三) 实验效应

实验效应的内容包括实验指标的选择和观察方法 2 个部分。实验指标的选择有以下要求。

1. 指标的关联性　选用的指标必须与所研究的课题具有本质性的联系,且能确切反映处理因素的效应。所选指标是否具有关联性,充分反映了研究者的专业知识与技术水平。

2. 指标的客观性　指标数据的来源决定它的主、客观性质。主观性指标来自观察者或受试对象,易受心理状态与暗示作用的影响,在科研中应尽量少用。客观性指标是指通过精密设备或仪器测定的数据,能真实显示实验效应的大小或性质,排除了人为因素的干扰。

3. 指标的灵敏度　指标的灵敏度通常由该指标所能正确反映的最小数量级或水平来确定。如溶液中物质含量的测定,除测出下限值以外,还可测出最低改变浓度来反映灵敏度。一般要求指标的灵敏度能正确反映处理因素对受试对象所引起的反应就够了,并非灵敏度越高越好。

4. 测定值的精确性 精确性具有指标的精密度与准确度双重含义。准确度是测定值与真实值接近的程度。精密度是重复测定值的集中程度。从设计角度来分析,第一强调准确,第二要求精密。既准确又精密最好,准确但精密度不理想尚可,而精密度高但准确度低则不行。应当强调指标的精确性除与检测指标的方法、仪器、试剂及试验条件有关外,还取决于研究者的技术水平及操作情况。

5. 指标的有效性 指标的有效性是由该指标的敏感性(敏感度)与特异性(特异度)来决定的。在医学科研中,理想的试验是阳性只出现在患有本病的条件下,未患本病时的试验是阴性。但是绝大多数生物学与医学试验,由于生物个体之间存在差异与试验结果呈正态分布或偏态分布,从试验结果来分析,患者与非患本病者通常在分布上存在不同程度的交错重叠现象。例如,测定年龄、性别、民族、地区相同的三群人的身高(巨人症、正常人、呆小症),不难发现正常人中个别高个子与巨人症中的矮个子的身高值有重叠,正常人中的矮个子又与呆小症中的高个子身高值有重叠。对于大多数试验而言,在样本含量确定的条件下,敏感性与特异性存在反变关系。因此,在选择指标时,宜将两者综合起来考虑。

四、实验设计的基本原则

在医学科研中,通过专业设计,正确而科学地解决三大要素中各个环节的复杂问题以后,在进行具体实验以前还必须进行实验设计,例如对受试对象如何分组、怎样合理估计各处理组(处理组合)中样本的例数、对非处理因素如何控制等方面作进一步的操作和安排。对照、随机与重复是任何实验设计中必须遵循的三大基本原则。

(一) 对照原则

对照是实验设计的首要原则。有比较才能鉴别,对照是比较的基础。除了受观察的处理因素外,其他影响效应指标的一切条件在实验组与对照组中应尽量相同,要有高度的可比性,才能排除混杂因素的影响,对实验观察的项目作出科学结论。对照的种类有很多,可根据研究目的和内容加以选择。常用的有以下几种。

1. 空白对照 对照组不施加任何处理因素。如观察某种升压药的作用时,实验组动物服用升压药,对照组不服药或服安慰剂。这种方法简单易行,但容易引起实验组与对照组在心理上的差异,从而影响实验效应的测定。临床药物疗效观察一般不宜采用此种对照。

2. 自身对照 对照与实验在同一受试对象进行。例如,同一受试对象用药前后的对比,用 A 药与用 B 药的对比,均为自身对照。

3. 相互对照 又称为组间对照。不专门设立对照组,而是几个实验组之间相互对照。例如,用几种药物治疗同一疾病,对比这几种药物的效果,即为相互对照。

4. 标准对照 不设立对照组,实验结果与标准值或正常值对比。

在动物实验中,常采用前面 3 种对照方式。

(二) 随机化原则

在实验研究中,不仅要求有对照,还要求各组间除了处理因素外,其他可能产生混杂效应的非处理因素在各组中(对照和实验组)尽可能保持一致,保持各组的均衡性。随机化原则是提高组间均衡性的一个重要手段,也是资料统计分析时统计推断的前提。随机化抽样的目的就是要使总体中每一个研究对象都有同等的机会,被抽取分配到实验组或对照组。通过随机化,尽量使抽取的样本能够代表总体,减少抽样误差。使各组样本的条件尽量一致,消除或减少人为误差,从而使处理因素产生的效应更加客观,以得出正确的实验结果。随机化抽样的基本方法有随机数学表法、计算器随机数学法和抽签法等,可视具体情况而定。

(三) 重复原则

重复原则是保证科研结果可靠性的重要措施。由于实验动物的个体差异等原因,一次实验结果往往不够准确可靠,需要多次重复实验方能获得可靠的结果。重复有 2 个重要的作用:①可以估计抽样误差的大小,因为抽样误差即标准误差的大小与重复次数呈反比;②可以保证实验的可重复性即再现性。就动物实验而言,实验需重复的次数即实验样本的大小,取决于实验的性质、内容及实验资料的离散度。一般而言,计量资料的样本数每组不少于 5 例,以 10~20 例为好。计数资料的样本数则每组不少于 30 例。

(熊建军)

第二节　医学文献检索

信息科学发展非常迅速,其内涵涉及众多学科及其分支。医学文献检索与利用就属于医学信息学的一个分支课程,它是一门实践性很强、应用性很广的学科。随着医学发展的日新月异、信息技术的突飞猛进,医学文献检索显示出强大的生命力和巨大的需求潜力。

医学文献检索是从事医学研究,撰写医学论文或医学著作的重要环节和基础环节。因此,医学文献检索也是医学临床工作者和医学科研工作者的基本技能之一。检索医学文献,培养医学学生和广大医学工作者的科研能力,显得越来越迫切和重要。

文献是记载知识的一切载体,是知识的外在表现形式。医学科研成果大多是以文献的形式加以记载并得到学术认可的。医学科研人员在科研过程中,包括立题、试验研究、成果鉴定、交流推广,都要通过文献查阅、信息调研来了解课题的相关信息,如该课题是否有人研究过、研究的程度如何、有哪些重要的突破,还有哪些问题有待解决、研究发展的趋势如何等。

信息检索是指根据特定的课题需要,运用科学的方法,采用专门的工具,从大量的信息(文献)中迅速、准确而无重大遗漏地获取所需信息(文献)的过程。

一、信息检索的基本步骤

1. 分析课题,明确检索要求。根据是为课题查新还是为选定课题后的科研设计而检索,然后确定检索的学科范围、检索年限、检索提问式,决定检索工具和检索方法。

2. 根据检索课题的要求,选择相关的检索工具及最佳的检索方法。

3. 选好检索工具后,根据检索工具的特征选择检索途径,确定检索标识,如分类号、著者姓名、主题词等,必要时还可以借助其他辅助检索方式,如专利索引、化学物质索引、登记号索引等。确定检索标识后,选择检索途径进行检索。

4. 应用上述选择的检索提问式与检索工具中的文献标识进行比较,通过具体查找,从中找到所需的文献线索,从而决定文献的取舍。

5. 根据查得的文献线索获取原始文献。如果原文刊登在期刊上，先找期刊名称，再找相应的年、卷、期、页码。

二、常用检索方法

常用检索方法又称为工具法或直接法，就是直接利用文献检索工具查找文献的方法。常用法根据时间范围又分为顺查法、倒查法和抽查法。

（一）顺查法

顺查法是以所查课题起始年代为起点，按时间顺序由远而近地查找。这种方法主要是要知道某一专题是何时开始研究，某一药品或方法在何年被发现或命名。从研究开始的年代查起，一年年或一卷卷地通过检索工具查找。顺查法的优点是查全率高，漏检、误检率低，缺点是费时、费力，工作量较大。

（二）倒查法

倒查法是一种由近及远的逆时间查找文献的方法。倒查法与顺查法相反，按照由新到旧、由近及远、由现在到过去逆时间顺序逐年查找。因此，倒查法多用于新开课题或有新内容的老课题，检索的重点为查找近期文献，因为近期文献不仅反映了现在的研究水平，而且一般都引用、论证和概述了早期的文献资料。这种方法主要用于收集最新资料。

（三）抽查法

抽查法是根据课题研究的特点，抓住该课题研究发展迅速，文献信息发表较多的年代，抽取一段时间如几年或十几年或一段时间内的几个点，进行逐年查找，直到满意为止。这种方法一般是在选定课题后，要制订计划，准备材料开始实验前采用的一种检索方法。

三、文献检索的途径

（一）责任者途径

责任者途径是根据文献著译、编者的名称查找文献信息的途径，是外文检索工具较为重要的途径和惯用途径。按著者姓名顺序排列，易于利用，又便于编排，也易于机械加工。使用著者途径检索文献信息须注意文种不同和姓名排列方式的差异，如单姓、复姓、父母姓连写、本名、教名以及姓名中附加荣誉称号等。欧美人的姓名习惯上名在前、姓在后，而目前使用的各种著者目录和著名索引则按姓在前、名在后的方式以字序排列，因此在具体检索时应按姓在前、名在后的顺序查找。

（二）题名途径

题名途径也称为书名途径。题名检索途径是指根据文献题名查找文献信息的途径。它把文献题名按照字顺排列起来编成索引，其排法简单易行，易于检索。

（三）文献类型途径

文献信息检索工具收选的信息源多种多样，如期刊、图书、科技报告、专利、技术标准、政府出版物、会议记录等。为满足查询者不同的检索要求，如会议文献或专利文献的查找，不少检索工具也增设文献类型检索途径，如专利号索引、图书索引、会议索引、报告索引等，以满足不同类型检索用户的需求。

（四）分类途径

分类目录和分类索引是普遍使用的分类检索工具。其缺点是对于较难分类的新兴学科和边缘学科来说,查找不便。查找时须首先了解反映学科体系的分类表,再将概念变换为分类号,然后按分类号进行检索,由于概念变换为分类号的过程中易出差错,所以也会导致漏检和误检。但是很多检索者希望从其熟悉的分类系统,从学科概念的上下左右关系了解事物的派生、隶属、平行等关系,满足族性检索的需求。分类途径能够较好地满足这一要求。

（五）主题途径

主题途径是指根据表达文献主题内容的主题词及其派生出的关键词为标识查找文献信息的途径。其主要检索工具是主题目录和主题索引,或标题词索引、关键词索引、叙词索引等。主题途径检索文献信息的优点是,用主题词作为标识,表达概念准确、灵活、专指度高,可使同一主题的文献集中,检索效率高。其缺点是,主题索引缺少学科系统的整体性和层次性,因此,难以达到很高的查全率。

四、医学信息网络检索

医学信息网络检索主要是通过因特网实现的。在利用网络检索医学文献时,首先要掌握网站或数据库直接检索,这种检索途径适合于对网站信息资源比较了解和掌握的检索者。在检索时,可以根据文献需求来选择数据库。例如,要查找中医学方面的文献,可以选择《中国生物医学光盘数据库》或《中文生物医学期刊数据库》,检索全文就可以选择使用中国知识基础工程的全文数据库或重庆维普的全文检索,外文就可以选择检索系统来检索。下面介绍几种常用的医学文献网页供大家参考。

（一）国外信息网

1. Medline(www. ncbi. nlm. nih. gov) 由美国国立图书馆研制,是世界上使用最广泛的医学科技文献库,主要提供有关生物学和生命科学领域的文献,提供简单检索和高级检索。用户可用逻辑运算符等运算符进行组配检索,也可以在高级检索中定义检索题录、作者和文摘字段。论文题目、摘要等均可免费下载,但文章全文则要支付一定的费用。Medline 的网页很多,主要有:

http://www. healthgate. com

http://www. biomednet. com

http://igm. nlm. nih. gov

http://www. medscape. com

http://www. infotrieve. com

2. 美国科学信息情报研究所(ISI) ISIWeb 是全球最大、覆盖学科最多的综合性学术信息资源网,它收录了自然科学、工程技术、生物医学等各个研究领域,最具影响力的超过8700 多种核心学术期刊。

3. PharmInfonet(医药信息网) 由美国 VirSCI 公司创建,其网址 http://www. pharminfo. com。该网通过 Internet 向医生和患者提供最新的、可靠的医药信息,几乎涵盖了医药信息的药品数据库、疾病数据库、医学专题综述、新药数据库、用药问答、医药市场、最新医药信息、安全用药指南、医药新闻组、医药信息网的主要电子出版物、医药信息服务等 12 个方面。

（二）国内信息网

1. 中国生物医学文献数据库（www. imicams. ac. cn） 该数据库是中国医学科学院医学信息研究所开发研制的综合性医学文献数据库。收录了自 1978 年以来的 1600 多种中国生物医学期刊，以及汇编、会议论文的文献题录，年增长量约 40 余万篇，数据总量达 350 余万篇。学科范围涉及基础医学、临床医学、预防医学、药学、口腔医学、中医学及中药学等生物医学的各个领域。

2. 中文生物医学期刊数据库（CMCC, http://202. 196. 78. 198:1011/cmcc/home. htm） CM-CC 是解放军医学图书馆 1994 年创建的近期中文医学期刊文献的数据库，是面向医院、院校、科研、图书情报、医药卫生和医药出版等单位的文献摘要数据库，收录中文生物医学期刊 1350 余种，累计期刊文献（目录文摘）200 万篇，年递增约 30 万篇，半月更新，1 年 24 期光盘。它收录文献量大、专业性强、信息新、查询途径广、更新及时、系统功能比较完备、用户界面友好、使用方便，是检索最新医学文献的重要工具。

（三）利用搜索引擎检索医学文献

Internet 网上信息浩如烟海，在数量庞大、日新月异、相当分散的 Internet 上既要专指性好，又要查全率高地获取信息是相当困难的，仅靠上面的一些网址也是不够的，这就要利用 Internet 的搜索引擎。

（熊建军）

第三节 实验数据的处理与分析

科研活动总是伴随着很多数据，对实验数据的处理与分析是科研活动的基础。实验数据的处理与分析主要包括实验数据的记录和统计处理两大方面。

一、实验数据的记录

科研活动中数据应真实描述和记录，记录内容主要包括实验的题目、目的、材料和方法、实验结果、分析讨论情况、参考文献、记录时间及署名等。实验记录中应避免只重视实验研究结果记录的现象。

（一）实验题目

实验题目应具体且操作性强。一般是围绕课题总目标的若干具体分题或者是系列实验的不同阶段而产生的。

（二）实验目的

主要介绍实验的目标，要求精练、简短。

（三）实验材料和方法

材料和方法格式一般是分明别类，逐条书写，记录时应注意详略得当。

在记录实验对象和仪器试剂方面应具体，包括实验对象中人或动物的名称、数目、分组、身长、体重、性别、年龄和健康状况；生物的种类、品种、膳食的构成和配置方法；样品的来源、性状、采制方法等；仪器设备的名称、型号、规格、生产厂商，实验仪器系统的组成及参数；药品和试剂的名称、规格、剂型和生产厂商；试剂的浓度、酸度；重要的试剂还需要标明批号等。

实验方法和步骤应重点记录创新之处。如在参阅他人的基础上对操作的具体方法和步骤有所改进,要着重详述改进之处。作者自己创新建立的方法,则必须详尽写明操作过程及操作要点。而对常用的、众所周知的方法可以从略,若借鉴他人的有关方法,也不必详述,仅标明文献出处即可。

(四) 实验结果

记录实验结果要建立在科学周密的实验观察的基础之上,应当详细、系统、全面地整理。实验结果的记录形式有数字、表格及图片等,并应作明确的文字描述及说明。要及时保存数据,特别是要注意图像的保存。

记录实验结果应避免从主观愿望或从书本理论出发,改动自己认为不满意的结果,严禁撕页或涂改数据,应妥善保存好实验记录。

(五) 分析与讨论

每次实验完成后应对实验研究过程中获得的各种资料、数据、现象等进行综合分析、解释和说明。主要包括如下几个方面的内容:①实验结果是否达到了预期目标;②实验过程中遇到的问题、差错、教训及解决的方法;③实验结果提示了哪些新问题,对下一步实验有何指导作用;④实验结论及意义。

(六) 参考文献

列出参考文献有助于反映实验文献报告的科学依据,提供有关原文信息的出处,对实验报告有启示和帮助。

(七) 记录时间和署名

每次实验均应记录实验时间,特别是某个实验进行多次重复时应有区别不同实验时间的记录。实验记录人完成记录后,应当署名,同时应当由审核人予以审核校对实验数据的正确性并签名。

二、实验数据的统计处理

实验数据的统计处理就是对记录的原始数据进行整理、分析和推断。原始数据即统计资料,可分成不同类型,如计量资料和计数资料等。不同类型的资料,统计处理方法不同。

(一) 计量资料

计量资料又称为定量资料或数值变量资料,为测定每个观察单位某项指标的大小而获得的资料,其变量值是定量的,表现为数值的大小,一般有度量衡单位。如动物的体重、血压、心率、尿量、平滑肌收缩幅度等。

计量资料的统计分析方法可以分为两大类,即参数、非参数统计方法。若原始数据满足正态分布和方差齐性要求,可用参数方法;若不满足正态分布和方差齐性要求,可选择非参数方法。多数情况下,医学研究中的计量数据都符合正态分布,因而参数方法是较为常用的分析方法。2个样本均值比较时,如果方差齐性,可用 t 检验。多个样本均数比较用方差分析。具体数据分析时常用统计软件。

下面介绍 SPSS 软件在计量资料统计中的应用。用 SPSS 软件实现两样本均数的 t 检验方法如下:选择 Analyze-Compare Means-Independent-Samplest Test,将分析变量送入

Test 框中,将分组变量送入 Crouping 框中。输出的结果中第一张表为对需检验变量的基本情况描述;第二张表首先用 F 检验作了方差齐性检验,然后分别给出 2 组在方差齐和不齐时的 t 检验结果。

在 SPSS 统计分析软件中,可用 One-way ANOVE 进行单因素方差分析。在主菜单中点击 Analyze-Compare Means-One-way ANOVA,将观察指标选入 Dependent list 框中,将研究或处理因素变量选入 Factor 框中,最后点击 OK 即可得到方差分析结果。

计量资料在统计之前应注意下列问题:有无应舍数据,如数据在 $(\overline{x}\pm3sD)$ 之外者可考虑舍弃;有无方差不齐,如 2 组的标准差相差 1 倍以上时,不必检验即可判断为方差不齐;有无明显偏态;有无不定值,如有不定值的资料时,不宜用均数作 t 检验,可改用中位数表达,秩和检验或序值法检验等。

(二)计数资料和等级资料

计数资料又称为定性资料和无序分类变量资料,是指将观察单位按某种属性或类别分组计数,分组汇总各组观察单位数后而得到的资料。其变量值是定性的,表现为互不相容的属性或类别,如将试验的结果分为阳性、阴性的二分类或将人类血型分为 A、B、AB、O 型的多分类。

等级资料又称为半定量资料或有序分类变量资料,是将观察单位按某种属性的不同程度分成等级后分组计数,分类汇总各组观察单位数后而获得的资料。其变量值具有半定量性质,表现为等级大小或属性程度。如观察患者尿液中的蛋白含量,以人为观察单位,根据反应强度,结果可分"一、±、+、++、+++、++++"6 级。

计数资料一般情况下选用 χ^2 检验或秩和检验。两样本率的比较时常采用 χ^2 检验,等级资料常使用秩和检验。

下面介绍 SPSS 统计分析软件在成组设计四格表 χ^2 检验中的应用。实现四格表的菜单:Analyze-Descriptive Statistics-Crosstabs。在 Crosstabs 对话框中给定 row 变量和 column 变量,在 Statistics 中选定 Chi-square,在 Cell display 中选定 Expected 和 Percentage,可输出四格表中的观察频数、期望频数、行百分比;进一步还可得到 Pearson χ^2 值和 Fisher 确切概率等。

计数资料统计分析时应注意如下事项:①样本量:如 2 组总例数少于 40 且其中有数据 <5,或数据中有 0 或 1 时,应改用精确概率法;②有无配对关系:当每一对象接受 2 种处理(2 个疗程或左右两侧用药),应改用配对 χ^2 检验;③有无等级关系:有等级关系的资料(如痊愈、显效、有效、无效,+++、++、+、一等),应采用等级序值法,或 Ridit 法检验;④多组资料,应在组间两两对比。

(三)相关与回归

相关与回归用于研究和解释 2 个变量之间的相互关系。如果 2 个变量 (x,y) 有相关关系,且相关系数的显著性测验有显著性,则可以根据实验数据 (x,y) 的各值,归纳出由一个变量 x 的值推算另一个变量 y 的估计值之函数关系,找出经验公式,这就是回归分析。若相关是直线相关,且要找的经验公式是直线方程,则称为直线回归分析。直线回归分析是应用最广的一种,呈直线关系或能直线化的函数规律的资料都可进行直线回归分析。如血药浓度与药物剂量之间的关系可以进行相关性统计分析。如剂量选择适当,数据近似直线关系,可用各实测数据进行直线回归分析,写出回归方程式、回归系数及其显著性检验。

直线回归方程的通式是 $y=a+bx$，其中 y 是由 x 推算的估计值（理论值），故标为 y，a 是回归线在 y 轴上的截距，b 为回归**系数**（由 x **推算** y 的回归系数），即回归线的斜率，反映 y 随 x 变化的变化率。

如果不要求由 x 估算 y（或者先不考虑这个问题）而关心的是 2 个变量间是否确有直线相关关系以及相关程度如何，此时可应用相关分析。相关程度的大小及相关方向可用相关系数 r 表示，其值为 $-1\leqslant r\leqslant 1$。r 为正表示正相关，r 为负表示负相关。

因此，回归反映两变量间的依存关系，相关反映两变量间的互依关系，两者都是分析两变量间数量关系的统计方法，其实际的因果关系要靠专业知识判断，不要对实际毫无关联的事物进行回归或相关分析。

相关系数 r 与回归系数 b 的正负号一致，正值说明正比，负值说明反比，而且 b 或 r 与 0 的差异有否显著性可用 t 检验。

（黄爱君）

第四节　科研论文的撰写

一、科研论文概述

科研论文是科研工作的书面总结，是对科学领域内的现象、事件进行的描述、探讨和研究。它是研究者汇报研究成果、进行交流的永久记录，体现着科学水平和严谨的科学态度。科研论文应具备科学性、先进性、逻辑性和文学性的特点。其中，科学性是指研究样本具有代表性，研究样本组别具有可比性，资料处理正确性和结果准确性等。科研论文不能像文学作品那样带有虚拟及夸张，必须依据从实验中获得的实验结果来论证所提出的假说。科研论文的撰写过程主要包括：论文撰写的资料准备、主题的确立、材料的选择和应用、写作提纲的拟定、论义的形成和论义的检查修改等。科研论文种类很多，体裁各异，主要有论著、评论、简报、病例报告、综述讲座、会议纪要、消息动态、经验、短篇、简讯、文摘等。

二、科研论文的内容结构与写法

科研论文的内容可分为三大部分，即前置、主体和附录。前置部分包括文题、作者、中英文摘要及关键词；主体部分包括前言、正文、致谢和参考文献；附录部分包括作者单位、所在地址、邮政编码、作者简介、课题基金等级等和项目有关的其他说明。

（一）题名

题名也称为文题、标题或篇名。题目是论文的总纲目，它的内涵要展现论文的中心内容和主要的观点、方法，其外延能够为研究者提供资料。文字力求简练，逻辑性强，准确恰当地将所要研究的目的、范围和深度及某些因素之间的关系生动地表达出来。题目用直叙口气，不用惊叹号或问号。题目中所用到的词，尽量使用通俗易懂、便于引用的规范性术语。中文文题一般以不超过 25 个汉字为宜。

（二）作者署名

作者署名及其单位列于题名之下，以表明文责自负，所在单位和作者拥有著作权。科研论文应该署真名和真实的工作单位。作者应该是对选题、论证、文献的查阅、方案的设计、方法的建立、资料的整理和总结、撰写等全过程负责的人，根据参加实验时所承担工作的重要程度，书写作者名次，并注明作者的工作单位。

（三）摘要及关键词

摘要是从论文内容中提炼出来的要点，是概括而不加注释或评论的简短陈述，应简练、准确、完整而独立成文。摘要书写的内容及顺序是：目的、方法、结果、结论。目的是指该研究要解决的问题；方法是指研究工作所采用的原理、材料、抽样或设计方法等；结果是指实验研究的结果、数据等；结论是指对结果的分析、评价、建议等。同时，还需写出一份内容相同的英文摘要。

关键词是论文中最能反映中心内容的名词或词组，是最能说明全文含义的词。每篇文章可选择 3～8 个关键词，可参照《汉语主题词表》和全国自然科学名词审定委员会公布的《医学名词》来确定。

（四）引言

引言又称为前言、序言或概论。引言属于整篇论文的引论部分，说明研究问题的由来，有关重要文献的简述，研究目的和范围，研究意义及关于本研究的国内外进展。

（五）正文

正文是科研论文的核心部分，是全文最重要的篇幅，是一篇文章的学术性和创造性的集中体现。正文包括材料和方法、结果、讨论和结论等部分。

1. 材料和方法　也称为资料与方法、对象与方法等，是科研论文的基础，记录材料和方法有利于说明实验结果的科学性和结论的确切性，有利于重复实验。

材料和方法的内容包括实验对象、实验仪器、实验药品、试剂和方法等。如人或动物的数目、性别、年龄、身长、体重等一般情况；生物的种属、历史或繁殖代数、遗传特征、健康状况；分组情况；膳食或饲料的构成和配制方法；仪器或药品的厂牌、型号或批号；试剂的浓度、酸度；研究环境如季节、温度、湿度等。

实验方法可根据实验的实际情况进行归纳。包括描述麻醉方法、手术操作、药物或刺激的给予、所要观察的项目等；数据记录方式、资料和结果的收集整理；指出在操作过程中应当注意的问题。

2. 结果　是论文的核心，结论的依据，是形成观点与主题的基础。结果的表达方式有 3 种，即文字叙述、列表和制图。所有必要的实验数据、典型病例、观察结果都要通过统计表、曲线图或照片等结合文字表述出来。结果中的数据要进行有效的处理，有效数字的保留数应一致。论著中的数据要经过统计学处理，对均数和率应进行显著性检验，否则易于造成假象。

科研论文里的结果表格要求采用三线表。表序和表题列于表的上方，表中如有共同的计量单位加圆括号列于表题后，如有特殊说明用注释，表中数据一律用阿拉伯数字表示。图是一种形象化的科技语言，它可直观地表达研究的成果，显示变化的特殊性和规律性。对实验观察结果只作描述，不加任何分析、议论、评价和推论。

3. 讨论　是论文的重要组成部分，针对结果所反映的问题，从理论上进行分析比较，就有关的问题阐明自己的观点，并进行推论、评价和预测。讨论应重点说明研究的新发现和新启示。内容可包括对各项实验结果分别进行分析和解释；本文结论与相关文献的异同进行比较分析;提出共性的认识或推论;研究中未能解决或不够完善的内容等。总之,讨论应围绕文章的中心思想,充分讨论所得的各种实验结果。从实验结果中按照符合逻辑的思维方式,得出符合假说或是推翻假说的结论。

4. 结论　也称为总结或小结。有的文章没有结论一栏,而是把它放在每一段讨论内容最后几句话中体现。结论是对研究工作的主要内容和结果的概括,将实验结果和讨论分析后的认识以简明的结论形式表达出来。结论要简单扼要,观点明确。概括出的结论要符合研究结果的实际。

(六) 致谢

致谢是作者对在本研究及撰写论文过程中有关单位和个人给予的帮助和支持表示感谢,应事先征得被致谢者的同意方可刊出。致谢一般放在文尾、参考文献之前。

(七) 参考文献

参考文献著录项目有主要责任者、文献题目及版本、出版项(出版地、出版者、出版年)、文献出处或电子文献的可获地址、文献起止页码、文献标准编号等。专著和期刊文献的格式有所不同。如:

[1] 徐志凯. 临床微生物学[M]. 北京:高等教育出版社,2007:1-5

[2] 王丹敏,葛新,王玉祥,等. 辅导医学生开展课外实验的几点体会[J]. 山西医科大学学报(基础医学教育版),2005,7(5):647-648

三、科研论文撰写的注意事项

科研论文撰写时应注意避免以下问题:

1. 前言部分目的性不明确、背景信息交代不清楚或过于繁杂。

2. 研究方法描述不详尽,研究对象中忽略了一些必要信息,列举材料不充分,使读者无法进行精确的评价。

3. 结果中直接列举未经过统计学处理的结果,仅表达了对结论有利的阳性结果。

4. 讨论缺乏条理性、层次感和清晰性,对影响因素考虑不全,对结果能否外推以及外推的条件、范围等未作说明。

(黄爱君)

第五章　生理学基础性实验

第一节　坐骨神经-腓肠肌标本的制备

【实验目的】

1. 学习捣毁蛙类脑和脊髓的方法。

2. 学习蛙类坐骨神经-腓肠肌标本的制备方法,为相关的机能学实验提供标本。

【实验原理】

蛙和蟾蜍为两栖类动物,其一些基本的生命活动和功能与哺乳类动物相似。蛙和蟾蜍的离体器官组织对实验条件的要求较简单,易于控制和掌握。在机能学实验中常用蛙或蟾蜍的坐骨神经-腓肠肌标本来观察神经肌肉的兴奋性、刺激与反应的规律以及肌肉收缩的特点等。

【实验对象】

蟾蜍或青蛙。

【实验器材与药品】

蛙类手术器械1套(粗剪刀、组织剪、眼科剪、圆头镊、眼科镊、金属探针、玻璃分针、蛙钉、蛙板)、滴管、培养皿、烧杯、手术丝线、棉花、锌铜弓;任氏液。

【实验步骤】

1. **破坏脑和脊髓**　取蟾蜍或蛙1只,用水冲洗干净。左手握住蟾蜍,用拇指按压背部,示指按压头部前端,使头前俯。右手持金属探针由头部前端沿正中线向尾端触划,当触划到凹陷处即枕骨大孔所在部位时,将金属探针垂直刺入枕骨大孔,然后折向前刺入颅腔并左右搅动,充分捣毁脑组织。将金属探针抽回到进针处,再折向后刺入椎管,反复搅动捣毁脊髓。如果蟾蜍呼吸消失,四肢松软,表明脑和脊髓已完全被破坏,否则需按上述方法再行捣毁(图5-1)。

2. **剪去躯干上部及内脏**　左手捏住蟾蜍脊柱,右手持粗剪刀在骶髂关节水平以上0.5～1.0cm处剪断脊柱,再沿脊柱两侧剪开腹壁,使躯干上部与内脏自然下垂,剪去躯干上部与所有内脏,留下后肢、骶骨、部分脊柱及紧贴于脊柱两侧的坐骨神经(图5-2)。

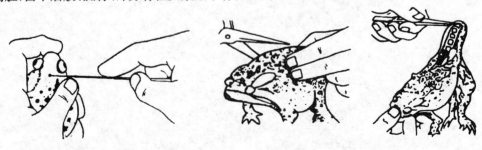

图 5-1　破坏蟾蜍脑和脊髓　　　　　　　图 5-2　剪去躯干上部及内脏

3. **剥皮及分离下肢**　左手用圆头镊夹住脊柱断端(注意不要压迫脊神经),右手捏住断端边缘皮肤,向下牵拉剥掉全部后肢皮肤(图5-3)。用任氏液冲洗下肢标本,然后沿正中线用粗剪刀将脊柱及耻骨联合中央剪开,分离两侧下肢。将两下肢标本置于盛有任氏液的培养皿内备用,洗净手及用过的器械。

4. 游离坐骨神经 取一侧下肢标本腹侧朝上放于蛙板上,用玻璃分针沿脊柱旁游离坐骨神经,并靠近脊柱处穿线,结扎并剪断。轻轻提起结扎线,用眼科剪剪去周围的结缔组织及神经分支。再将标本背面朝上放置,将梨状肌及周围的结缔组织剪去。在股二头肌及半膜肌之间的缝隙处(即坐骨神经沟)找出坐骨神经大腿段,用玻璃分针仔细游离坐骨神经,并剪断其所有分支,将坐骨神经一直游离到腘窝(图5-4)。

5. 游离腓肠肌,制备坐骨神经-腓肠肌标本 将游离干净的坐骨神经轻轻搭在腓肠肌上,在膝关节周围剪去全部大腿肌肉,并用剪刀将股骨刮干净,在股骨中段剪断股骨。在腓肠肌跟腱处穿线并结扎,在结扎处远端剪断跟腱。游离腓肠肌至膝关节处,轻提结扎线,然后将膝关节以下小腿其余部分剪去。这样,坐骨神经-腓肠肌标本就制备完成了(图5-5)。

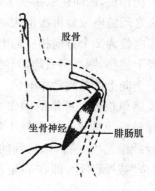

图5-3 剥离后肢皮肤　　　图5-4 游离坐骨神经　　　图5-5 坐骨神经腓肠肌标本

6. 检查标本的兴奋性 用浸有任氏液的锌铜弓轻轻触及坐骨神经,如腓肠肌发生迅速而明显的收缩,则表明标本的兴奋性良好。将标本置于盛有林格溶液(任氏液)的培养皿中待其兴奋性稳定后备用。

【注意事项】

1. 穿刺脑和脊髓时,不要将蟾蜍的背部对着自己和别人的面部,防止蟾酥溅入眼内。如果蟾酥溅入眼内,应及时用0.9%氯化钠溶液清洗。

2. 操作过程中,勿污染、挤压、损伤、过度牵拉神经和肌肉。

3. 经常给标本滴加任氏液,防治表面干燥,以保持标本的正常兴奋性。

【思考题】

1. 为什么要经常给标本滴加任氏液?

2. 用锌铜弓检测坐骨神经-腓肠肌标本兴奋性的原理是什么?

3. 你制备的坐骨神经-腓肠肌标本兴奋性如何? 你有哪些操作体会?

(李兴暖)

第二节 神经干动作电位的引导

【实验目的】

1. 掌握神经干复合动作电位的引导方法。
2. 观察神经干复合动作电位的基本波形,了解其产生的原理。

【实验原理】

动作电位是可兴奋组织的标志。神经干动作电位为许多神经纤维动作电位的总和即复合动作电位,其记录采用细胞外记录方法,即将 2 个引导电极放置于神经干表面的两点,记录神经干动作电位产生和传导过程中两点之间的电位差。在静息状态下 2 个电极之间的电位相等,当神经干一端受到刺激发生兴奋时,兴奋便沿神经干向另一端传导。当兴奋传导到第一个电极时,其神经纤维膜外为负电位,而第二个电极处神经纤维膜外仍为正电位,2 个电极之间便产生电位差,于是可记录到一个上升的电位曲线。当兴奋传导到第二个电极时,其膜外也为负电位,2 个电极之间的电位差消失,电位曲线回到零电位水平。当第一个电极复极化到正电位时,第二个电极处仍为负电位,两点之间再一次产生电位差,但方向与第一次相反,因而记录到一个向下的电位曲线。当第二个电极处也复极化到正电位时,2 个电极之间的电位差再次消失,电位曲线再次回到零电位水平。因此,记录到的神经干复合动作电位为 2 个方向相反的电位偏转波形,称为双向动作电位。若将 2 个引导电极之间的神经干损伤,则兴奋只能传导到第一个电极处,而不能传导至第二个电极处,因而只能记录到一个向上的单向动作电位。

虽然单根神经纤维的动作电位具有"全"或"无"性,但神经干由许多神经纤维组成,每根神经纤维的兴奋性高低不等,当用不同强度的电流刺激神经干时,可引起不同数量的神经纤维发生兴奋,记录到的复合动作电位的幅度也不等。因而神经干复合动作电位呈非"全"或"无"性,即在一定范围内,神经干复合动作电位的幅度与刺激强度呈正变关系。

【实验对象】

蟾蜍或青蛙。

【实验器材与药品】

蛙类手术器械、BL-420E＋生物机能实验系统、标本屏蔽盒、刺激电极、引导电极、锌铜弓、任氏液、普鲁卡因。

【实验步骤】

1. 制备蟾蜍坐骨神经标本 蟾蜍坐骨神经标本的制备方法与坐骨神经腓肠肌标本的制备大致相同,但无须保留股骨和腓肠肌。神经干应尽可能分离得长一些,要求上自脊椎附近的主干,下沿腓总神经与胫神经一直分离至踝关节附近止。在分离出的神经两端各系一线。标本制备好后,放入盛有任氏液的玻璃皿中备用。

2. 连接实验装置 将 2 个引导电极分别连接到 BL-420E＋生物机能实验系统 1 通道和 2 通道,刺激电极连接刺激输出插口。将神经干标本置于标本屏蔽盒内,使之与刺激电极、引导电极和接地电极保持良好接触(图 5-6)。

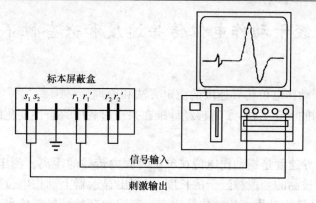

图 5-6　神经干动作电位引导装置示意图

【观察项目】

1. 阈刺激和最大刺激　启动 BL-420E＋生物机能实验系统,在主界面菜单中选择"实验项目"→"肌肉神经实验"→"神经干动作电位的引导"实验模块。将刺激"强度 1"设置为 0.05V,启动刺激,用鼠标点击"强度 1"增量按钮,逐渐增大刺激强度,找出阈刺激和最大刺激值。

2. 双向动作电位　观察神经干双向动作电位的波形并逐渐增大刺激强度,观察神经干双向动作电位的幅度与刺激强度之间的关系(图 5-7)。

3. 单相动作电位　用镊子将 2 个引导电极之间的神经夹伤或用普鲁卡因阻断,观察单相动作电位。

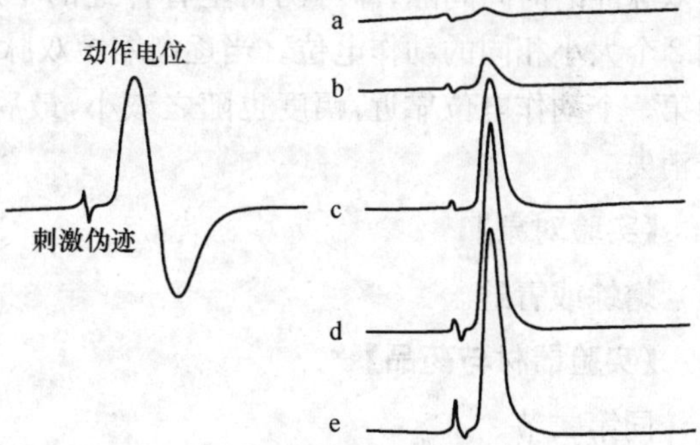

图 5-7　神经干动作电位

$a \sim c$:随着刺激强度的增强,神经干动作电位幅度逐渐增至最大

【注意事项】

1. 在神经干标本制备过程中,经常滴加任氏液保持标本湿润,切勿损伤神经干,神经干标本应尽量长些。

2. 提起神经干时应用镊子夹持结扎线,不可直接夹持神经干。

3. 屏蔽盒内放置用任氏液湿润的纱布,以防止标本干燥,切勿直接滴加任氏液,以免形成短路。

4. 标本与各电极须保持良好接触。

5. 引导电极之间的距离应尽可能大些。

6. 刺激神经时,其强度应由弱逐渐增强,刺激强度不能过大以免损伤标本。

【思考题】

1. 何为刺激伪迹? 有何意义?

2. 改变 2 个引导电极之间的距离,动作电位会发生什么变化?

3. 随着刺激强度的增加,神经干动作电位的幅度有何变化? 为什么?

4. 损伤 2 个记录电极之间的神经干后,动作电位有何变化? 为什么?

5. 神经干动作电位的波形与神经纤维动作电位的波形是否相同? 为什么?

(李兴暖)

第三节 神经干动作电位传导速度和兴奋性不应期的测定

【实验目的】

1. 掌握神经干动作电位传导速度的测定方法和原理。
2. 掌握不应期的测定方法,了解神经纤维在兴奋过程中兴奋性变化的规律。

【实验原理】

动作电位的传导速度是指动作电位在单位时间内传导的距离。测定传导速度时,可先测量标本屏蔽盒内被测的一段神经干的长度,再测出显示器上动作电位通过这段距离传导所用的时间,即可计算出动作电位的传导速度。不同类型的神经纤维兴奋传导的速度各不相同,主要取决于神经纤维的直径、有无髓鞘、环境温度等因素。蛙类坐骨神经干动作电位的传导速度为 $30\sim40m/s$。

神经组织在一次兴奋过程中,其兴奋性会发生一个规律性的变化,依次经过绝对不应期、相对不应期、超常期和低常期,再恢复到正常水平。给神经干施加双脉冲刺激,通过调节双脉冲的时间间隔,即可测得坐骨神经的不应期。当双脉冲的时间间隔较大时,可观察到 2 个大小相同的动作电位。当逐渐缩短双脉冲之间的时间间隔时,第二个动作电位逐渐向第一个动作电位靠近,幅度也随之减小,最后可因落在第一个动作电位的不应期内而完全消失。

【实验对象】

蟾蜍或青蛙。

【实验器材与药品】

同第二节。

【实验步骤】

1. 制备坐骨神经标本　制备方法同第二节。
2. 连接实验装置　同第二节实验。
3. 启动 BL-420E＋生物机能实验系统,在主界面菜单中选择"实验项目"→"神经肌肉实验"→"神经干兴奋传导速度测定"实验模块。
4. 测得动作电位传导速度后,退出该实验模块,再在主界面菜单中选择"实验项目"→"肌肉神经实验"→"神经干兴奋不应期测定"实验模块。

【观察项目】

1. 神经干动作电位传导速度的测定　调节 2 个引导电极的位置,使其尽量分开,用尺测量出两引导电极之间的距离(d)。给神经干施加单刺激,并逐渐增大刺激强度以产生最大动作电位。当刺激经历时间 t_1 后,传至距刺激电极较近的引导电极,记录到第一个动作电位。当该刺激经历时间 t_2 后,传至距刺激电极较远的引导电极,此时记录到第二个动作电位。t_2 和 t_1 之差(t_2-t_1)就是动作电位由第一个引导电极传导至第二个引导电极所消耗的时间。根据公式 $v=d/(t_2-t_1)$ 计算出动作电位的传导速度,单位为 m/s。在 BL-420E＋生物机能实验系统,可将 2 个引导电极之间的距离 d(单位 cm)输入对话框,进入实验,在 1 通道和 2 通道分别记录一个完整的动作电位波形,即可在"专用信息显示区"显示该神经干动作电位的传导速度(m/s)。

2. 神经干兴奋性不应期的测定　将刺激模式改为双刺激,初始时间间隔设置为 10ms,启动刺激,可记录到 2 个大小相等的动作电位。逐渐缩短双刺激的时间间隔,每次缩短 0.1ms。随着双刺激时间间隔的缩短,可见第二个动作电位逐渐向第一个动作电位靠近。当靠近到一定程度时,第二个动作电位的幅度开始减小,说明此时第二次刺激已落入第一次兴奋的相对不应期,以此时双刺激的时间间隔为 t_1。继续缩短双刺激的时间间隔,使第二个动作电位继续向第一个动作电位靠近,直至第二个动作电位消失,此时双刺激的时间间隔(t_2)即为绝对不应期。差值(t_1-t_2)即为相对不应期(图 5-8)。

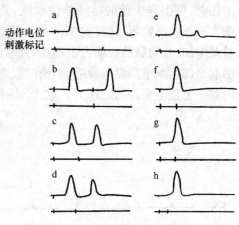

图 5-8　神经干兴奋不应期的测定

a～h:随着双刺激时间间隔的缩短,第二个动作电位的变化

【注意事项】

1. 制备坐骨神经标本尽量长些,宜选用大蟾蜍。
2. 在神经干标本制作过程中,应保持标本湿润,切勿损伤神经干。
3. 屏蔽盒内要保持一定的湿度,但电极间不要短路。
4. 两引导电极之间的距离尽可能大些。
5. 精确测量两电极间的距离,以免传导速度的计算产生人为偏差。

【思考题】

1. 本实验所测得的传导速度能否代表该神经干中所有纤维的传导速度,为什么?
2. 组织发生兴奋后,其兴奋性的周期性变化有哪些?
3. 试设计一个实验来测定坐骨神经兴奋后其兴奋性变化的超常期和低常期?

(李兴暖)

第四节　刺激强度和刺激频率与骨骼肌收缩的关系

【实验目的】

1. 观察刺激强度与骨骼肌收缩幅度的关系,掌握阈刺激、阈上刺激、最适刺激等概念。
2. 观察刺激频率与骨骼肌收缩形式之间的关系。

【实验原理】

骨骼肌在体内受躯体运动神经的支配。单根骨骼肌纤维对刺激的反应是“全”或“无”式的,即只要刺激达到一定强度,就可以引起肌纤维收缩。若其他条件不变,当刺激超过这一强度后,即使再增加刺激强度,肌纤维的收缩力也不会再增加。但整块肌肉如坐骨神经-腓肠肌标本是由许多运动单位组成的,每个运动单位的兴奋性不一样。当给予不同强度的刺激时,可引起不同数量的运动单位收缩,产生的收缩力也不一样。因此,整块骨骼肌的收缩是非“全”或“无”式的,即在一定范围内,整块骨骼肌的收缩力与刺激强度呈正变关系。当刺激强度过小时,不能引起骨骼肌的收缩,此时的刺激称为阈下刺激。当刺激强度逐渐增强时,可引起少量的运动单位收缩,其收缩力刚刚能被张力换能器和 BL-420E＋生物机能实验系统所监测,此时的刺激称为阈刺激。随着刺激强度的增大,参与收缩的运动单位数量增加,骨骼肌的收缩力也增大,此时的刺激称为阈上刺激。当刺激达到一定强度时,可引起全部运动单位参与收缩,肌肉的收缩力也就达到最大,这时即使再增大刺激强度,肌肉的收缩力也不会再随之增大。这个刚刚能引起肌肉产生最大收缩反应的最小刺激即为最适刺激(图 5-9)。

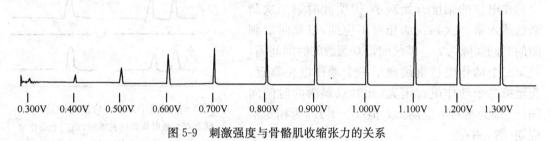

| 0.300V | 0.400V | 0.500V | 0.600V | 0.700V | 0.800V | 0.900V | 1.000V | 1.100V | 1.200V | 1.300V |

图 5-9　刺激强度与骨骼肌收缩张力的关系

　　肌肉受到一次有效的刺激,产生一次收缩,称为单收缩。单收缩的全过程可分为潜伏期、收缩期和舒张期。如果给骨骼肌以连续的脉冲刺激,骨骼肌的收缩形式将因刺激频率的不同而不同。当刺激频率较低,即刺激的时间间隔大于单收缩的总时程时,骨骼肌将产生一连串的单收缩;随着刺激频率增加,骨骼肌就会产生一连串单收缩的融合,即产生强直收缩。如果随着刺激频率增加,使后一次刺激所引起的收缩总是落在前一次收缩的舒张期里,这样描记到的肌肉收缩曲线就呈锯齿状,这种收缩形式称为不完全强直收缩。当刺激频率增加到一定程度后,可使后一次刺激所引起的收缩总是落在前一次收缩的收缩期内,此时肌肉呈现持续的收缩状态,称为完全性强直收缩,完全性强直收缩曲线顶部平滑、没有舒张期(图 5-10)。强直收缩的张力大于单收缩,完全性强直收缩的张力又大于不完全性强直收缩。若保持刺激强度和作用时间不变,在一定范围内骨骼肌的收缩张力随着刺激频率的增加而增大。在整体内,骨骼肌的收缩都是完全性强直收缩。

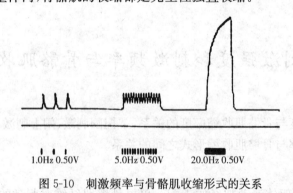

| 1.0Hz 0.50V | 5.0Hz 0.50V | 20.0Hz 0.50V |

图 5-10　刺激频率与骨骼肌收缩形式的关系

【实验对象】

蟾蜍或蛙。

【实验器材与药品】

蛙类手术器械、BL-420E＋生物机能实验系统、张力换能器、神经-肌肉标本盒、铁支架、双凹夹、刺激电极、锌铜弓;任氏液。

【实验步骤】

1. 制备坐骨神经-腓肠肌标本 制备方法见本章第一节。

2. 仪器连接 将张力换能器插头插入 BL-420E＋生物机能实验系统 1 通道,将换能器长柄固定在铁支架上。

3. 将坐骨神经-腓肠肌标本的股骨断端固定在神经-肌肉标本盒的插孔中,神经干则平搭在标本盒内的 2 个电极上,电极与 BL-420E＋生物机能实验系统的刺激输出端相连。将腓肠肌肌腱的结扎线系于张力换能器的弹片上,调整换能器的高度,使肌肉处于自然拉长的状态,并使换能器能敏感地感受肌肉收缩所产生的位移。

4. 启动 BL-420E＋生物机能实验系统,在主界面菜单中选择"实验项目"→"神经肌肉实验"→"刺激强度与反应的关系"实验模块。

5. 在完成"刺激强度与反应的关系"实验后,退出该实验模块,再在主界面菜单中选择"实验项目"→"肌肉神经实验"→"刺激频率与反应的关系"实验模块。

【观察项目】

1. 测定阈值和最适刺激 在"刺激强度与反应的关系"实验模块选择单刺激,刺激强度从零开始逐渐增强,找出刚好使肌肉产生收缩的刺激强度,即为该肌肉的刺激阈值,此时的刺激即为阈刺激。待肌肉标本完全松弛后,按上述操作,逐渐加大刺激强度,观察肌肉收缩的幅度与刺激强度的关系,并找出最适刺激。

2. 在"刺激频率与反应的关系"实验模块,点击"现代或经典实验"进入实验状态。选择连续刺激,逐渐增加刺激频率,观察单收缩、不完全性强直收缩和完全性强直收缩曲线(图5-10)。找出引起单收缩、不完全性强直收缩和完全性强直收缩的刺激频率。

3. 实验结束时可保存并打印实验结果。

【注意事项】

1. 标本要经常滴加任式液。

2. 每次刺激标本后,应待肌肉完全松弛后再进行刺激。

3. 刺激强度要由弱到强,切不可随意将刺激开到最大,以免损伤标本。

4. 连续刺激时间不要过长,一般不超过 5s。

【思考题】

1. 逐渐增强刺激强度,骨骼肌的收缩张力会发生什么变化?

2. 随着连续刺激频率的增加,骨骼肌的收缩形式将发生什么样的变化?

3. 在强直收缩过程中,骨骼肌的收缩发生融合是不是因为动作电位发生了融合? 为什么?

(于 欢)

第五节 影响血液凝固的因素

【实验目的】

观察各种因素对血液凝固过程的影响,掌握血液凝固的基本过程,了解加速和延缓血液凝固的方法。

【实验原理】

血液凝固简称为凝血,是由血浆和组织中一系列凝血因子共同完成的复杂的酶促反应过程。凝血可分为 3 个基本过程:凝血酶原激活物的形成、凝血酶原激活生成凝血酶、纤维蛋白多聚体的形成。根据凝血酶原激活物的形成过程及参与的凝血因子不同,凝血可分为内源性凝血和外源性凝血 2 种途径。许多因素可以从不同的环节来影响凝血过程,如影响凝血的启动过程、去掉血浆中的 Ca^{2+}、改变凝血因子的活性等。

【实验对象】

家兔。

【实验器材与药品】

试管架 1 个、小试管 7 支、小烧杯 2 个、10ml 注射器 1 副、秒表、棉花;石蜡油、肝素、草酸钾、温水、冰块。

【实验步骤】

取试管 7 支编号,按表 5-1 条件准备后置于试管架上,用 10ml 注射器自兔心脏穿刺取血分别加血 1ml,每 30s 倾斜试管 1 次,记下凝血时间,分析其差异。

表 5-1　各种实验条件下的凝血时间

管号	实验条件	凝血时间(min)
1	空试管(对照)	
2	放棉花少许	
3	用液状石蜡润滑试管内面	
4	保温于 37℃温水中	
5	浸在盛有碎冰的烧杯中	
6	加入肝素 6U(加后摇匀)	
7	加入草酸钾 1~2mg(摇匀)	

【注意事项】

1. 采血过程尽量要快,以减少计时误差。
2. 判断凝血的标准要力求一致,一般以倾斜试管达 45°时,试管内血液不能流动为准。
3. 每支试管口径大小、温度及采血量要相对一致,不可相差太大。

【思考题】

1. 为什么正常人体内血管中的血液不能凝固?
2. 试述促进和延缓血液凝固的机制和临床意义。
3. 内源性凝血和外源性凝血的主要区别有哪些?

(于　欢)

第六节　蛙心起搏分析

【实验目的】

1. 熟悉蛙类心脏的结构。

2.通过改变蛙心不同部位的局部温度或用结扎阻断兴奋传导的方法,来观察蛙心起搏点的部位和蛙心各部位自律性的高低。

【实验原理】

两栖类动物心脏的结构特点是有2个心房和1个心室,在其背面还有1个静脉窦。两栖类动物的静脉窦、心房和心室传导系统都具有自律性,其中静脉窦的自律性最高,为心脏的正常起搏点。静脉窦的节律性兴奋先后传递至心房和心室,引起心房和心室先后兴奋和收缩。如果人为阻断静脉窦与心房之间或心房与心室之间兴奋的传导,心房或心室的自律性将会恢复,从而触发心脏的兴奋和收缩活动。

【实验对象】

蟾蜍或蛙。

【实验器材与药品】

蛙类手术器械、蛙心夹、滴管、棉线、小试管;任氏液。

【实验步骤】

1.破坏脑和脊髓 取蟾蜍1只,破坏脑和脊髓。

2.暴露心脏 将蟾蜍仰卧固定在蛙板上,用镊子分别提起胸骨和胸壁,依次用剪刀紧贴胸壁剪掉胸骨和胸壁。用小镊子提起心包膜,在心脏收缩时剪开心包膜以暴露心脏。

3.辨认心脏的结构 从暴露蛙心的腹面看,可见蛙心有1个心室,左、右2个心房,动脉圆锥和左、右主动脉干。在心房和心室之间有一条浅黄色界线,称为房室沟。用玻璃分针将心室翻向头端,暴露心脏背面,可见与心房相连的静脉窦。在心房与静脉窦之间有一半月形白色界线,称为窦房沟(图5-11)。

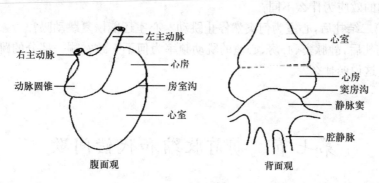

图 5-11　蛙心结构示意图

【观察项目】

1.观察蛙心静脉窦、心房、心室的搏动顺序,分别记录三者的搏动频率。

2.改变局部温度 分别用盛有35~40℃热水的小试管(或用热水加温小刀柄代替)和盛有冰水的小试管接触心室、心房和静脉窦各1min,记录静脉窦、心房、心室的搏动频率。

3.结扎阻断兴奋传导

(1)斯氏第一结扎:用小镊子在主动脉干下穿一线备用,用玻璃分针穿过心脏后面,将心尖翻向头端,暴露心脏背部,然后将主动脉干下的备用线在窦房沟处结扎,阻断静脉窦和心房之间兴奋的传导,此为斯氏第一结扎。记录此时静脉窦、心房和心室的搏动频率。

（2）斯氏第二结扎：用一丝线沿房室沟作另一结扎，阻断心房与心室之间的兴奋传导，此为斯氏第二结扎。记录此时静脉窦、心房和心室的搏动频率。

将各种条件下静脉窦、心房和心室的搏动频率填入表 5-2，并进行比较分析。

表 5-2　不同实验条件下蛙心各部位搏动的频率（次/min）

实验条件	静脉窦	心房	心室
正常状态			
局部加温（35～40℃）			
局部降温			
斯氏第一结扎（结扎窦房沟）			
斯氏第二结扎（结扎房室沟）			

【注意事项】

1. 剪胸骨和胸壁时，剪刀要紧贴胸壁，以免损伤心脏和血管。

2. 提起和剪开心包膜时要细心，避免损伤心脏。

3. 在改变心脏局部温度时，所接触的局部位置要准确，尽量减少该局部温度过快波及其他部位而影响实验效果。

4. 如果斯氏第一结扎后房室停搏时间过长，可用玻璃分针给心房或心室作人工刺激，使其恢复搏动后再计数。

【思考题】

1. 当静脉窦局部温度发生变化时，心率为何会随之发生变化？与只改变心房或心室局部温度所引起的效应为什么不同？

2. 斯氏第二结扎后，心室为何突然停止跳动？心室还能恢复跳动吗？

3. 2 次结扎后，静脉窦、心房、心室的跳动频率为何不一致？哪一部分的跳动频率更接近正常心率？这说明什么？

（于　欢）

第七节　期前收缩和代偿间歇

【实验目的】

1. 学习在体蛙心搏动曲线的记录方法。

2. 观察期前收缩和代偿间歇现象，验证心肌兴奋性变化的特征。

【实验原理】

心肌在一次兴奋过程中，其兴奋性要经历一个周期性的变化：有效不应期、相对不应期和超常期。其中有效不应期特别长，相当于其机械收缩活动的整个收缩期和舒张早期。因此，在心脏的收缩期和舒张早期即有效不应期内，任何刺激都不能引起心肌的兴奋和收缩。但在舒张的中晚期、下一次正常的窦性兴奋到达之前，如果给心脏一次有效的刺激，心脏可产生一次期前兴奋和期前收缩。期前兴奋也有自己的有效不应期，当下一次正常的窦性兴奋传到心室时，常常落在期前兴奋的有效不应期内，因而就不能引起心室的兴奋和收缩。

这样,期前收缩之后常常就会出现一个较长的舒张期,称为代偿间隙(图 5-12)。

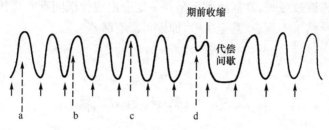

图 5-12　期前收缩和代偿间歇

a～d:刺激时间

【实验对象】

蟾蜍或蛙。

【实验器材与药品】

蛙类手术器械、BL-420E＋生物机能实验系统、张力换能器、蛙心夹、丝线、铁支架、双凹夹、刺激电极;任氏液。

【实验步骤】

1. 暴露蟾蜍心脏(同第六节)。

2. 仪器和标本的连接　将张力换能器插头插入 BL-420E＋生物机能实验系统 1 通道,将换能器固定在铁支架上。在心室舒张期,将连有丝线的蛙心夹夹住心尖,并将蛙心夹通过丝线与张力换能器的金属弹片相连,调整换能器的高度,使心脏的机械活动转化为电信号输入到 BL-420E＋生物机能实验系统。将刺激电极接入刺激输出插口,并固定在铁支架上,调整刺激电极和心脏标本的相对位置,使刺激电极无论是在心室收缩期还是心室舒张期都能与心室壁保持良好接触。

3. 描记心搏曲线　启动 BL-420E｜生物机能实验系统,在主界面菜单中选择"实验项目"→"循环实验"→"期前收缩-代偿间歇"实验模块。根据信号窗口中显示的波形,调整增益和扫描速度,以描记最佳的心脏收缩曲线。

【观察项目】

1. 在心室收缩期给予心室肌约 4V 的单刺激,观察有无期前收缩和代偿间歇。

2. 在心室舒张的早期给予心室肌约 4V 的单刺激,观察有无期前收缩和代偿间歇。

3. 在心室舒张的中晚期给予心室肌约 4V 的单刺激,观察有无期前收缩和代偿间歇。

【注意事项】

1. 蟾蜍的脑和脊髓破坏要完全。

2. 实验过程中,应经常用任氏液湿润心脏。

3. 刺激电极与心室壁应保持良好接触。

4. 蛙心夹与换能器之间的连线需保持一定的紧张度。

5. 选择适当的阈上刺激强度,可先用刺激电极刺激蟾蜍腹壁肌肉,以检测刺激是否有效。刺激强度不能过大,一般以 4V 左右为宜。

【思考题】

1. 何谓期前收缩和代偿间歇? 其产生的机制是什么?

2. 心肌兴奋过程中其有效不应期特别长有何生理意义?

3. 当心动过速或过缓时,期前收缩后是否一定会出现代偿间歇? 为什么?

4. 如果本实验结果不理想,甚至失败,原因可能有哪些?

(于 欢)

第八节 离体蛙心灌流

【实验目的】

1. 学习离体蛙心插管及灌流的方法。

2. 观察钾、钙等离子和肾上腺素、乙酰胆碱等体液因素对离体蛙心活动的影响。

3. 探讨内环境变化对心脏活动的影响及其机制。

【实验原理】

心肌具有兴奋性、自律性、传导性和收缩性等生理特性,维持心肌的正常生理特性需要保持内环境的相对稳定。通过离体蛙心插管和人工灌流,改变心肌的内环境或加入某些药物,可影响心肌的生理特性和功能活动。

【实验对象】

蟾蜍或蛙。

【实验器材与药品】

BL-420E+生物机能实验系统、张力换能器、蛙类手术器械、蛙心插管、铁支架、蛙心夹、试管夹、小烧杯、吸管、丝线;任氏液、0.65%氯化钠溶液、3%氯化钙溶液、1%氯化钾溶液、0.01%肾上腺素溶液、0.01%乙酰胆碱溶液、0.05%阿托品溶液、3%乳酸溶液、2.5%碳酸氢钠溶液。

【实验步骤】

1. 离体蛙心制备并插管 暴露心脏(同第六节)。将右主动脉穿线结扎。左主动脉穿双线,将左主动脉远心端结扎。提起远心端结扎线,在左主动脉靠近动脉圆锥处剪一斜口,将盛有少量任氏液的蛙心插管由此插入动脉圆锥,再在心室收缩期沿心室后壁方向经主动脉瓣口插入心室腔。若成功插入心室,可见插管内液面随心室跳动而上下波动。将插管用线固定,以防脱落(图 5-13)。将与心脏连接的其他血管一起穿线结扎,在结扎线远心端剪断所有血管,包括左、右主动脉,左、右肺静脉和前、后腔静脉。注意切不可将静脉窦结扎或损坏,以免心脏停搏。提起心脏,用新鲜任氏液反复冲洗插管,直至无血液残留。将插管内液面保持在 1~2cm,并做好液面标记,实验过程中每次更换任氏液时液面需与此标记持平。

2. 仪器连接 将蛙心插管固定在铁支架上,用蛙心夹在心室舒张期夹住心尖部,通过丝线与张力换能器连接。将张力换能器与 BL-420E+生物机能实验系统 1 通道连接(图 5-14)。

3. 描记心搏曲线 启动 BL-420E+生物机能实验系统,在主界面菜单中选择"实验项目"→"循环实验"→"蛙心灌流"实验模块。根据信号窗口中显示的波形,调整增益和扫描速度,以描记最佳的心脏收缩曲线。

【观察项目】

1. 正常心搏曲线 观察正常心搏的频率、强度以及心脏收缩和舒张的程度。曲线的疏密代表心率,曲线的规律性代表心律,曲线的幅度代表心肌收缩力的大小,曲线的顶点代表心肌收缩的程度,曲线的基线代表心肌舒张的程度。

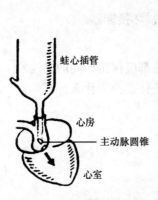

图 5-13　蛙心插管示意图

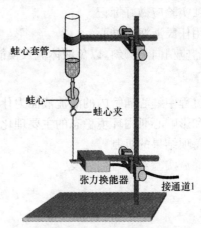

图 5-14　离体蛙心收缩曲线描记装置

2. **灌流氯化钠溶液**　将插管内的任氏液全部吸出,加入等量 0.65% 氯化钠溶液,观察描记心搏曲线,作好标记。当心搏曲线发生变化时,立即将 0.65% 氯化钠溶液全部吸去,用任氏液冲洗插管 2～3 次,再向插管内加入等量任氏液,使心搏曲线恢复正常。

3. **滴加氯化钙**　向插管内任氏液中加入 3% 氯化钙溶液 1～2 滴,观察描记心搏曲线变化,做好标记。同前冲洗、更换任氏液,使心搏曲线恢复正常。

4. **滴加氯化钾**　向插管内任氏液中加入 1% 氯化钾溶液 1～2 滴,观察描记心搏曲线变化,做好标记。同前冲洗、更换任氏液,使心搏曲线恢复正常。

5. **滴加肾上腺素**　向插管内任氏液中加入 0.01% 肾上腺素溶液 1～2 滴,观察描记心搏曲线变化,做好标记。同前冲洗、更换任氏液,使心搏曲线恢复正常。

6. **滴加乙酰胆碱**　向插管内任氏液中加入 0.01% 乙酰胆碱溶液 1～2 滴,观察描记心搏曲线变化,做好标记。同前冲洗、更换任氏液,使其搏动曲线恢复正常。

7. **滴加阿托品**　向插管内任氏液中加入 0.05% 阿托品溶液 1～2 滴,观察描记心搏曲线变化,做好标记。同前冲洗、更换任氏液,使心搏曲线恢复正常。

8. **滴加乳酸**　向插管内任氏液中加入 3% 乳酸溶液 1～2 滴,观察描记心搏曲线变化,做好标记。同前冲洗、更换任氏液,使心搏曲线恢复正常。

9. **滴加碳酸氢钠**　向插管内任氏液中加入 2.5% 碳酸氢钠溶液 1～2 滴,观察描记心搏曲线变化,做好标记。

【注意事项】

1. 操作时切勿结扎或损伤静脉窦。

2. 每次更换任氏液时,保持插管内液面高度相同。任氏液不能加太多,以免心脏负荷太重,以 1.5cm 为宜。

3. 每加一种试剂要用滴管混匀,以免所加溶液浮在上层,不易进入心脏。若药物作用不明显,可适当增加。

4. 每次加入试剂引起心搏曲线明显变化后,立即将插管内的灌流液吸去,并用新鲜任氏液冲洗 2～3 次,使心搏曲线恢复正常后方可进行下一项实验。

5. 每种试剂或药物的吸管应专用,或用过以后用任氏液反复冲洗,以免前一次的试剂或药物残留而影响实验结果。

6. 每一项实验应做好标记。

7. 随时用任氏液润湿蛙心。

8. 换能器应稍向下倾斜,以免液体流入换能器而损坏换能器。

【思考题】

1. 实验过程中蛙心插管内的灌流液面为什么始终都应保持相同的高度?

2. 决定和影响心肌内环境稳态的主要理化因素是什么? 为什么?

3. 分析每项结果的机制。

4. 蛙心灌流实验对你有何启发?

(于 欢)

第九节　动脉血压的调节

【实验目的】

1. 学习动物麻醉、固定和手术的方法。

2. 学习动脉插管和哺乳动物动脉血压的直接测量方法。

3. 观察神经和体液因素对动脉血压的影响,掌握动脉血压调节的机制。

【实验原理】

动脉血压的相对稳定有赖于神经和体液因素的调节。调节心血管活动的神经主要是心交感神经和心迷走神经,心交感神经对心脏的活动起兴奋作用,引起心肌收缩力增强,心率加快,房室传导加快,而心迷走神经的作用与之相反。交感缩血管神经兴奋时主要引起缩血管效应,使外周阻力增加。神经系统通过各种反射来调节心血管的活动,改变心排血量和外周阻力,从而调节动脉血压,其中最重要的心血管反射是颈动脉窦和主动脉弓压力感受器反射。心血管的活动还受肾上腺素和去甲肾上腺素等体液因素的调节,它们通过与心血管系统相应的受体结合,来调节心脏和血管的功能,从而实现对动脉血压的调节。

【实验对象】

家兔。

【实验器材与药品】

BL-420E+生物机能实验系统、哺乳动物手术器械、玻璃分针、兔手术台、保护电极、血压换能器、动脉插管、气管插管、三通管、动脉夹 2 个、有色丝线、纱布;20％乌拉坦、0.5％肝素氯化钠溶液、0.01％肾上腺素溶液、0.01％去甲肾上腺素溶液、注射器(1、5、20ml 各 1 支)、0.9％氯化钠溶液。

【实验步骤】

1. 麻醉与固定　按 5ml/kg 的剂量由耳缘静脉缓慢注入 20％乌拉坦,待家兔麻醉后,将其仰卧位固定于兔手术台上,颈部放正拉直。

2. 颈部手术　用粗剪刀剪去颈部的被毛。在甲状软骨与胸骨上缘之间沿中线作一 5～7cm 的纵行切口。用止血钳钝性分离皮下组织和肌肉,暴露气管,分离气管,在甲状软骨下 2～3cm 处作一倒 T 形切口,向心脏方向插入气管插管,并用丝线固定。用左手拇指和示指捏住切口处的皮肤和肌肉,其余三指从皮肤外面略向上顶,便可暴露出与气管平行的颈总动脉鞘,鞘内走行有颈总动脉、迷走神经、交感神经和减压神经。仔细辨认三根神经,其中迷走神经最粗最白,一般位于外侧;减压神经最细,一般位于内侧;交感神经为灰白色,粗细和位置介于迷走神经与减压神经之间(图 5-15)。用玻璃分针依次分离右侧减压神经、迷走神经和颈总动脉,并穿入用 0.9%氯化钠溶液浸润的不同颜色的丝线。再用同样的方法将左侧颈总动脉分离出来,穿双线备用。

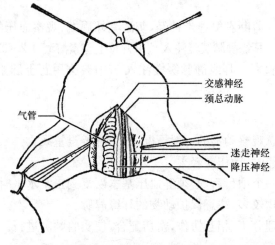

图 5-15　兔颈部神经、血管的解剖位置

3. 动脉插管　在左侧颈总动脉的近心端夹一动脉夹,结扎其远心端,结扎处与动脉夹之间的距离应达到 3cm 以上。将压力换能器及动脉插管内充满肝素氯化钠溶液,务必驱尽压力换能器及动脉插管内的空气,并用注射器维持一定的压力使插管头端始终充满肝素。然后在结扎处的近心端用眼科剪剪一斜切口(约剪开管径的一半),向心脏方向插入动脉插管,用线扎紧并绕至插管的胶布上打结固定,以防滑脱。插好后应保持插管与动脉方向一致。放开动脉夹,即可见血液冲进插管并搏动。旋转通向压力换能器的三通管,使动脉插管与压力换能器相通,将压力换能器接入 BL-420E＋生物机能实验系统 1 通道,即可记录动脉血压曲线。

4. 记录动脉血压曲线　启动 BL-420E＋生物机能实验系统,在主界面菜单中选择"实验项目"→"循环实验"→"兔动脉血压调节"实验模块,开始记录动脉血压曲线。根据信号窗口中显示的波形,调整增益和扫描速度,以描记最佳的动脉血压曲线。

【观察项目】

1. 正常血压曲线　在正常血压曲线上,通常可以见到三级波:一级波是由心室的收缩和舒张活动所引起的血压波动,频率与心率一致;二级波是由于呼吸运动引起的血压波动,叠加于一级波之上,与呼吸运动频率一致;三级波不常出现,是由心血管中枢紧张性的周期性变化所引起的,叠加于一、二级波之上(图 5-16)。

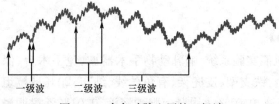

一级波　　二级波　　三级波

图 5-16　家兔动脉血压的三级波

2. 夹闭颈总动脉　用动脉夹夹闭右侧颈总动脉 5～10s,观察血压的变化。

3. 牵拉颈总动脉　手持左侧颈总动脉远心端的结扎线,有节奏地向心脏方向轻轻牵拉(2～5 次/s,持续 5～10s),观察血压的变化。

4. 刺激减压神经　先用保护电极刺激完整的右侧减压神经,观察血压的变化,再在神经中段做双重结扎,在两结扎线之间剪断神经,再分别刺激其中枢端和外周端,观察血压变化。

5. 刺激迷走神经　剪断右侧迷走神经,刺激其外周端,观察血压的变化。

6. 注射肾上腺素　耳缘静脉缓慢注入 0.01% 肾上腺素溶液 0.2～0.3ml,观察血压变化。

7. 注射去甲肾上腺素　耳缘静脉缓慢注入 0.01% 去甲肾上腺素溶液 0.2～0.3ml,观察血压变化。

【注意事项】

1. 麻醉动物时注意观察动物的一般情况,防止麻醉过量死亡。

2. 分离血管和神经时,动作要轻柔。

3. 实验中每观察一个项目后,必须等血压基本恢复到正常水平时,再进行下一项观察。

4. 实验中注射药物较多,注意保护动物的耳缘静脉。

5. 同学之间应合理分工,相互协作,密切配合,使实验顺利进行。

【思考题】

1. 刺激完整的减压神经,血压如果不出现变化,可能的原因是什么?

2. 肾上腺素和去甲肾上腺素对心血管系统的作用有何异同?

(何　巍)

第十节　减压神经放电

【实验目的】

1. 学习减压神经放电的电生理学记录方法。

2. 观察家兔减压神经放电波形的特点及与动脉血压之间的相关关系。

【实验原理】

颈动脉窦和主动脉弓压力感受器反射是维持动脉血压相对稳定的重要调节机制。家兔主动脉弓压力感受器的传入神经在颈部自成一束,称为减压神经,随着动脉血压的波动,减压神经传入冲动的频率也会发生相应的变化。

【实验对象】

家兔。

【实验器材与药品】

BL-420E+生物机能实验系统、哺乳动物手术器械、兔手术台、保护电极、血压换能器、动脉插管、动脉夹 2 个、铁支架、皮兜架、有色丝线、纱布;20% 乌拉坦、0.5% 肝素氯化钠溶液、0.01% 肾上腺素溶液、0.01% 去甲肾上腺素溶液、0.01% 乙酰胆碱溶液、0.1% 酚妥拉明溶液、注射器(1、5、20ml 各 1 支)、滴管、0.9% 氯化钠溶液、液状石蜡。

【实验步骤】

1. 麻醉与固定　同第九节。

2. 颈部手术　游离气管和一侧颈总动脉,行气管插管和颈总动脉插管术,方法同第九节。

3. 游离减压神经　同第九节方法游离动脉插管对侧的减压神经。将同侧颈部皮肤连同气管旁的肌肉用丝线缝扎提起,做成人工皮兜。向内滴入温热的液状石蜡,以防神经干燥并起绝缘作用。用引导电极(保护电极)将减压神经轻轻勾起悬空,不要触及周围组织。将地线电极夹在皮肤切口边缘。

4. 记录减压神经放电　将引导电极与 BL-420E＋生物机能实验系统 1 通道连接,将颈总动脉插管通过压力换能器与 2 通道连接。启动 BL-420E＋生物机能实验系统,在主界面菜单中选择"实验项目"→"循环实验"→"兔减压神经放电"实验模块,开始记录减压神经放电并同步记录动脉血压。根据信号窗口中显示的波形,调整增益和扫描速度,以描记最佳的减压神经放电和动脉血压的曲线。

【观察项目】

1. 正常减压神经放电　观察正常血压情况下减压神经放电信号的波形、节律和振幅,观察放电与心搏、血压间的关系。减压神经放电伴随着心脏节律性收缩和舒张呈集簇性发放,当心脏收缩动脉血压升高时放电增多,而心脏舒张动脉血压降低时放电减少(图 5-17)。若打开音箱还可听到类似火车行进的声音。

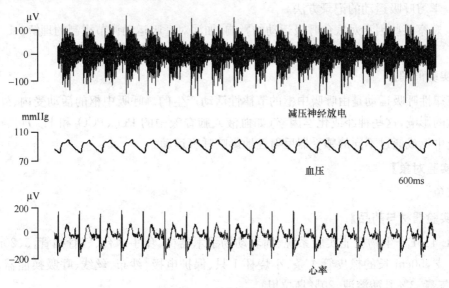

图 5-17　减压神经放电与动脉血压的同步记录

2. 注射肾上腺素　从耳缘静脉注射 0.01％肾上腺素溶液 0.3ml,观察减压神经放电的频率和幅度及动脉血压的变化。

3. 注射乙酰胆碱　待血压恢复正常后,从耳缘静脉注射 0.01％乙酰胆碱溶液 0.3ml,观察减压神经放电频率和幅度及动脉血压的变化。

4. 注射去甲肾上腺素　待血压恢复正常后,从耳缘静脉注射 0.01％去甲肾上腺素溶液 0.3ml,观察减压神经放电频率和幅度及动脉血压的变化。

5. 注射酚妥拉明　待血压恢复正常后,从耳缘静脉注射 0.1‰酚妥拉明溶液 3～4ml,观察减压神经放电频率和幅度及动脉血压的变化。

6. 剪断减压神经　待血压恢复正常后,双重结扎减压神经,在结扎线之间剪断减压神经,分别在其中枢端和外周端记录放电情况。

【注意事项】

1. 麻醉不宜过浅,以免动物躁动,产生肌电干扰。

2. 分离血管和神经时,动作要轻柔,不可过度牵拉减压神经,以免损伤。

3. 减压神经表面要覆盖液状石蜡,防止神经干燥。接地电极夹在动物颈部皮肤上,以免交流电干扰。记录电极要悬空,避免与周围组织接触,以免短路。

4. 实验中每观察一个项目后,必须等血压基本恢复到原水平时,再进行下一项观察。

【思考题】

减压神经放电的基本波形有何特点? 其与动脉血压有何关系?

(何　巍)

第十一节　呼吸运动的调节

【实验目的】

1. 学习呼吸运动的记录方法。

2. 观察某些因素对家兔呼吸运动的影响,加深对呼吸运动调节机制的理解。

3. 了解肺牵张反射在呼吸运动调节中的作用。

【实验原理】

节律性呼吸运动是由呼吸中枢的节律性活动产生的。呼吸中枢的活动受内、外环境各种刺激的影响,这些神经或化学因素(如血液或脑脊液中的 PO_2、PCO_2 和 H^+)可直接作用于呼吸中枢或通过不同的感受器反射性地影响呼吸运动。

【实验对象】

家兔。

【实验器材与药品】

BL-420E＋生物机能实验系统、哺乳动物手术器械、兔手术台、气管插管,5、20ml 注射器各 1 支,50cm 长的橡皮管 1 条、小烧杯 1 只、保护电极、纱布、丝线、呼吸换能器;CO_2 气囊、N_2 气囊、3％乳酸溶液、20％乌拉坦。

【实验步骤】

1. 麻醉与固定　同第九节。

2. 颈部手术　同第九节方法游离气管和两侧迷走神经,并行气管插管术。将气管插管通过呼吸换能器与 BL-420E＋生物机能实验系统 1 通道相连接。术毕用温热 0.9％氯化钠溶液纱布覆盖伤口。

3. 记录呼吸运动曲线　启动 BL-420E＋生物机能实验系统,在主界面菜单中选择"实验项目"→"呼吸实验"→"呼吸运动调节"实验模块,开始记录呼吸运动曲线。根据信号窗口中显示的波形,适当调整增益和扫描速度,以描记最佳的呼吸运动曲线。

【观察项目】

1. 正常呼吸运动曲线　描记一段正常呼吸运动曲线作为对照,注意观察其频率、节律和幅度,辨别吸气相和呼气相。

2. 增加吸入气 CO_2 浓度　将 CO_2 气囊管口与气管插管通气口放入同一小烧杯内,烧杯口朝上,打开气囊,使吸入气中含有较多 CO_2。观察呼吸运动曲线的变化,同时做出标记。移开气囊,观察呼吸运动的恢复过程。

3. 降低吸入气中 O_2 的浓度　将 N_2 气囊管口靠近气管插管的通气口,打开气囊,以减少吸入气中 O_2 的浓度。观察呼吸运动曲线的变化,同时做出标记。

4. 增大无效腔　在气管插管通气的管口上接一长约 50cm 的橡皮管,使无效腔增大,观察呼吸运动曲线的变化,同时做出标记。

5. 注射乳酸　经耳缘静脉注射 3% 乳酸溶液 2ml,观察呼吸运动曲线的变化,同时做出标记。

6. 剪断迷走神经　结扎并剪断一侧迷走神经,观察呼吸运动曲线的变化。再结扎并剪断另一侧迷走神经,观察呼吸运动曲线的变化,同时做出标记。

7. 电刺激迷走神经中枢端　以连续中等强度的电流刺激一侧迷走神经的中枢端,观察呼吸运动曲线的变化,同时做出标记。

【注意事项】

1. 麻醉动物时注意观察动物的一般情况,防止麻醉过量死亡。

2. 切开气管时,若有出血应清理干净,以免堵塞气管插管。

3. 增加吸入气 CO_2 浓度时,气囊开口不能直接对着气管插管开口,以免 CO_2 浓度增加过高引起呼吸运动大幅度变化。

4. 注射 3% 乳酸溶液时,避免外漏引起动物挣扎影响实验结果。

5. 每项实验都应在上一项实验结果恢复到正常后再进行。每项实验项目前后均应有正常呼吸运动曲线作为对照。

【思考题】

1. 如果将双侧颈动脉体麻醉,分别增加吸入气中 CO_2 浓度和给予缺 O_2 刺激,结果有何不同?

2. 如果没有呼吸换能器,只有张力换能器,能否用 BL-420E＋生物机能实验系统来描记呼吸运动曲线?

(何　巍)

第十二节　膈神经放电

【实验目的】

1. 学习膈神经放电的电生理学记录方法。

2. 观察不同因素对家兔膈神经放电的影响。

【实验原理】

呼吸中枢的节律性兴奋通过膈神经和肋间神经传递到膈肌和肋间肌,引起节律性的呼吸运动,其中膈神经控制膈肌的收缩活动。因此,膈神经的电活动能反映呼吸中枢的活动情况。体内外各种刺激对呼吸运动的影响,也都能从膈神经放电活动的变化中反映出来。

【实验对象】

家兔。

【实验器材与药品】

BL-420E+生物机能实验系统、哺乳动物手术器械、兔手术台、保护电极、呼吸换能器,1、20、30ml 注射器各 1 支,滴管、有色丝线、纱布;20％乌拉坦、0.9％氯化钠溶液、液状石蜡、CO_2气囊、5％尼可刹米。

【实验步骤】

1. 麻醉与固定　同第九节。

2. 颈部手术　同第九节方法,剪去颈部的被毛,沿颈部正中线做 3～5cm 长切口。分离气管并穿线,在气管表面做倒 T 形切口,行气管插管术并结扎固定。分离两侧迷走神经,穿线备用。

3. 游离膈神经　膈神经由第 4、5、6 对颈神经的腹支汇合而成。在颈部食管背面,用玻璃分针向深层分离结缔组织,即可见数支较粗的臂丛神经由脊柱发出向后外方向走行。在喉头下方约 1cm 处的脊柱旁,可见较细、洁白的与脊柱平行的膈神经,紧靠臂丛神经内侧向下走行,在臂丛神经腹面横过形成交叉。在尽可能靠近锁骨处用玻璃分针小心仔细分离膈神经 1.5～2.0cm,将附着的结缔组织剥离干净,穿线备用。用止血钳夹住切口皮肤,向外上牵拉固定,形成一皮兜。向皮兜内滴入温热的液状石蜡保温,防止神经干燥。用玻璃分针勾起膈神经放到引导电极上,引导电极悬空,避免与周围组织接触。

4. 记录膈神经放电　将引导电极与 BL-420E+生物机能实验系统 1 通道连接,将气管插管通过呼吸换能器与 2 通道连接。启动 BL-420E+生物机能实验系统,在主界面菜单中选择“实验项目”→“呼吸实验”→“膈神经放电”实验模块,开始记录膈神经放电并同步记录呼吸运动曲线。根据信号窗口中显示的波形,适当调节实验参数以获得最佳的记录效果。

【观察项目】

1. 正常膈神经放电和呼吸运动曲线　描记一段正常的膈神经放电波形和呼吸运动曲线(图 5-18)。注意膈神经放电频率与呼吸运动节律的关系,比较吸气和呼气时隔神经放电波幅、频率的变化。通过监听器听取膈神经放电的声音(类似火车开动的声音)。

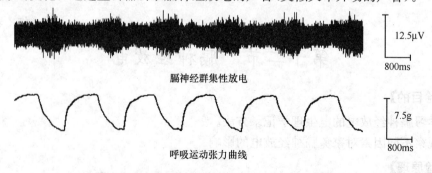

图 5-18　膈神经放电与呼吸运动曲线的同步描记

2. 增加吸入气 CO_2 浓度　将 CO_2 气囊管口与气管插管通气口放入同一小烧杯内,烧杯口朝上,打开气囊,使吸入气中含有较多 CO_2。观察膈神经放电和呼吸运动曲线的变化,并做出标记。

3. 注射尼可刹米　经耳缘静脉注射 5‰尼可刹米 1ml,观察膈神经放电和呼吸运动曲线的变化,并做出标记。

4. 窒息对膈神经放电的影响　短暂夹闭气管插管通气口的橡皮管,观察膈神经放电和呼吸运动曲线的变化,并做出标记。

5. 切断迷走神经　剪断一侧迷走神经,观察膈神经放电和呼吸运动曲线有何变化。再剪断另一侧迷走神经,观察膈神经放电和呼吸运动曲线是否有变化。

【注意事项】

1. 麻醉不宜过浅,以免动物躁动,产生肌电干扰。

2. 分离膈神经动作要轻柔、干净,避免过多牵拉。

3. 每做完一项实验,必须待膈神经放电与呼吸运动恢复正常后再进行下一步实验。

4. 实验过程中,应注意神经保温、湿润,引导电极悬空,勿触及周围组织。

5. 动物颈部皮肤接地,保证接地良好。

【思考题】

1. 仔细观察各项因素对膈神经放电和呼吸运动的影响,分析实验结果,并分析其作用机制。

2. 膈神经放电与呼吸运动之间有何关系?膈神经放电与减压神经放电有何不同?

(何　巍)

第十三节　胃肠运动的观察

【实验目的】

1. 观察在体胃肠运动的各种形式以及神经和体液因素对胃肠运动的影响。

2. 加深对胃肠运动功能、神经体液因素对胃肠运动功能调节机制的理解。

【实验原理】

消化道平滑肌具有自动节律性,可以形成多种形式的运动,这些运动的功能是对食物进行机械性消化,并有利于化学性消化和营养物质的吸收。胃肠道的运动受到神经和体液因素的调节,当交感神经兴奋时,胃肠运动减弱,而迷走神经兴奋时,胃肠运动增强。

【实验对象】

家兔。

【实验器材与药品】

BL-420E＋生物机能实验系统、哺乳动物手术器械、滴管、兔手术台、保护电极、注射器(1、20ml 各 1 支)、纱布;20％乌拉坦、0.01％乙酰胆碱溶液、0.01％肾上腺素溶液、阿托品注射液。

【实验步骤】

1. 麻醉与固定　同第九节。

2. 颈部手术　常规行气管插管术,分离一侧迷走神经,穿线备用。

3. 腹部手术　将腹部剪毛,沿腹部正中腹白线打开腹腔,暴露腹腔内胃肠。

【观察项目】

1. 观察正常情况下胃和小肠的各种运动形式,注意其紧张度(可用手触摸体会)。

2. 在胃及小肠表面直接滴加 0.01%乙酰胆碱溶液 5～10 滴,观察胃肠运动的变化。

3. 在小肠的外表面直接滴加 0.01%肾上腺素溶液 5～10 滴,观察胃肠运动的变化。

4. 结扎并剪断迷走神经,电刺激迷走神经外周端,观察胃肠运动的变化。

5. 在电刺激迷走神经的基础上,由兔耳缘静脉注射阿托品 0.5mg,观察胃肠运动的变化。

【注意事项】

1. 麻醉用药不宜过量,要求浅麻醉。

2. 应随时用温热 0.9%氯化钠溶液纱布保护胃肠,防止降温和干燥。

【思考题】

1. 胃肠道有哪些运动形式? 分别有何生理意义?

2. 自主神经对胃肠运动有何重要的调节作用?

(何　巍)

第十四节　胰液和胆汁分泌的调节

【实验目的】

1. 学习胰管和胆管插管的方法。

2. 观察各种因素对胰液、胆汁分泌的影响,加深对胰液、胆汁分泌调节机制的理解。

【实验原理】

胰液和胆汁的分泌受神经和体液因素的调节。迷走神经兴奋促进胰液和胆汁的分泌,与神经调节相比,体液调节的作用更为重要。在消化间期,由于胆总管括约肌的收缩阻止胆汁排入十二指肠,胆汁流入胆囊贮存。在消化期,通过神经和体液调节,一方面促进胰液和胆汁的分泌,另一方面促进胆总管括约肌舒张和胆囊收缩,使胆汁排放入十二指肠。同时,在稀盐酸、蛋白质的分解产物及脂肪的刺激作用下,十二指肠黏膜可分泌促胰液素和缩胆囊素。促胰液素主要促进水和碳酸氢盐的分泌,而缩胆囊素主要促进胰酶的分泌和胆汁的排出。此外,胆盐通过肝肠循环也可促进肝分泌胆汁。

【实验对象】

家兔或犬。

【实验器材与药品】

BL-420E＋生物机能实验系统、哺乳动物手术器械、兔手术台、记滴器、保护电极、胰管插管、胆管插管、玻璃皿、乳胶管、20%乌拉坦、注射器(2、20ml 各 1 支);0.5%盐酸、粗制促胰液素、0.9%氯化钠溶液。

【实验步骤】

1. 麻醉与固定　同第九节。

2. 颈部手术　常规行气管插管术,游离一侧迷走神经,穿线备用。

3. 腹部手术　剪去腹部被毛,由剑突向下沿正中线作一约 10cm 的切口,暴露腹腔。将肝轻轻向上翻,找到胆囊和胆囊管,将胆囊管结扎(注意切不可在此处将胆总管结扎),用注射器抽取胆囊胆汁数毫升备用。顺着胆囊和胆囊管找到胆总管位于十二指肠上端背面的出口,在紧靠十二指肠处将胆总管穿线结扎,在结扎处上端剪一斜行小口,向肝方向插入注满 0.9％氯化钠溶液的胆管插管,用线结扎固定(图 5-19)。

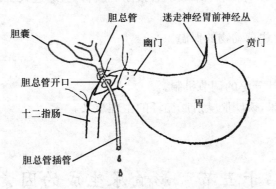

图 5-19　胰主导管和胆总管的解剖位置示意图

从十二指肠末端找到胰尾,沿胰尾向上将附着于十二指肠的胰腺组织用氯化钠溶液纱布轻轻剥离,在尾部向上 2～3cm 处可找到一白色小管从胰腺穿入十二指肠,此为胰腺主导管。小心分离胰主导管并穿线,在靠近十二指肠处剪一斜行小口,插入注满 0.9％氯化钠溶液的胰管插管,结扎固定(图 5-19)。

在十二指肠上端和空肠上端分别穿一粗棉线备用。将手术部位用温热 0.9％氯化钠溶液纱布覆盖后即可进行实验观察。

4. 记录胰液和胆汁的分泌　将胆管插管和胰管插管引至腹腔外,分别接到充满 0.9％氯化钠溶液的乳胶管上,并通过 2 个记滴器分别与 BL-420E＋生物机能实验系统的 1、2 通道相连,记录胰液和胆汁分泌的滴数。启动 BL-420E＋生物机能实验系统,选择菜单栏输入信号→1、2 通道→慢速电信号,同步记录胰液和胆汁的滴数。

【观察项目】

1. 观察胰液和胆汁的基础分泌量,连续记录 2～5min。一般胆汁的分泌连续不断,胰液分泌量少或无。

2. 将上述抽取的胆囊胆汁取少量稀释 10 倍,静脉注射 1ml,观察并记录胰液和胆汁分泌的变化。

3. 将上述抽取的胆囊胆汁向十二指肠腔内注射 2ml,观察并记录胰液和胆汁分泌的变化。

4. 将事先穿放在十二指肠和空肠上段的 2 根粗棉线扎紧,而后向十二指肠腔注入 37℃的 0.5％盐酸 25～30ml,观察胰液和胆汁分泌有何变化。

5. 静脉注射粗制促胰液素 5ml,观察胰液和胆汁分泌的变化。

6. 剪断颈部迷走神经,用保护电极电刺激(采用连续单刺激,波宽 1.0ms,刺激强度 3.0V;频率 30Hz)其外周端,观察胰液和胆汁分泌的变化。

【注意事项】

1. 肝极易出血,操作时需轻柔,避免锐利器械划碰。

2. 胆总管附近血管丰富,分离时需特别小心。胰总管和胆总管壁薄,柔软易断,插管时不要损伤。

3. 插管一定要插入管腔,与胆总管和胰主导管平行,不能扭转。

4. 如果胰液分泌太少,可用毛细玻璃管接于乳胶管上,通过人工计滴方法观察,或者只记录胆汁的分泌。

5. 打开腹腔后,要注意动物的保温。

【思考题】

1. 试述胰液和胆汁分泌的调节机制。

2. 结合本实验结果,说明胆盐肝肠循环的生理意义。

(何 巍)

第十五节　影响尿生成的因素

【实验目的】

1. 学习动物尿液的收集方法。

2. 观察某些因素对尿生成的影响,并分析其作用机制。

【实验原理】

尿生成的过程包括肾小球的滤过、肾小管和集合管的重吸收与分泌。凡能影响上述 3 个过程的因素都会影响尿的生成,导致尿量发生变化。

【实验对象】

家兔。

【实验器材与药品】

BL-420E＋生物机能实验系统、压力换能器、三通管、记滴器、保护电极、兔手术台、铁支架、哺乳动物手术器械、注射器(1、2、5、10、20ml 各 1 支)、动脉夹、动脉插管、输尿管插管、膀胱插管、小号临床用导尿管、培养皿、纱布、丝线;20％氨基甲酸乙酯(乌拉坦)、1％肝素氯化钠溶液、0.01％去甲肾上腺素溶液、呋塞米(速尿)、20％葡萄糖溶液、神经垂体素、0.6％酚红、10％氢氧化钠溶液、尿糖试纸、班氏试剂、液状石蜡、0.9％氯化钠溶液。

【实验步骤】

1. 麻醉与固定　同第九节。

2. 颈部手术

(1) 颈部剪毛,沿颈部正中作 4～6cm 长皮肤切口,用止血钳钝性分离皮下组织和肌肉,暴露气管。在气管两侧找到颈动脉鞘,辨认其内的颈总动脉和迷走神经。

(2) 分离左侧颈总动脉,并行颈总动脉插管术(方法详见本章第九节动脉血压的调节)。

(3) 分离右侧迷走神经,穿线备用。

(4) 手术完毕后,用温热 0.9％氯化钠溶液纱布覆盖创口。

3. 尿液收集方法　可采用输尿管插管法、膀胱插管法或尿道插管法。

(1) 输尿管插管法:在耻骨联合上缘,沿正中线向上作 3~5cm 长皮肤切口,再沿腹白线剪开腹壁,暴露腹腔。将膀胱移出体外,在膀胱底部找出并分离一侧输尿管,用线将输尿管近膀胱端结扎,再在靠近结扎处约 2cm 的近肾端输尿管管壁剪一小切口,向肾方向插入充满 0.9%氯化钠溶液的输尿管插管,用线扎住固定。此时可见有尿液自插管滴出。将输尿管插管引至兔手术台边缘,使尿液直接滴在记滴器的金属电极上。手术完毕后,用温热 0.9%氯化钠溶液纱布覆盖腹部创口。

(2) 膀胱插管法:在耻骨联合上缘,沿正中线向上作 3~5cm 长皮肤切口,再沿腹白线剪开腹壁,暴露腹腔。将膀胱移出体外,找到两侧输尿管在膀胱开口的部位,在其下方穿一线,然后将膀胱上翻,结扎膀胱颈部以阻断同尿道的通路。选择膀胱顶部血管较少处剪一小口(膀胱壁全层剪开),插入膀胱插管,用线结扎固定。使插管尿液流出口处低于膀胱水平,并将插管引至兔手术台边缘,使插管流出的尿液直接滴在记滴器的金属电极上。手术完毕后,用温热 0.9%氯化钠溶液纱布覆盖腹部创口。

(3) 尿道插管法:本法适用于雄性家兔。取小号临床用导尿管,用少量液状石蜡涂擦其表面后,直接由尿道外口插入,深度以尿液流出为宜。将导尿管引至兔手术台边缘,使流出的尿液直接滴在记滴器的金属电极上。

4. 实验装置连接 将压力换能器连至 BL-420E+生物机能实验系统 1 通道,记滴器与系统的记滴输入通道相连,保护电极与系统的刺激输出相连。启动 BL-420E+生物机能实验系统,在主界面菜单中选择"实验项目"→"泌尿实验"→"影响尿生成的因素"实验模块。打开压力换能器三通上的开关,除去动脉夹,开始记录血压和尿量(尿量也可直接数每分钟的滴数)。根据信号窗口中显示的波形,适当调节实验参数以获得最佳效果(供参考实验参数:放大倍数为 50~100,滤波为 3Hz 或 30Hz,直流输入)。

【观察项目】

1. 记录正常血压和尿量(滴/min)。

2. 耳缘静脉快速注射 37℃0.9%氯化钠溶液 20ml,观察血压和尿量的变化。

3. 用尿糖试纸蘸取尿液进行尿糖定性试验(注),然后由耳缘静脉注射 20%葡萄糖溶液 5ml,观察血压和尿量的变化。待尿量明显增多时,再做尿糖定性试验。

4. 耳缘静脉注射 0.01%去甲肾上腺素溶液 1ml,观察血压和尿量的变化。

5. 耳缘静脉注射呋塞米(5mg/kg 体重),观察血压和尿量的变化。

6. 耳缘静脉注射神经垂体素 2U,观察血压和尿量的变化。

7. 耳缘静脉注射 0.6%酚红 0.5ml,然后用盛有 10%氢氧化钠溶液的培养皿接取尿液。如果尿中有酚红排出,遇氢氧化钠则呈现红色。计算从注射酚红时起到尿中排出酚红所需的时间。

8. 剪断右侧颈迷走神经,用保护电极电刺激(采用连续单刺激,波宽 1.0ms;刺激强度 3.0V;频率 30Hz)迷走神经外周端(即近心端)20~30s,观察血压和尿量的变化。

9. 从左侧颈总动脉插管放血 20ml,观察血压和尿量的变化。再将收集的经抗凝处理的血液进行回输,观察血压和尿量的变化。

【注意事项】

1. 实验前给家兔多喂食水和蔬菜,以增加基础尿量。

2. 手术动作应轻柔,以免造成损伤性尿闭。腹部切口不宜过大,剪开腹壁时应避免损伤内脏。勿使胃肠外露,以免血压下降。

3. 输尿管插管时,应避免将插管插入管壁肌层与黏膜之间;插管方向应与输尿管方向一致,勿使输尿管扭曲,以防止尿液流出不畅。

4. 膀胱插管时,应避免将双侧输尿管入膀胱处结扎。

5. 实验中需多次进行静脉注射,应保护好家兔的耳缘静脉,注射时要从远离耳根部位开始。亦可在实验开始前,从耳缘静脉进行静脉滴注,以后每次注射药物可从静脉滴注管注入。

6. 观察结果一般为 3～5min,有的项目(如呋塞米)可在 5min 以后开始观察。

7. 待每一药物作用基本消失后,再做下一项实验。

注:尿糖定性试验方法为:将尿糖试纸的纸片部浸入尿液中 2s,取出后 30～60s 与试纸包装上的标准色板进行对照,判定结果。也可取少量尿液加入试管,再加入班氏试剂 1～2 滴,于酒精灯上加热煮沸,若变成砖红色或黄色,则尿糖定性为阳性。

【思考题】

1. 影响肾小球滤过的因素有哪些? 是如何影响的?

2. 静脉注射 20% 葡萄糖溶液 5ml 后,尿量有何变化? 为什么?

3. 呋塞米的利尿机制是什么?

(王爱梅)

第十六节　反射时的测定与反射弧的分析

【实验目的】

1. 学习测定反射时的方法。

2. 分析屈肌反射弧的组成,并探讨反射弧的完整性与反射活动的关系。

【实验原理】

反射是指在中枢神经系统的参与下,机体对内、外环境刺激所作出的规律性应答反应。从感受器接受刺激到机体出现反应的时间称为反射时,即完成一个反射所需要的时间。反射的结构基础是反射弧,由感受器、传入神经、神经中枢、传出神经和效应器 5 个部分组成。如果反射弧的任何一部分受到破坏,反射则不能完成。

较复杂的反射须经中枢神经系统中多级水平的整合才能完成,而一些较简单的反射则可在脊髓水平就能完成。如果将动物的脊髓与高位中枢离断,则此动物称为脊髓动物,简称脊动物(如脊蛙)。脊动物在受到伤害性刺激时,受刺激的一侧肢体关节的屈肌收缩而伸肌舒张,引起肢体屈曲,称为屈肌反射。

【实验对象】

蟾蜍或蛙。

【实验器材与药品】

BL-420E+生物机能实验系统、蛙类手术器械、铁支架、铁夹、刺激电极、纱布、棉球、培养皿、秒表、烧杯、0.5% 硫酸溶液。

【实验步骤】

1. 反射时的测定

(1) 取一只蟾蜍或青蛙,沿两侧鼓膜后缘连线处剪去颅脑部,保留下颌部分,用棉球压迫创口止血,以制备脊蟾蜍或脊蛙;此外,也可用金属探针由枕骨大孔刺入颅腔捣毁脑组织,以棉球塞入创口止血制备脊蟾蜍或脊蛙。然后用铁夹夹住蟾蜍下颌,悬吊于铁支架上(图5-20)。

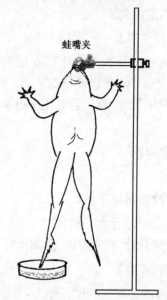

蛙嘴夹

图5-20　反射时的测定与反射弧的分析装置

(2) 用培养皿盛 0.5% 硫酸溶液,将蟾蜍左后肢的最长趾尖浸入硫酸溶液中,同时用秒表计时,当后肢发生屈曲时,则停止计时,此为反射时。随后立即将后肢浸入盛有清水的烧杯中,清洗皮肤上的硫酸溶液,并用纱布擦干。按上述方法重复3次,求出平均值作为左后肢最长趾的反射时。

2. 反射弧的分析

(1) 在左后肢趾关节上方环形剪开皮肤,然后将皮肤剥净。用 0.5% 硫酸溶液刺激去皮的长趾,观察反应。

(2) 将蟾蜍右后肢的最长趾尖浸入 0.5% 硫酸溶液中,观察有无屈肌反射发生。随即用清水洗去皮肤上的硫酸,并用纱布擦干。

(3) 在右侧大腿背面剪开皮肤,在股二头肌和半膜肌之间分离出坐骨神经,穿双线并结扎。在2条结扎线之间剪断坐骨神经,重复步骤(2),观察结果有何不同。

(4) 启动 BL-420E+生物机能实验系统,选择连续单刺激,阈上刺激强度,波宽 1.0ms,频率 30Hz,分别电刺激右坐骨神经的中枢端和外周端,观察有何反应。

(5) 用金属探针捣毁脊髓,然后重复步骤(4),观察有无反应。

(6) 直接刺激右侧腓肠肌,观察有何反应。

【注意事项】

1. 剪去颅脑部位应适当,太高则保留部分脑组织而出现自主活动,太低则损伤脊髓而影响反射的引出。

2. 浸入硫酸的部位应限于趾尖,勿浸入太多,浸入时间不宜过长,几秒钟即可,以免损伤感受器。

3. 每次用硫酸刺激后,应迅速用清水冲洗并用纱布擦干,以防将培养皿中的硫酸稀释。

4. 左后肢足趾皮肤一定要剥除干净,否则刺激仍能引起反射。

【思考题】

1. 通过本实验,可以证明屈肌反射的反射弧具体由哪几个部分组成?

2. 电刺激右坐骨神经的中枢端和外周端,反应有何不同? 为什么?

(王爱梅)

第十七节　大脑皮质运动区功能定位

【实验目的】

通过观察电刺激大脑皮质不同部位引起相关肌肉的收缩,了解皮质运动区对躯体运动的调节和定位关系。

【实验原理】

大脑皮质是调节躯体运动的最高级中枢。在人和高等动物,皮质运动区主要位于中央前回(4 区)和运动前区(6 区),通过相应的传出通路控制肌肉的活动。大脑皮质运动区具有精细的功能定位,电刺激运动区的不同部位,能引起特定的肌肉或肌群收缩。

【实验对象】

家兔。

【实验器材与药品】

BL-420E＋生物机能实验系统、哺乳动物手术器械、兔手术台、咬骨钳、骨钻、骨蜡或明胶海绵、缝合针、刺激电极、纱布;20％氨基甲酸乙酯、0.9％氯化钠溶液。

【实验步骤】

1. 麻醉与固定 取兔称重,耳缘静脉注射 20％氨基甲酸乙酯 (2.5～3.5ml/kg)进行半量麻醉。然后将兔俯卧位固定于兔手术台上。

2. 开颅暴露大脑皮质 剪去头顶部毛发,沿颅顶正中线由眉弓至枕部切开头顶皮肤,用手术刀柄刮去颅顶骨膜。用骨钻在冠状缝后、矢状缝外的颅骨上钻一小孔(图 5-21),再用咬骨钳扩大创口,若有出血可用骨蜡或明胶海绵止血,直到两侧大脑半球基本暴露为止。用小镊子夹起硬脑膜,仔细剪去,暴露大脑皮质,滴加少量温 0.9％氯化钠溶液,以防皮质干燥。手术完成后,松开动物的头和四肢,以便观察躯体运动反应。

3. 观察刺激大脑皮质的反应 启动 BL-420E＋生物机能实验系统,选用连续单刺激,刺激强度 5～10V,波宽 1.0ms,频率 30Hz。用刺激电极接触大脑皮质表面,逐点依次刺激大脑皮质运动区的不同部位,观察躯体运动反应,并将结果标记在两侧大脑半球背面观的示意图上(图 5-22)。每次刺激持续 5～10s,间歇约 1min 后再给予刺激。

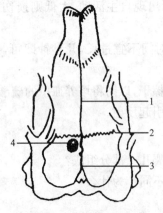

图 5-21 兔颅骨标志图

1. 矢状缝;2. 冠状缝;3. 人字缝;4. 钻孔处

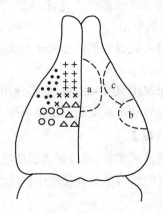

图 5-22 兔大脑皮质功能定位示意图

a. 中央后区;b. 脑岛区;c. 下颌运动区

△:前肢   ○:头、下颌

×:前肢和后肢   ＋:颜面肌和下颌

【注意事项】

1. 麻醉不宜过深,否则影响刺激效应。

2. 术中应随时止血,刺激不能过强以免损伤大脑皮质。

3. 刺激电极的间距要小,但勿短路。

4. 每次刺激大脑皮质时应持续 5～10s,才能确定有无反应。

【思考题】

1. 试分析家兔大脑皮质运动区的功能定位有何特征?

2. 大脑皮质运动区的传出通路是什么?

(王爱梅)

第十八节　去皮质强直

【实验目的】

观察去皮质强直现象,证明中枢神经系统有关部位对肌紧张的调节作用。

【实验原理】

中枢神经系统对骨骼肌的紧张性具有易化作用和抑制作用,正常情况下,通过这 2 种作用,调节骨骼肌的紧张程度,使骨骼肌保持适当的紧张性,以维持躯体的正常姿势。若在动物中脑上、下丘之间切断脑干,则抑制伸肌紧张的作用减弱,而易化伸肌紧张的作用相对增强,动物将出现四肢伸直、头尾昂起、脊柱挺硬等伸肌紧张亢进的现象,称为去皮质强直。

【实验对象】

家兔。

【实验器材与药品】

哺乳动物手术器械、咬骨钳、骨钻、骨蜡或明胶海绵、缝合针、纱布;0.9%氯化钠溶液、20%氨基甲酸乙酯。

【实验步骤】

1. 麻醉与固定　取兔称重,耳缘静脉注射 20%氨基甲酸乙酯(5ml/kg)进行麻醉,然后将兔俯卧位固定于兔手术台上。

2. 头部手术

(1) 剪去头部毛发,沿颅顶正中线由眉弓至枕部切开头顶皮肤,用手术刀柄刮去颅顶骨膜。用骨钻在冠状缝后、矢状缝外的骨板上钻一小孔(图 5-21),再用咬骨钳迅速扩大创口,充分暴露两侧大脑半球后缘。

(2) 将兔头托起,用手术刀柄从大脑半球后缘轻轻托起枕叶,即可见四叠体(上丘较大,下丘较小)。在上、下丘之间用手术刀向前倾斜约 45°,果断向颅底横切,同时向两边拨动,将脑干完全切断(图 5-23)。

(3) 松开家兔四肢,几分钟后观察家兔有无去皮质强直现象(图 5-24)。

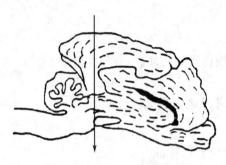

图 5-23　家兔脑干切断部位　　　　　　　　图 5-24　家兔去皮质强直

【注意事项】

1. 手术过程中应随时止血,勿损伤大脑皮质。

2. 横断脑干部位要准确,过低可损伤延髓呼吸中枢,导致呼吸停止;过高则可能不出现去皮质强直现象。

3. 切断脑干后要等 10min 左右。适度牵拉躯体和四肢,可加速出现或加强强直现象。若不出现强直,可改变切断角度或将切断水平略向后移,再次切断。

4. 切断脑干要果断,若动物挣扎,切勿松手,继续切至颅底。

【思考题】

1. 去皮质强直产生的机制是什么?

2. 何谓 α 强直和 γ 强直? 去皮质强直属于哪种强直?

3. 发生去皮质强直后,若在颈髓以下切断脊髓,肌张力会有什么变化?

（王爱梅）

第十九节　动物一侧小脑损伤的观察

【实验目的】

观察动物一侧小脑损伤后出现的躯体运动障碍,了解小脑的功能。

【实验原理】

小脑由皮质(灰质)和髓质(白质)组成,根据小脑的传入、传出纤维联系,可将小脑分为 3 个主要功能部分,即前庭小脑、脊髓小脑和皮质小脑。前庭小脑主要由绒球小结叶构成,主要功能是控制躯体平衡和眼球运动。脊髓小脑由蚓部和半球中间部组成,主要功能是调节肌紧张和协调随意运动。皮质小脑指半球外侧部,主要功能是参与随意运动的设计和程序的编制。小脑损伤的动物会出现躯体运动障碍,主要表现为躯体平衡失调、肌张力增强或减退及共济失调。

【实验对象】

小白鼠。

【实验器材与药品】

哺乳动物手术器械、鼠板、棉球、200ml 烧杯、大头针、乙醚。

【实验步骤】

1. 观察正常小白鼠的姿势、肌张力及运动情况。

2. 麻醉　将小白鼠罩于烧杯内,然后放入一块浸有乙醚的棉球,使其麻醉。待动物停止运动、呼吸变深慢时,将其取出,俯卧位放于鼠板上。

3. 头部手术

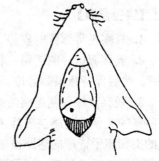

(1) 用镊子夹起头部皮肤,沿头部正中线剪开皮肤直达耳后部。左手固定头部,用刀柄向两侧剥离颈部肌肉及骨膜,暴露颅骨,透过颅骨可见到小脑。

(2) 辨认小鼠颅骨的冠状缝、矢状缝与人字缝,矢状缝向后延续与人字缝交叉,形成不规则的 4 个象限。参照图 5-25 中所示位置,用大头针垂直刺入一侧小脑,深 2~3mm,然后在小脑范围内左右前后搅动,以破坏该侧小脑。取出大头针,用棉球止血。

图 5-25　破坏小白鼠小脑的部位
(图中小黑点为扎针部位)

4. 观察手术后小白鼠的运动情况　将小鼠放在实验台上,待其清醒后观察其姿势、肌张力和运动情况,看是否出现行走不稳、向一侧旋转或翻滚等表现。当损伤较轻时,向健侧旋转,当损伤较重时,向伤侧翻滚。

【注意事项】

1. 麻醉时不可过深,也不要完全密闭烧杯,以免动物死亡。

2. 破坏小白鼠小脑时不可刺入太深,以免伤及中脑、延髓或对侧小脑。

3. 抓握小鼠时应小心,防止被咬。

【思考题】

1. 为什么破坏小鼠一侧小脑后会出现躯体运动障碍?

2. 小脑是如何参与维持身体平衡、调节肌紧张、协调随意运动和随意运动的设计和程序编制的?

(王爱梅)

第二十节　动物一侧迷路破坏的效应

【实验目的】

观察动物一侧迷路破坏的效应,了解前庭器官的功能。

【实验原理】

内耳迷路中的前庭器官由 3 个半规管、椭圆囊和球囊组成,是感受人体自身姿势和运动状态以及头部空间位置的感受器,通过它可反射性影响肌紧张,从而调节躯体的姿势与平衡。当一侧前庭器官受到破坏时,机体的肌紧张协调发生障碍,动物失去维持正常姿势与平衡的能力。而当前庭器官受到过强、过长的刺激或前庭器官过度敏感时,可引起前庭自主神经反应,其中最特殊的是躯体运动时引起的眼球运动,称为眼震颤。眼震颤是眼球不自主的节律性运动,临床上常利用眼震颤试验来判定前庭功能是否正常。

【实验对象】

豚鼠。

【实验器材与药品】

滴管、纱布、棉球;氯仿。

【实验步骤】

1. 观察正常豚鼠的姿势、行走状态和有无眼震颤。

2. 破坏豚鼠一侧迷路　将豚鼠侧卧,提起上侧耳郭,用滴管向外耳道深处滴入氯仿2～3滴。然后保持豚鼠侧卧位,不让其头部扭动,以利于氯仿渗入。

3. 观察破坏一侧迷路的效应　麻醉后10～15min,豚鼠一侧迷路即可被破坏,此时可见豚鼠的头偏向迷路被破坏的那一侧,随即出现眼震颤。若握住豚鼠后肢将其提起,则豚鼠的头和躯干皆弯向迷路被破坏的那一侧;若任其自由活动,则可见豚鼠向迷路被破坏一侧作旋转运动或翻滚。试将豚鼠的头摆正,感受其颈部肌张力的变化。

【注意事项】

1. 氯仿是一种高脂溶性麻醉剂,向豚鼠外耳道滴氯仿的量不宜过多,以免造成动物死亡。

2. 滴入氯仿后,应使动物持续侧卧10～15min,以使药物渗入迷路。

3. 应记住氯仿是滴入左耳还是右耳,以便分析,不能双耳都滴药。

【思考题】

1. 破坏豚鼠的一侧迷路后,其运动功能将会出现哪些变化? 为什么?

2. 破坏一侧迷路后,为什么动物头和躯干都歪向迷路被破坏的一侧?

(王爱梅)

第六章　病理生理学基础性实验

第一节　高钾血症

【实验目的】

1. 复制高钾血症的实验动物模型。
2. 观察高钾血症时心电和心脏舒缩活动变化的特点,并分析其发生机制。
3. 掌握高钾血症时心电图异常变化的特征。
4. 了解高钾血症抢救的措施及机制。

【实验原理】

血清钾>5.5mmol/L 为高钾血症,高钾血症对机体的危害主要表现在心脏。严重高钾血症可使心肌动作电位和有效不应期缩短,兴奋性、传导性、自律性、收缩性降低,心脏停搏。心电图表现为:P 波和 QRS 波波幅降低,间期增宽,可出现宽而深的 S 波;T 波高尖;多种类型的心律失常。高钾血症的抢救可采用:注射 Na^+、Ca^{2+} 溶液对抗高血钾的心肌毒性;注射胰岛素、葡萄糖,以促进 K^+ 移入细胞。

本实验通过静脉注射氯化钾溶液,使血钾浓度短时间内快速升高,造成急性高钾血症,观察心电图变化,了解高钾血症对心脏的毒性作用以及对高钾血症的抢救治疗措施。

一、蟾蜍高钾血症

【实验器材与药品】

蛙板、蛙类手术器械、BL-420E＋生物机能实验系统、张力换能器、心电引导电极、漆包线、带针头细塑料插管、蛙心夹、结扎线、万能支架;任氏液、1％氯化钾溶液、2％氯化钾溶液、5％葡萄糖酸钙溶液(或 2％氯化钙溶液)、注射器(1、2ml 各 1 支)。

【实验对象】

蟾蜍(120g 以上)。

【观察指标】

心电和心脏收缩曲线,心跳频率和强度。

【实验步骤】

1. 取蟾蜍一只,用探针破坏其脑和脊髓,仰卧位固定在蛙板上。
2. 在腹中线外 0.5cm 处剪开腹壁,分离出一段腹壁浅静脉(勿损伤静脉),穿双线。远心端结扎处,剪一小口,向心脏方向插入连有三通及针头的细塑料插管,结扎固定。
3. 沿胸骨缘剪掉整个胸骨,暴露心脏,剪开心包(勿损伤心脏),辨认心房、心室,收缩期、舒张期。
4. 连接实验装置　①将张力换能器固定在万能支架上,在心室舒张期将与换能器相连的蛙心夹夹在心尖上。换能器的连线应与心脏纵轴在同一直线上。②将蛙心夹上焊的细导线(如漆包线)的另一端连在用以描记心电的引导电极上,并将参考电极夹于心脏底部胸壁的肌肉上,另一导线夹在下肢肌肉上。③启动 BL-420E＋生物机能实验系统,显示通道:通道1,用于记录心电曲线;通道2,用于记录心肌收缩曲线。

5. 开始采样,适当调整放大倍数和扫描速度,使蛙心电与心收缩曲线至最好观察状态。

6. 描记一段正常的心电和心脏收缩曲线。

7. 经事先插好的塑料管缓慢注入 1％氯化钾溶液 0.4ml,待心脏停搏时,改注 5％葡萄糖酸钙溶液(或 2％氯化钙溶液)0.5ml 进行治疗,见心脏开始出现收缩,即可停药,并连续观察上述 2 条曲线有何变化,心率及心脏舒缩状态有何变化。

8. 待心脏恢复,再经腹壁浅静脉插管的三通针管,注入致死剂量 2％氯化钾溶液,观察上述 2 条曲线有何变化,心脏舒缩状态有何变化以及心脏停搏时心脏的状态。

【注意事项】

随时滴加任氏液于心脏表面使之保持湿润。

二、家兔高钾血症

【实验器材与药品】

心电图机(圆柱形电极应改成针形电极,6 号注射针为宜或鳄鱼夹)、心电示波器、兔手术台、哺乳动物手术器械、婴儿秤、小儿头皮针、注射器(5、10ml 各 1 支);20％乌拉坦、5％、10％氯化钾溶液、10％氯化钙溶液、10％葡萄糖酸钙溶液、4％碳酸氢钠溶液、葡萄糖-胰岛素溶液、肝素氯化钠溶液。

【实验对象】

家兔。

【观察指标】

心电图变化,直视心脏心室颤动、停跳状态。

【实验步骤】

1. 动物称重,耳缘静脉缓慢注射 20％乌拉坦(5ml/kg)全麻。

2. 仰卧固定于兔手术台上,剪去颈部兔毛。做颈部正中纵行切口,长 5～6cm,钝性分离一侧颈总动脉并插管保留,采血 1ml 用于测定实验前的血钾浓度。

3. 在心电图机导联线原有的电极杆上外包 2～3 层固定电线用的铝皮,并与 6 号针头紧连(固定要紧勿松动),将改装后的电极针头分别以向心方向插入家兔四肢踝部皮下,勿插入肌肉以防止肌颤干扰。导联线的连接方法,按右前肢(红),左前肢(黄),右后肢(黑),左后肢(绿)的顺序连接。

4. 打开心电示波器,选用标准Ⅱ导联、aVF 导联描记一段正常心电图,若 T 波高于0.15mV,改用其他导联或更换其他动物。为获得更为高大清晰的心电图波形,可用头胸导联。方法是将心电图机上的导联旋转到Ⅰ导联,把右前肢电板插在下颌部皮下,左前肢的电扳插在相当于心尖部的胸壁上,这样可较早清晰地获得高血钾心电图的异常波形。

5. 按动物心电图的常规操作(即记录纸速度 25mm/s,每 1mV 电压基线移位 1cm)记录一段正常心电图。记录纸长以每人能得到 4～6 个心跳为度。

6. 复制高钾血症

(1) 采用耳缘静脉(可用小儿头皮针插入耳缘静脉胶布固定后)缓慢推注5%氯化钾溶液1ml/kg,90s注完。

(2) 实验过程中,始终用示波器观察心电变化。每次注药后5min(即下一次注药前)记录一次心电图,如示波器上心电发生变化时,出现P波低平增宽,QRS波群低压变宽和高尖T波时,开动心电图机描记。

(3) 观察到高血钾的心电图异常改变后,再推注10%氯化钾溶液(3ml/kg),出现心室扑动或颤动后立即停止注射。同时,从颈总动脉插管取血1ml测定血钾浓度。从另一侧耳朵的耳缘静脉上分别缓慢推注预先准备好的拮抗剂(4%碳酸氢钠溶液5ml/kg、10%氯化钙溶液2ml/kg或葡萄糖-胰岛素溶液7ml/kg),待心室扑动或颤动波消失、心电图基本恢复正常时,再次由颈总动脉采血1ml测定救治后的血钾浓度。

7. 最后注入致死剂量的10%氯化钾溶液,边注射边观察心电图的改变,出现心室颤动时,快速打开胸腔观察心室颤动及心脏停跳情况。

【注意事项】

1. 若记录心电图时出现干扰,在排除心电图机本身故障及交流电和肌电干扰后,应将动物移至离心电图机稍远处,然后检查各导联线有否脱落,改装的针形电极铝皮是否接触紧密,并尽量避免导联线纵横交错的现象。动物固定台上要保持干燥。

2. 每次使用针形电极时,要用75%乙醇溶液或氯化钠溶液擦净,并要及时清除针形电极周围的血和水迹,以保持良好的导电状态。

3. 如家兔T波高出正常值0.5mV或融合在ST段中不呈现正常波形或方向异常,应更换导联,如用头胸导联,否则更换动物。

4. 耳缘静脉注射氯化钾溶液时,注射速度不宜太快,也不宜太慢,要随时观察各项指标的变化。当各项指标急剧变化时,应减慢速度。防止滴入速度太快导致动物突然发生心室颤动而死亡,动物对注入氯化钾溶液耐受性有个体差异,有的动物需注入较多的氯化钾才出现异常心电图改变,遇到这种情况时,应适当调整注入氯化钾的浓度和间隔时间。

【思考题】

1. 给蟾蜍静脉注射氯化钾后,心电和心脏收缩曲线各有何变化?心跳会停止于哪一期?为什么?

2. 除注射氯化钾外,还可用什么方法复制高钾血症模型,机制是什么?

3. 高钾血症时心电图改变的特征是什么?发生的机制是什么?

4. 用钙为什么能拮抗高钾血症的心脏效应?此外,还可以用哪些方法治疗高钾血症,机制是什么?

5. 临床静脉给钾的原则是什么?为什么?

(叶丽平)

第二节　实验性肺水肿

【实验目的】

1. 通过给家兔静脉输入大量0.9%氯化钠溶液和肾上腺素,复制实验性肺水肿动物模型,并探讨其发生机制。

2. 观察肺水肿家兔的临床表现和肺的病理变化,并分析其机制。

【实验原理】

水肿是临床上常见的一种病理过程,其发病机制包括:①血管内外液体的交换失衡,致使组织液的生成大于回流;②体内外液体交换失衡致使钠、水潴留。前者是由于毛细血管血压增高、血浆胶体渗透压下降、微血管(包括毛细血管和微静脉壁)通透性增加以及淋巴回流受阻等因素所致。肺间质和(或)肺泡腔内有过量液体聚积称为肺水肿,使肺肿胀有弹性,质实变。引起肺水肿的常见原因是急性左心衰竭,临床主要表现为呼吸困难、端坐呼吸、发绀、阵发性咳嗽伴白色或粉红色泡沫痰、双肺满布湿啰音。

【实验器材与药品】

兔固定台、哺乳动物常用手术器械、气管插管、呼吸换能器、BL-420E+生物机能实验系统、静脉导管及输液装置、水检压计、听诊器、天平、婴儿秤、恒温水浴箱、注射器(1、2ml 各 1支)、滤纸、烧杯、手术线(粗、细)、纱布;1%普鲁卡因、0.9%氯化钠溶液、肾上腺素。

【实验对象】

家兔。

【观察指标】

呼吸、中心静脉压、湿啰音、气管流出液、发绀、肺系数、肺大体形态变化。

【实验步骤】

1. 取家兔一只,称重,仰卧固定于兔台上,剪去颈部兔毛,沿甲状软骨下缘正中5~6cm,皮下注射1%普鲁卡因1~2ml 局麻,切开皮肤,钝性分离气管和一侧的颈外静脉,并穿线备用。

2. 行常规气管插管术,将气管插管通过呼吸换能器与 BL-420E+生物机能实验系统CH1 通道相连,用以描记呼吸曲线。

3. 颈外静脉插管之前,静脉输液导管要事先充满 0.9%氯化钠溶液,排净气泡。先用动脉夹夹闭颈外静脉近心端,再结扎远心端,在靠近远心端剪一小口,插入连有输液装置和水检压计的静脉插管,去掉动脉夹,将静脉插管向静脉内送入一段至右心房,打开水检压计三通开关(见附录),见水检压计液面逐渐稳定并随呼吸上下波动,然后结扎。打开通向输液装置三通开关将输液滴数调到5~10 滴/min,以防止血液凝固。

4. 启动 BL-420E+生物机能实验系统,按常规操作进行通道和零点设置,描记正常呼吸曲线。记录正常中心静脉压,并用听诊器听诊正常呼吸音。

5. 由输液装置输入 37℃ 0.9%氯化钠溶液,输液量按 100ml/kg 计算,输液速度180~200滴/min。待滴注接近完毕时,向灌流杯加入肾上腺素 0.5mg/kg 继续滴注,输液速度 60 滴/min。肾上腺素输完后,再加入 30ml 0.9%氯化钠溶液,以 10~15 滴/min 速度维持,以便必要时第二次给药。

6. 输液过程中,密切观察以下情况:①呼吸曲线的变化,有无呼吸急促、呼吸困难;②听诊肺部有无湿啰音;③有无发绀;④气管插管口有无粉红色泡沫状液体溢出。如无以上肺水肿的典型表现,可重复使用肾上腺素,用法、剂量同上,直至出现以上变化为止。

7. 当动物出现肺水肿典型表现时,用止血钳夹闭气管,处死动物,开胸取肺。用粗线在气管分叉处结扎,防止水肿液溢漏,小心分离心脏和血管(勿损伤肺),将肺取出,用滤纸吸干肺表面血液后,准确称取肺重量,计算肺系数。

$$肺系数＝肺重量(g)÷体重(kg)　(正常值为 4～5)$$

8. 肉眼观察肺大体变化,用手术刀切开肺组织,观察断面是否有水肿液溢出。还可进行切片观察:取以往做好的肺水肿病理切片,观察肺水肿的病理变化。

【实验结果】

将实验结果记录于表 6-1。

表 6-1　家兔实验性肺水肿的临床表现和病理变化

	呼吸(频率、幅度)	湿啰音	发绀	肺系数	肺病理变化
实验前					
快输 0.9%氯化钠溶液					
加入肾上腺素					
慢输 0.9%氯化钠溶液					

【注意事项】

1. 输液前要排尽输液管内空气以免栓塞。插完静脉插管后,立即以 5～10 滴/min 速度输液,可防止静脉插管内凝血。

2. 如一次给肾上腺素肺水肿指征不明显需重新给药时,2 次间隔时间宜在 10～15min,不宜过频。

3. 取肺时严防肺组织刺破和水肿液流出,以免影响肺系数的准确性。

4. 控制好输液速度和输液量,过慢时实验组也不发生肺水肿,而过快时对照组会发生肺水肿。

【思考题】

1. 本实验设计为什么要求大量快速输液? 其发生肺水肿的机制有哪些?

2. 输入肾上腺素导致肺水肿的机制是什么?

3. 实验中为什么气管插管会有粉红色泡沫状液体溢出? 此现象有何临床意义?

4. 输入肾上腺素为何会出现呼吸抑制甚至暂停?

5. 本实验家兔肺病理变化如何? 这些变化与临床表现有何关系?

【附注】　中心静脉压的测量方法

1. 将颈外静脉插管经三通管与输液瓶和水检压计相连。

2. 先使输液瓶与水检压计相通,让氯化钠溶液充满水检压计,水检压计零点与动物右心房处于同一高度。

3. 静脉插管插入颈外静脉 5～6cm,达到右心房,打开三通管使水检压计与颈外静脉相通,检压计内液面开始下降,当液面不再继续下降而随呼吸上下波动时,此时的液面刻度即为中心静脉压。

4. 测完压力后,阻断与检压计相通的侧管,使输液装置与静脉插管相通,继续缓慢输液(输液速度为 5～10 滴/min),维持管道通畅。

(叶丽平)

第三节 家兔酸碱平衡紊乱

【实验目的】

1. 复制实验性酸碱平衡紊乱的动物模型。
2. 观察动物酸碱平衡紊乱时功能及血气指标的变化。

【实验原理】

生理情况下机体能自动维持体液酸碱度的相对稳定,以保证内环境的稳态。当酸碱负荷过度或调节机制发生障碍,会导致体液酸碱度稳定性破坏,发生酸碱平衡紊乱。

本实验采用直接输入酸和碱的方法复制单纯性代谢性酸中毒和代谢性碱中毒的动物模型,观察代谢性酸中毒及代谢性碱中毒对呼吸功能的影响;用血管钳夹闭气管插管的侧管乳胶管引起原发性 CO_2 升高复制呼吸性酸中毒,观察血气指标的变化。

【实验对象】

家兔,体重 $1.5\sim2.0kg$,雌雄不限。

【实验器材与药品】

兔手术台、婴儿秤、BL-420E+生物机能实验系统、血气分析仪、哺乳动物手术器械、气管插管、连有三通的动脉插管、输液架、输液装置一套、注射器;20%乌拉坦、0.5mmol/L HCl、4%NaHCO₃溶液、1%肝素溶液、0.9%氯化钠溶液。

【实验步骤】

1. 麻醉与固定 取兔称重,耳缘静脉缓慢注射 20%乌拉坦(5ml/kg)全麻。将兔仰卧位固定于兔手术台上。经耳缘静脉注入 1%肝素溶液,动物全身肝素化。

2. 手术操作 常规分离气管、左侧颈总动脉和一侧股动脉。行气管插管和左颈总动脉插管。通过换能器将气管插管和颈总动脉插管分别与 BL-420E+生物机能实验系统 CH1通道、CH2 通道连接,用以同步描记呼吸运动曲线、动脉血压曲线。结扎股动脉远心端,用动脉夹夹住股动脉近心端,用颈总动脉插管的方法,进行股动脉插管,用于放血,测定血气指标。

3. 启动 BL-420E+生物机能实验系统,记录一段正常的血压及呼吸曲线,计数正常的呼吸频率。

4. 血气分析 打开股动脉的动脉夹,缓慢打开三通开关,弃去最先流出的 2、3 滴血液后,立即将插管口直接对准电极板芯片的注血口,注入全血到标准刻度,盖上小盖,插入血气分析仪,进行血气分析。测定血液的 pH、PaO_2、$PaCO_2$、K^+、BE、SB、Na^+、Cl^- 等,作为实验前对照。

5. 复制病理模型

(1) 代谢性酸中毒:从耳缘静脉缓慢注入 0.5mol/L HCl(2ml/kg),观察兔的呼吸、血压变化,注射后 5min 内,按步骤 5 的方法采集血液标本,并测定血气指标变化。

(2) 代谢性碱中毒:待兔恢复正常后(15~20min)。从耳缘静脉缓慢注入 4% NaHCO₃溶液(5ml/kg),以造成代谢性碱中毒,观察其血压、呼吸的变化。注射后 5min 内,按步骤 5的方法采集血液标本,并测定血气指标变化。

(3) 呼吸性酸中毒:待兔恢复正常后(15~20min)。将兔气管插管的通气管用止血钳夹闭(开始时作不完全夹闭)1.5~2.0min,观察其呼吸、血压的变化,并迅速按步骤 5 的方法经股动脉取血 0.5ml,测定其血气指标的变化。

【注意事项】

1. 实验过程中需多次经耳缘静脉注射,应保护耳缘静脉畅通。
2. 注射乌拉坦、HCl、NaHCO₃溶液时要缓慢,以防兔突然死亡。
3. 取血前应让动物安静 5min,以免因刺激造成过度通气影响血气和酸碱指标。

【思考题】

1. 复制的 3 种酸碱平衡紊乱其血气指标有哪些变化? 为什么?
2. 代谢性酸中毒动物 PaCO₂有何变化? 为什么?

(张俊会)

第四节 缺 氧

【实验目的】

1. 复制低张性、血液性、组织中毒性缺氧的动物模型。
2. 观察机体不同功能状态对缺氧耐受性的影响。

【实验原理】

缺氧是指由多种原因导致组织供氧不足或用氧障碍,引起机体功能、代谢和形态结构发生异常改变的一种病理过程。根据缺氧的原因和特点,缺氧可分为低张性缺氧、血液性缺氧、循环性缺氧、组织性缺氧。本实验通过将小白鼠放入盛有钠石灰的密闭缺氧瓶内,以模拟大气中氧分压降低,而造成低张性缺氧;通过小白鼠吸入 CO,使 CO 与血红蛋白结合形成一氧化碳血红蛋白而失去与氧结合的能力,引起血液性缺氧;通过小白鼠腹腔注射强氧化剂亚硝酸钠,使体内血红蛋白分子中的 Fe^{2+} 氧化为 Fe^{3+},形成高铁血红蛋白,从而失去结合氧的功能,导致血液性缺氧;通过腹腔注射氰化物使组织细胞利用氧障碍,造成组织中毒性缺氧。

【实验对象】

小白鼠(18~22g,雌雄不限)。

【实验器材与药品】

一氧化碳(CO)发生装置 1 套、广口瓶、天平、注射器、吸管、大烧杯、酒精灯、剪刀、镊子、试管架、秒表、温度计;钠石灰、甲酸、浓硫酸、5%亚硝酸钠溶液、0.1%氰化钾溶液、0.5%咖啡因、10%乌拉坦、1%亚甲蓝、0.9%氯化钠溶液。

【实验步骤】

1. 低张性缺氧 取体重相近性别相同的小白鼠 3 只,分别装入 3 个广口瓶内。观察小白鼠正常的活动情况,包括呼吸频率(次/10s)、深度,皮肤和口唇的颜色等。然后将其中 2 个广口瓶用橡皮塞塞紧,另一个不加橡皮塞作为对照。此后每 3min 观察并记录上述指标 1 次。当密闭在瓶内的 2 只小鼠呼吸次数减少至 10 次/10s 以下或痉挛、抽搐时,立即取出其中 1 只,置于通风处呼吸新鲜空气,观察其变化,待其呼吸恢复正常。另一只则不予救治,直至死亡。打开 3 只小鼠的腹腔,比较血液或肝的颜色。

2. 一氧化碳中毒性缺氧　取小鼠 1 只,观察其正常活动,口唇、鼻、尾部皮肤颜色,呼吸频率。将其装入广口瓶,再将装有小白鼠的广口瓶与 CO 发生装置连接(图 6-1)。用吸管吸取甲酸 3ml 放入试管后,再沿试管壁缓慢加入浓硫酸 2ml,立即塞紧瓶塞,仔细观察和记录小鼠上述指标的变化。

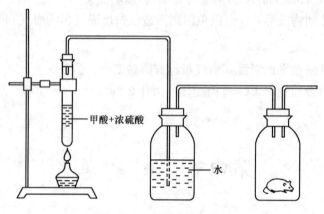

甲酸+浓硫酸

水

图 6-1　一氧化碳发生装置

反应式:$HCOOH \rightarrow H_2O + CO\uparrow$(可用酒精灯适度加热,以加快反应速度,但不可过热,以免 CO 产生过多、过快)。

3. 亚硝酸钠中毒性缺氧　取体重相近小鼠 2 只,观察正常表现后,分别向两鼠腹腔内注射 5.0% 亚硝酸钠溶液各 0.2ml,2min 后向甲鼠腹腔内注射 0.9% 氯化钠溶液 0.2ml,向乙鼠注射 1% 亚甲蓝 0.2ml,观察各鼠呼吸、皮肤颜色和全身活动情况,比较两鼠存活时间。

4. 氰化钾中毒性缺氧　取小白鼠 1 只,观察正常表现后,向腹腔内注射 0.1% 氰化钾溶液 0.3ml,观察并记录存活时间。

5. 麻醉对机体缺氧耐受性的影响　取体重相近的小白鼠 2 只,其中一只腹腔内注射 10% 乌拉坦 0.1ml/10g,分别放在 2 个广口瓶中,塞紧瓶塞,开始记时,以下步骤同实验步骤 1。

6. 环境温度变化对缺氧耐受性的影响　取 1000ml 的烧杯 2 个,一个加一定量的水,置冰箱内(冷藏或冷冻)将杯内水温调至 0～4℃,另一个加热水,将温度调至 40～42℃。取体重相近的小鼠 2 只,分别装入缺氧瓶中,再分别置入有冰水和热水的烧杯中,观察并记录存活时间。

7. 年龄对机体缺氧耐受性的影响　取 1 只成年鼠和 1 只新生红皮鼠,红皮小鼠放入一较小的透明瓶中,而后与成年鼠同放在一个广口瓶中,盖紧瓶塞,观察 2 只小鼠活动等情况,记录生存时间。

【注意事项】

1. 同一实验中小白鼠体重应相近。

2. 必须保证缺氧装置完全密闭,可用凡士林涂在瓶塞外以加强密封效果。

3. 小鼠腹腔注射应在左下腹进行,勿损伤肝。

4. 氰化钾有剧毒,如不慎沾染皮肤、黏膜,请立即用自来水清洗。

【思考题】

1. 低张性、血液性及组织中毒性缺氧血氧变化各有何特点?

2. 上述 3 种类型的缺氧皮肤、黏膜颜色有何不同？为什么？

3. 试述各型缺氧的发生机制。

（张俊会）

第五节　失血性休克及抢救

【实验目的】

1. 复制失血性休克动物模型。

2. 观察失血性休克时的主要体征及血流动力学的变化特点。

3. 分析失血性休克的发病机制并探讨其救治措施。

【实验原理】

采用颈总动脉放血的方法，造成家兔失血，使其组织血液灌流量急剧减少，导致微循环障碍，复制失血性休克。观察失血性休克期间家兔动脉血压、呼吸、中心静脉压和尿量等指标的变化。通过及时输血输液，补充血容量以及使用缩血管药等措施，抢救休克，观察经抢救措施后，家兔各项指标的变化。

【实验对象】

家兔，体重 2.5kg。

【实验器材与药品】

BL-420E＋生物机能实验系统、哺乳动物手术器械 1 套、兔台、气管插管、动脉插管、静脉导管和静脉输液装置各 1 套、三通管 2 个、水检压计、尿量记录装置、10ml 量筒、100ml 烧杯、注射器（2、5、10、30ml 各 1 支）；20％乌拉坦、1％普鲁卡因、1％肝素溶液、1％去甲肾上腺素溶液、山莨菪碱（654-2）氯化钠溶液、0.9％氯化钠溶液、6％低分子右旋糖酐。

【实验步骤】

1. 取家兔称重，耳缘静脉注射 20％乌拉坦（5ml/kg）进行麻醉，仰卧固定于兔台。剪去颈部和腹部被毛。

2. 颈部正中切开皮肤，切口长度约 5cm。常规分离气管、右侧颈外静脉和左侧颈总动脉，穿线备用。行气管插管、颈总动脉插管，通过换能器分别与 BL-420E＋生物机能实验系统 CH1 通道、CH2 通道连接，用以同步描记呼吸运动曲线、动脉血压曲线。从右侧颈外静脉插入 5cm 长的静脉导管，用三通管连接输液装置和水检压计，用以输液和测量中心静脉压。测压前，阻断检压计侧管，连通输液装置，缓慢滴入 0.9％氯化钠溶液（5～10 滴/min），以保持输液管畅通（同第二节）。

3. 耻骨联合上下腹正中切口，长 3～5cm，在膀胱少血管区进行断续荷包缝合。在荷包内作一直切口，插管后拉紧缝线进行固定。收集尿液于量筒内。

4. 耳缘静脉注射肝素（2ml/kg），实行全身肝素化。

5. 待动物稳定 10min 后，记录正常状态下的血压（mmHg）、中心静脉压（cmH_2O）、呼吸运动曲线及尿量（ml/10min）。

6. 由颈总动脉插管的三通开关处放血，盛于烧杯中。每放血 10ml，监测动脉血压变化，待血压降到 40mmHg 左右时停止放血。此时若血压回升，可继续少量放血，使血压维持于 40mmHg 左右 20～30min 后,即造成失血性休克模型。记录失血量并连续观察失血过程中上述指标的变化。

7. 休克抢救

(1) 对照组:动脉血压降至 40mmHg 后维持 1h,而后将放出的血液自颈静脉全部快速输回,必要时可加 6％低分子右旋糖酐 30ml,观察输液过程中各项指标(呼吸、动脉血压、中心静脉压)的变化。

(2) 去甲肾上腺素组:血压降至 40mmHg 维持 30min 后,然后自颈静脉缓慢滴入 1％去甲肾上腺素溶液 25ml,在 20～30min 内滴完,再将放出的血液自颈静脉快速输回,观察各项指标的变化。

(3) 山莨菪碱组:动脉血压降至 40mmHg 维持 30min 后,自颈静脉缓慢滴入山莨菪碱氯化钠溶液 25ml,于 30min 内滴完,再将放出的血液自颈静脉快速输回,必要时加 6％低分子右旋糖酐,观察各项指标的变化。

【注意事项】

1. 分离血管时切勿使用刀、剪等锐利器械,以免刺破血管。

2. 操作中应尽量减少手术性出血。

3. 插管内事先应加入少量肝素,以防凝血。

4. 动脉插管容易滑脱,故应结扎和固定牢靠。

5. 放血时切不可一次放血过多而造成动物死亡。

【思考题】

1. 失血性休克过程中,微循环变化的特点有哪些?

2. 失血性休克抢救的原则是什么?

(张俊会)

第六节　弥散性血管内凝血

【实验目的】

1. 通过复制家兔 DIC 模型,进一步理解 DIC 的病因及其发生机制。

2. 观察急性 DIC 各期血液凝固性的变化,并讨论其原因和相关病理意义。

3. 了解 DIC 的诊断标准,熟悉 DIC 相关实验室检查指标及其意义。

【实验原理】

弥散性血管内凝血(DIC)是指在某些致病因子(如严重感染、大量促凝物质释放入血、自身血液成分破坏、休克、肿瘤、产科意外等)的作用下,凝血因子、血小板被大量激活,引起过度凝血。过度凝血一方面导致血液中形成大量的纤维蛋白微血栓和血小板团块,另一方面因为凝血因子和血小板大量被消耗,引起继发性纤溶过程加强和继发性凝血功能障碍。DIC 的临床表现主要为出血、休克、溶血性贫血以及脏器功能损害等。本实验通过静脉注射大量的兔脑匀浆(含大量的组织凝血因子),启动外源性凝血系统,引起 DIC 的发生,复制家兔 DIC 模型。

【实验器材与药品】

兔手术台、显微镜、电子秤、哺乳动物手术器械、离心机、721 型分光光度计、恒温水浴箱、微量加样器、动脉插管、血小板计数板、肝素抗凝管 3 支、5、10ml 注射器各 2 支、枸橼酸钠抗凝管 3 支；20％乌拉坦、3.8％枸橼酸钠溶液、血小板稀释液、兔脑匀浆、0.7％肝素溶液、P 试液、1％硫酸鱼精蛋白液。

【实验对象】

家兔，体重 2.0kg 以上。

【实验步骤】

1. 麻醉和固定动物　取家兔称重，耳缘静脉注射 20％乌拉坦(5ml/kg)进行麻醉，仰卧固定于兔台。常规分离家兔一侧颈总动脉，用动脉夹夹闭近心端，用线结扎远心端，向心脏方向插管，结扎固定插管。

2. 取预先准备的肝素抗凝管和枸橼酸钠抗凝管(含枸橼酸钠 0.3ml)各 3 支，分别做好取血次序的标记。

3. 正常对照血标本的制备　取用于测定血小板和其他出、凝血指标用的血液标本时，放松动脉夹，弃去最先流出的数滴血。

(1) 用一小块玻璃纸，接取兔血一大滴，立即吸取其中 10μl 血液放入 2.0ml 血小板稀释液内充分混匀，作血小板计数(方法见实验步骤 6)。

(2) 分别在肝素抗凝管内加入兔血 1.5ml，在枸橼酸钠抗凝管内加入兔血 3.5ml。取血完毕后用 0.9％氯化钠溶液冲洗动脉插管以防管内血液凝固。

取血后迅速用小片玻璃纸封闭试管口，上、下颠倒试管使血液与抗凝剂混匀(注意勿振荡)，平衡后离心(3000r/min，10min)，小心取出上层血浆，另置于干净小试管，并加上标记。肝素抗凝所制备的血浆用以测定纤维蛋白原，枸橼酸钠抗凝所制备的血浆用以测定 PT 和 3P 试验(方法见实验步骤 6)。

4. DIC 家兔模型的复制　取 37℃水浴预热和保温的兔脑匀浆，剂量以 8ml/kg 体重计算，经耳缘静脉以 1ml/min 的速度匀速推注。若注射过程中发现动物突然挣扎、呼吸急促，应立即停止推注并及时采血，方法同实验步骤 3。

5. 分别在全量兔脑匀浆注射完毕的即刻、注射后 30min 或 45min(视手术所用时间长短和实验课时多少决定)时各采血样 1 次，方法同实验步骤 3。

6. 血小板计数、PT 测定、3P 试验和纤维蛋白原含量的测定

(1) 血小板计数(BPC)：用微量加样器吸取 10μl 兔全血，迅速加入到预先准备的 2ml 血小板稀释液中，充分混匀后用滴管将试管内已稀释的血液滴到血小板计数板上静置 10min，待血小板完全下沉后，用高倍镜计数。计数方法如下：准确数出计数板中央 1 大方格(即 25 个中格 400 小格)的血小板数，乘以 2000 就是每立方毫米的血小板数。或在中央 1 大方格内，准确计数 4 个角上的中格和中央的 1 个中格，一共 5 个中格的血小板数，乘以 10 000 即为每立方毫米的血小板数。

(2) 凝血酶原时间(PT)

1) 取被检血浆 0.1ml，置于小试管内，37℃水浴。

2) 在上述试管内加入 P 试液 0.2ml，同时开启秒表并轻轻地侧动试管，直至液体停止流动或出现颗粒为止，停止计时，记录凝固耗时，即为凝血酶原时间(s)。

3）重复 3 次,取平均值作为测定结果。

正常参考值:人 12~14s,兔 6~8s,狗 7~10s。

（3）血浆鱼精蛋白副凝试验(3P 试验)

1）取被检血浆 0.5ml,置于小试管内,放入 37℃水浴 3min。

2）在上述试管内加入 1%硫酸鱼精蛋白液 50μl,混匀,37℃水浴中放置 15min。在观察结果时,将试管轻轻地摇动,有白色纤维或凝块为阳性;完全浑浊无白色纤维为阴性。

（4）纤维蛋白原定量:可采用饱和氯化钠法测定纤维蛋白原含量。

1）取血浆 0.5ml,置于 12×100ml 的试管中,加入饱和 NaCl 溶液 4.5ml,充分混匀,置 37℃水浴中,温育 3min,取出后再次摇匀。

2）对照管试液的配置处理:取 0.9%氯化钠溶液 0.5ml 加入饱和 NaCl 溶液 4.5ml,进行同样操作。

3）选用波长 520nm,以对照管试液调定光密度测定仪的零点,测定被测样品试液的光密度,按下式计算样品中纤维蛋白原的含量。

$$纤维蛋白原含量(mg/dl)=\frac{测定光密度}{0.5}\times 1000$$

7. 实验完毕后,处死动物。

【实验结果】

将实验结果记录于表 6-2。

表 6-2 DIC 实验结果记录表

	呼吸	一般状态	BPC	PT(s)	3P 试验	纤维蛋白原定量
注射兔脑匀浆前						
注射兔脑匀浆即刻						
注射兔脑匀浆 30min						
或 45min 后						

【注意事项】

1. 实验动物必须保证在 2kg 以上、健康状况良好。否则易在实验结束前即死亡。

2. 因为注射兔脑匀浆过程中,动物极易猝死,注射兔脑匀浆前,要做好第 2 次采血的准备工作,包括抗凝管、玻片、秒表。

3. 静脉推注兔脑匀浆的速度控制是实验成败的关键,在控制好速度的前提下,密切观察动物反应。

4. 每次采血前要放掉少量血液再进行采血。每次采血后要用注射器向插管内推进适量的 0.9%氯化钠溶液,以防插管内形成血栓,但不能采用抗凝剂。

5. 恒温水浴温度要保持在 37℃。

【思考题】

1. 经静脉注射兔脑匀浆后为何能复制出家兔 DIC 模型? 试述其发生机制。

2. 根据实验中的血液学实验结果,讨论急性 DIC 发生的原因、机制及各项结果之间的关系。

(牛 力)

第七节 急性呼吸功能不全

【实验目的】

1. 复制通气障碍,气体弥散障碍以及肺泡通气/血流比例失调引起的 2 种不同类型的呼吸功能不全模型,并探讨其发生机制。

2. 观察急性呼吸功能不全时动物呼吸、血压、胸膜腔内压、特别是血气等变化,并分析其机制。

【实验原理】

呼吸衰竭是指外呼吸功能严重障碍,导致 PaO_2 降低或伴有 $PaCO_2$ 增高的病理过程。呼吸衰竭时的主要血气标准是 $PaO_2 < 60mmHg$[①]$(8.0kPa)$,伴有或不伴有 $PaCO_2 > 50mmHg$ $(6.7kPa)$。本实验通过夹闭气管插管的侧管、复制气胸,模拟通气障碍;通过复制肺水肿、增大无效腔,模拟气体弥散障碍以及肺泡通气/血流比例失调。呼吸衰竭时发生的低氧血症和高碳酸血症可影响全身各系统的代谢和功能,其防治原则包括去除病因,提高 PaO_2,降低 $PaCO_2$,改善内、外环境及重要器官功能。

【实验对象】

家兔。

【实验器材与药品】

兔台、哺乳动物手术器械 1 套、血气分析仪、BL-420E+生物机能实验系统,压力、呼吸换能器,连接三通管的动脉插管、气管插管、天平与砝码,6 号、9 号、16 号针头,水检压计、注射器(1、2、10、50ml 各 1 支)、氧气袋、50cm 长的乳胶管;20％乌拉坦、10％葡萄糖溶液、0.9％氯化钠溶液、0.5％肝素钠溶液。

【观察指标】

1. 呼吸(频率、幅度)、血压、胸膜腔内压、口唇皮肤和黏膜颜色及全身情况。

2. 血气分析:pH、PaO_2、$PaCO_2$、SB、BE、K^+、Na^+、Cl^-。

【实验步骤】

1. 取兔 1 只,耳缘静脉注射 20％乌拉坦(5ml/kg),将其麻醉并固定于兔台。游离气管和一侧颈总动脉,行气管插管和颈总动脉插管,并通过换能器分别与 BL-420E+生物机能实验系统 CH1 和 CH2 相连。同步描记一段正常的呼吸和血压曲线。观察和记录实验前动物的呼吸、血压、口唇皮肤和黏膜颜色及全身情况。

2. 用 2ml 注射器抽取动脉插管内的无效液,然后用 1ml 注射器吸取少量 0.5％肝素钠溶液,湿润内壁后排出多余肝素。通过动脉插管连接的三通管处采集动脉血 1ml,随后迅速将注射器针头刺入橡皮塞,并使注射器在掌中来回滚动数次,用血气分析仪测定血气指标。

3. 复制通气障碍

(1) 完全窒息,用止血钳完全夹闭气管插管的一侧管(与大气相通的一端)。使动物完全窒息,30s 后观察、记录动物呼吸、血压、口唇皮肤和黏膜颜色及全身状态的变化。迅速松

---

①1mmHg=0.133kPa

夹,观察约 10min,待动物恢复正常。

（2）不完全窒息,待上述指标完全恢复正常后在完全夹住的橡皮管上插入 2 个 9 号针头或用止血钳夹闭气管插管侧管管口的 1/2,造成动物不完全窒息 8～10min,观察记录上述各项指标,并取动脉血作血气分析。

4. 复制气胸

（1）当上述实验项目完毕、动物恢复正常后,在动物右胸第 3～4 肋间隙与腋前线交叉处局部浸润麻醉,然后用连接水检压计的 16 号针头,沿肋骨上缘垂直缓慢刺入胸膜腔内(进针深度为 1.0～1.5cm),可有落空感,穿刺深度以水检压计中的水面随呼吸明显上下波动为止。用胶布固定穿刺针,此时便读出水检压计的压力(cmH$_2$O)即胸膜腔内压。

（2）观察记录实验前的胸膜腔内压、呼吸、血压等项指标。

（3）关闭水检压计,用 100ml 注射器抽取空气 50～70ml,通过三通管侧管,将空气注入胸膜腔内,旋转三通管开关打开水检压计,观察记录气胸后上述各项指标的变化,待 5～10min 后取动脉血作血气分析。

（4）缓缓抽出胸膜腔内的气体。注意:使空气抽尽,拔出针头。观察 10～20min,待动物恢复正常。

5. 复制死腔样通气　将 50cm 长的乳胶管与气管插管的侧管相连接,以增大无效腔,观察记录上述各项指标的变化,5～10min 后取动脉血作血气分析。

6. 复制肺水肿　抬高兔台头端,从气管插管的侧管,缓缓滴入 10% 葡萄糖溶液 2ml/kg,5min 内滴完,并观察记录呼吸变化,密切观察呼吸改变和气管内有无粉色泡沫液体流出,并用听诊器听肺部有无湿啰音。当证明有肺水肿出现时,取动脉血作血气分析,然后夹住气管,处死动物。剪开胸腔,用粗线在气管分叉处结扎以防止水肿液流出。在结扎处以上切断气管,小心将心脏及其血管分离(勿损伤肺),把肺取出。用滤纸吸去肺表面的水分后,称取肺重,计算肺系数。然后用肉眼观察肺大体病理改变,并切开肺,观察切面的变化,注意有无泡沫液体流出。

家兔肺系数计算公式:

$$肺系数 = 肺重量(g) \div 体重(kg) \quad (正常值 4～5)$$

7. 急性呼吸功能不全的氧疗　在步骤 4 气胸未解除前和步骤 5、6 动物发生明显的血气变化后,将气管插管的侧管连接氧气袋,使动物吸入纯氧 5min。取动脉血作血气分析,比较因不同原因所致呼吸功能不全的氧疗效果。

【实验结果】

将实验结果填入表 6-3 和表 6-4。

表 6-3　急性呼吸功能不全实验指标的测定记录表

指标	实验前	气道狭窄	张力性气胸	无效腔样通气	肺水肿
呼吸频率					
呼吸幅度					
两肺呼吸音					
动脉血压					

续表

指标	实验前	气道狭窄	张力性气胸	无效腔样通气	肺水肿
皮肤颜色					
pH					
PaO_2					
$PaCO_2$					
SB					
BE					
K^+					
Na^+					
Cl^-					

表 6-4　急性肺水肿动物解剖观察记录表

	正常对照	肺水肿
气管内流出物	无粉红色泡沫样液体溢出	
肺体积、颜色	体积萎陷、粉红色	
肺切面	无泡沫样液体流出	
肺系数	4～5	

【注意事项】

1. 作血气分析取血时切忌与空气接触，如针管内有小气泡要立即排除。取血量依血气分析仪要求而定。

2. 造成气胸时，按要求的位置刺入，深度以见到水检压计的水平面随呼吸波动为宜（1.0～1.5cm），如未见水检压计液面波动，应重新调节针头的深浅度。气胸后抽取胸腔内的空气时，一定要抽尽。

【思考题】

1. 窒息、气胸、无效腔样通气及肺水肿分别引起了哪一型呼吸衰竭？为什么？

2. 4 种不同实验的血气检测结果有何不同？为什么？

3. 气胸、无效腔样通气和肺水肿氧疗效果如何？为什么？

【附注】　肺水肿的其他复制方法

1. 由颈外静脉快速输入 0.9％氯化钠溶液 100ml/kg（180～200 滴/min），接近输完时，立即向输液瓶内加入 0.1％肾上腺素溶液 1ml/kg，直至输完全部液体。

2. 耳缘静脉缓慢注射 37℃液状石蜡 1ml/kg 或油酸 0.06～0.08ml/kg。

（叶丽平）

第八节　氨在肝性脑病发病机制中的作用

【实验目的】

1. 复制肝性脑病动物模型。

2. 掌握血氨升高在肝性脑病发病中的作用并分析机制。

【实验原理】

肝性脑病是继发于严重肝脏疾病的神经精神综合征。其发病机制目前一般认为和血氨的升高关系密切。氨中毒学说认为：肝功能衰竭时血氨生成增多，血氨清除不足，使血氨水平升高，血氨通过血-脑脊液屏障进入脑组织，干扰脑组织的能量代谢，改变脑内神经递质；造成对神经细胞膜的抑制作用，从而引起脑功能障碍。

【实验对象】

家兔。

【实验器材与药品】

哺乳动物手术器械 1 套、兔台、细导尿管、粗线、注射器（10ml）；1％普鲁卡因、复方氯化铵溶液（氯化铵 25mg、碳酸氢钠 15g 溶于 5％葡萄糖溶液 1000ml）。

【实验方法】

1. 将家兔仰卧位固定在兔台上，剪去右上腹部的被毛，用 1％普鲁卡因局麻。

2. 在右上腹肋下做一斜切口，剖开腹壁后将肝脏向下拉，剪断肝与横膈间的韧带，再将肝叶向上翻，用于剥离肝胃韧带。

3. 用粗线结扎肝左外叶、左中叶、右中叶和方形叶的根部，使之血流阻断，剪去此四叶（仅留下右外叶和尾状叶），行肝大部分切除术。

4. 向十二指肠内插入一根导尿管，并用线结扎固定，以组织钳对合夹住腹壁切口，关闭腹腔。

5. 另取一只家兔同法剖开腹腔，不切除肝叶，找出十二指肠后，给予肠腔插管作为对照。观察 2 只家兔的一般情况、角膜反射及对疼痛刺激的反应等。

6. 每隔 5min，向 2 只家兔的十二指肠插管中注入复方氯化铵溶液 10ml，连续仔细观察动物的情况（呼吸加速，反应性增强），直至切除肝叶的家兔出现全身性大抽搐为止，并比较两兔的反应有何不同。记录所用的复方氯化铵溶液总量，并计算每千克体重用量和注射至出现痉挛所需时间。

【实验结果】

将实验结果填入表 6-5。

表 6-5　实验结果记录

	出现痉挛所需时间 （min）	复方氯化铵溶液总量 （ml）	每千克体重复方氯化铵溶液用量 （ml/kg）
对照组			
实验组			

【注意事项】

1. 剪镰状韧带时，慎防刺破横膈。游离肝时，动作宜轻柔，以免肝叶破裂出血。

2. 复方氯化铵溶液勿漏入腹腔。

【思考题】

1. 肝性脑病时血氨升高的主要原因是什么？

2. 氨对脑细胞有哪些毒性作用?

(叶丽平)

第九节　急性全心衰竭

【实验目的】

1. 观察影响心功能的因素。

2. 学习制备实验性心力衰竭的动物模型。

【实验原理】

心脏的主要作用是泵血以适应机体新陈代谢的需要。心排血量可反映心脏的泵血功能。心排血量＝心率×每搏输出量。影响搏出量的因素主要有3个:前负荷、心肌收缩能力和后负荷。当各种致病因素使得心泵功能减弱,即心排血量下降不能满足机体代谢需要时,机体将启动各种机制进行代偿,以保证心排血量维持相对正常。如心脏自身代偿,包括功能代偿(心率增快,紧张源性扩张,增强心肌收缩力)以及结构代偿(心肌肥大)。功能代偿可在短时间内被迅速动员,而结构代偿是心脏长期负荷过重时的主要代偿方式。

【实验对象】

蟾蜍。

【实验器材与药品】

输液架、蛙心灌流装置、量筒、大烧杯、小烧杯、蛙类手术器械1套;任氏液、硫酸铬($GrSO_4$)任氏液。

【实验步骤】

1. 心灌流标本制备　将任氏液充满灌流杯及蓝色塑料管,使液面维持在$10cmH_2O$的高度备用,红色塑料管1根,也使其充满任氏液充当排液管。取蟾蜍1只,用探针破坏脑和脊髓,将其仰位固定于蛙板上,沿腹正中线向头侧方向剪开皮肤及胸腔,充分暴露心脏,剪开心包,小心分离出左侧主动脉弓。找出胆囊部位,在其后下方分离出后腔静脉。将预先充满任氏液的蓝色塑料管插入后腔静脉弓,并结扎固定,灌流时打开灌流杆活塞,使灌流液流入心脏。将充有任氏液的红色塑料管插入左侧主动脉弓,并结扎固定,注意将管口固定于距心脏18cm的高度,用烧杯接流出的液体。

2. 增加前负荷对心功能的影响　将灌流杯的液面调整到距离心脏20cm的高度,调节灌流杯活塞以控制流入的任氏液量,使液体的流入不引起心脏膨胀,液体的排出量以2～3ml/min为宜。用量筒收集每分钟心脏排出的液体量(即每分钟心排血量),并观察心脏外形、收缩力、有效心功能的变化。依次抬高灌流杯的液面,每次增加10cm,最终可达100cm的高度,同时收集相应高度的每分钟心排血量,并分别观察每个高度的心脏外形、心肌收缩力及有效心功能的变化。

3. 心脏中毒对前负荷增加的反应　将灌流杯降回原来的位置,将杯中的任氏液换成$2×10^{-6}～2×10^{-5}mol/L$的$GrSO_4$任氏液,并使液面保持在20cm高度。15min后,重复步骤2,观察心脏外形、心脏收缩力及有效心功能的变化。再把灌流杯降回原处,把杯内的$GrSO_4$任氏液重新换上任氏液,使液面保持20cm高度。15min后,再重复步骤2,记录心脏外形、心肌收缩力及有效心功能的变化。

4. 增加后负荷对心功能的影响　另取 1 只蟾蜍,按步骤 2 操作,但灌流杯内任氏液液面不依次抬高,仅维持在距离心脏 30cm 处,把排液管口调节在高于心脏水平面 3cm 处(即主动脉压为 3cmH_2O)。用量筒收集每分钟心排血量,记录每分钟心率,观察心脏收缩力及外形的变化。逐次提高排液管口高度,每次增加 2cm 依次递增,以增加心脏后负荷,分别记录每个高度的每分钟排血量高度,测定相应高度时的心率,观察心肌收缩力,心脏外形的变化。当心排血量随着排液管口的增加而锐减时,即停止抬高,将排液管降回原处。

5. 中毒心肌对后负荷增加的反应　待心功能恢复后,把灌流杯内的任氏液迅速换成 $2\times10^{-6}\sim2\times10^{-5}$ mol/L 的 $GrSO_4$ 任氏液,使心肌中毒 15min,再按步骤 4 的方法进行实验。记录心肌中毒后依次递增排液管口高度时的每分钟心排血量、心率、心肌收缩力及心脏外形的变化。

【注意事项】

1. 每改变一个观测项目时,需先让心脏稳定一段时间后,再进行下一步记录。
2. 保护好蟾蜍的心脏,及时在心脏表面滴加任氏液。
3. 换液体时注意速度要快,以防止气泡进入。
4. 实验过程中,一定要保持各管道通畅。
5. 复制心力衰竭模型时,必须用 $GrSO_4$ 任氏液灌注 15min 后,再进行观察记录。

【思考题】

1. 评价心功能的指标有哪些?
2. 左心衰竭、右心衰竭及全心衰竭的临床表现各是什么? 其治疗原则是什么?

(张俊会)

第十节　实验性肾衰竭

【实验目的】

1. 通过给家兔注射氯化汞,复制急性肾衰竭的动物模型。
2. 观察中毒性急性肾衰竭时,机体状态、尿常规的变化和肾衰竭指数(RFI)、滤过钠排泄分数(FENa)、内生肌酐清除率(CCr)等变化。

【实验原理】

重金属 Hg^{2+} 可使蛋白质变性、沉淀,肾小球滤过率降低和肾小管结构受损。Hg^{2+} 中毒性肾小管坏死的发病机制:Hg^{2+} 与体内大分子发生共价结合;Hg^{2+} 引起细胞"钙超载",细胞外液 Ca^{2+} 大量进入细胞,Hg^{2+} 引起免疫损伤作用,从而造成急性肾性肾衰竭。FENa 为鉴别肾前性急性肾衰竭及急性肾小管坏死最敏感的指标。急性肾前性肾衰竭因肾小管对钠的重吸收相对增高,使尿钠排出减低,FENa 明显降低。急性肾小管坏死,肾小管不能吸收钠,故尿钠排出明显增多。CCr 是反映肾小球损害,也是评估肾功能损害程度的敏感指标。

【实验对象】

家兔。

【实验器材与药品】

血气分析仪、分光光度计、离心机、恒温箱、注射器(5ml)、刻度吸管(1.5、2.0、5.0ml)、试管、离心管、滴管、玻璃棒、显微镜、导尿管、载玻片、酒精灯、试管架;3%焦锑酸钾溶液、无水乙醇、氢氧化钙、钠标准应用液、肌酐标准应用液、50mmol/L苦味酸溶液、pH12.0磷酸盐-氢氧化钠缓冲液、1%氯化汞($HgCl_2$)溶液。

【实验步骤】

1. 取健康成年家兔1只,称重,实验前24h肌内或皮下一次注射$HgCl_2$1.7ml/kg,复制家兔急性中毒性肾衰竭模型。在代解笼内饲养(可收集尿液),自行饮食。

2. 收集动物24h混合尿 取混合尿5ml,移入含有0.2g氢氧化钙的试管中,用玻璃棒混匀,放置15min后,离心(2000r/min,15min),取上清尿液(已除磷酸盐)置另一试管,用于测定尿钠。由心脏或耳缘静脉取血2~3ml,置入干燥试管内,经离心(2000r/min,15min),分离出血清用于测定血清钠。

3. 用锑酸钾比浊法,按表6-6的操作步骤测定血清钠和尿钠的含量。

表6-6 血清钠和尿钠测定的操作步骤与方法

	标准管(ml)	测定管(ml)
血清或尿滤液	—	0.2
钠标准应用液(140mmol/L)	0.2	—
无水乙醇	1.8	1.8
混合,测定管离心(2000r/min,3min)后吸取上清液,标准管直接吸取,分别移入另一试管		
上清液	0.25	0.25
3%焦锑酸钾溶液	5.0	5.0
混合,静止5min后,用520nm波长,以蒸馏水校正光密度至零点进行比浊,记录各管读数		

计算:血清钠或尿钠(mmol/L)=(测定管光密度/标准管光密度)×140。

4. 用苦味酸沉淀蛋白法,按表6-7操作步骤测定血清肌酐和尿肌酐,测定前尿液用蒸馏水以1:50稀释。

表6-7 苦味酸沉淀蛋白法的操作步骤与方法

	标准管(ml)	测定管(ml)	空白管(ml)
血清或1:50稀释尿	—	0.6	—
肌酐标准应用液(0.2mg/L),0.1mg/L=88.402μmol/L	0.6	—	—
蒸馏水	—	—	0.6
50mmol/L苦味酸	2.4	2.4	2.4
充分混匀3min后离心(2000r/min,10min)测定管,将上述3支试管中的上清液分别直接倾入另一试管中			
pH12.0磷酸盐氢氧化钠缓冲液	0.6	0.6	0.6
充分混合,置37℃温箱中25min后取出室温冷却20min后,以波长520nm,蒸馏水调零比色记录各管读数			

计算:肌酐(mg/L)=(测定管光密度-空白管光密度)/(标准定管光密度-空白管光密度)×2。

5. 按下列公式计算滤过钠排泄分数(FENa):

$$FENa=[(\text{尿钠/血钠})/(\text{尿肌酐/血肌酐})]\times 100\%$$

6. 按公式计算出肾衰竭指数(RFI):RFI =尿钠/(尿肌酐/血肌酐)

7. 按公式计算出内生肌酐清除率(Ccr):

$$Ccr(ml/min)=(Ucr\times V)/(Pcr\times 1440)$$

式中,V=24h 尿量,Ucr =尿肌酐,Pcr =血肌酐。

8. 尿常规检查:24h 尿量,尿蛋白,尿管型,尿内红、白细胞及上皮细胞等。

9. 另取 1 只正常健康兔,观察上述各项指标,比较两者结果有何不同。

【注意事项】

1. 模型动物容易死亡且有时无尿,要经常观察。应多备几只家兔以保证结果完整。

2. 试管、吸管等器材须洁净,血清、尿液、标准液等试剂必须准确,整个操作过程均须规范。

3. 测定肌酐时,试管自 37℃温箱中取出 20~60min 内标本呈色稳定,故在此时间比色适宜。

4. FENa>3 表明急性肾小管坏死,FENa<3 为急性功能性肾衰竭。正常动物 FENa<1。

【思考题】

1. 何为急性肾衰竭? 发病原因有哪些? 发生机制如何?

2. 急性中毒性肾衰竭兔机体的功能、代谢有哪些变化? 为什么?

3. 本实验是根据什么原理、采用什么方法复制急性肾衰竭动物模型? 发病机制如何?

【附注】 试剂的配制方法

1. 3%焦锑酸钾溶液 取焦锑酸钾($K_2H_2Sb_2O_7 \cdot 4H_2O$)15g,加蒸馏水 350ml 和 10% KOH 溶液 15ml,煮沸溶解,冷却后加蒸馏水至 500ml。

2. 钠标准储存液(1mol/L) 取 NaCl(AR)溶液少许置于烧杯中,在 110~120℃烘箱内烤 4h,取出后待冷,精确称取 5.845g 置于 100ml 容量瓶中,加蒸馏水至刻度。

3. 钠标准应用液(140mmol/L) 准确吸取钠标准储存液 14ml,置于 100ml 容量瓶中,加蒸馏水至刻度。

4. 50mmol/L 苦味酸溶液 试剂苦味酸 11.4555g,用低于 80℃温蒸馏水溶解并稀释到 1000ml,37℃温箱保存。

5. pH12.0 磷酸盐-氢氧化钠缓冲液 1mol/L NaOH 溶液 250ml,加入 89.555g $Na_2HPO_4 \cdot 12H_2O$,以蒸馏水稀释到 500ml。其中 NaOH 和 Na_2HPO_4 均为 mol/L。

6. 肌酐标准储存液(10mg/L) 精确称取肌酐(AR)100mg,置于 100ml 容量瓶内,再以 0.1mol/L 盐酸稀释至刻度,置冰箱保存。

7. 肌酐标准应用液(0.2mg/L) 准确吸取肌酐标准储存液 2.0ml,移入 100ml 容量瓶内,用蒸馏水稀释至刻度,并加数滴氯仿防腐(或每周新配)。

(叶丽平)

第七章 药理学基础性实验

第一节 给药途径对药物作用的影响

一、家兔实验法

【实验目的】

1. 观察不同给药途径对药物作用的影响。
2. 练习家兔的捉拿法、耳缘静脉注射法和肌内注射法。

【实验原理】

给药途径不同时,吸收速度有差别,起效快慢不同,甚至产生不同的药理作用。

【实验对象】

家兔 2 只。

【实验器材与药品】

婴儿秤、5ml 注射器 2 支、兔固定器 2 个、75％乙醇溶液棉球;10％苯巴比妥钠溶液。

【实验步骤】

1. 取家兔 2 只,称重编号。观察两兔正常活动、翻正反射以及呼吸情况。
2. 两兔均给予 10％苯巴比妥钠溶液 0.75ml/kg,其中甲兔耳缘静脉注射给药,乙兔肌内注射给药。
3. 记录给药时间,观察家兔反应、翻正反射消失时间以及呼吸抑制程度。比较两兔反应有何不同?

【实验结果】

将实验结果记录在表 7-1 中。

表 7-1 家兔静脉注射和肌内注射 10％苯巴比妥钠溶液的反应

兔号	给药途径	给药前反应	给药后反应	翻正反射消失时间	呼吸抑制程度
甲	静脉注射				
乙	肌内注射				

注:翻正反射是指将动物推倒或呈背位仰卧时,动物会立即翻正过来。当中枢过度抑制时,翻正反射消失

二、小鼠实验法

【实验目的】

1. 观察不同给药途径对药物作用的影响。
2. 练习小鼠的捉拿法、灌胃和腹腔注射法。

【实验原理】

给药途径不同,不仅影响到药物作用的快慢、强弱及维持时间的长短,有时可影响药物的作用性质。硫酸镁口服不易吸收而发挥容积性导泻作用;注射给药则产生吸收作用而使骨骼肌松弛。

【实验对象】

小鼠 2 只。

【实验器材与药品】

小鼠灌胃器 1 个、1ml 注射器 2 支、天平、75％乙醇溶液棉球、眼科镊;10％硫酸镁溶液。

【实验步骤】

1. 取小鼠 2 只,称重编号。观察并记录小鼠活动、呼吸和粪便情况。

2. 分别给予 10％硫酸镁溶液 0.2ml/10g,其中甲鼠灌胃,乙鼠腹腔注射。

3. 给药后继续观察并记录小鼠活动、呼吸及粪便变化,并与给药前比较。

【实验结果】

将实验结果记录在表 7-2 中。

表 7-2　小鼠灌胃和腹腔注射硫酸镁前后情况的比较

鼠号	给药途径	硫酸镁剂量(ml)	给药前情况	给药后反应
甲	灌胃			
乙	腹腔注射			

【注意事项】

1. 给药剂量要准确,给药方法要正确。尤其是小鼠灌胃和腹腔注射方法要正确。

2. 准确记录给药时间和出现明显药物作用的时间。

【思考题】

1. 给药途径不同,在哪些情况下可使药物的作用产生质的差异?

2. 同一药物,剂量相同但给药途径不同时,为什么会出现不同的药物效应?

(魏国会)

第二节　给药剂量对药物作用的影响

【实验目的】

1. 观察药物剂量对药物作用的影响。

2. 练习小白鼠捉拿法和腹腔注射法。

【实验原理】

水合氯醛为中枢抑制药,小剂量产生镇静催眠作用,较大剂量时产生中枢严重抑制作用,导致昏睡,甚至昏迷。

【实验对象】

小白鼠 3 只。

【实验器材与药品】

小鼠笼(或大烧杯)3 个、天平 1 台、1ml 注射器 3 支、针头 3 个;2%水合氯醛溶液。

【实验步骤】

1. 取小白鼠 3 只,称重编号,观察各鼠的正常活动情况。

2. 将 3 只小鼠分别腹腔注射 2%水合氯醛溶液 0.05、0.15、0.5ml/10g。

3. 给药后分别置于小鼠笼(或大烧杯)中,观察各鼠活动有何变化。记录给药后小鼠的反应和发生的时间,并比较三鼠有何不同。

【实验结果】

将实验结果记录在表 7-3 中。

表 7-3　不同水合氯醛给药剂量时小鼠的反应情况

鼠号	体重(g)	给药剂量(ml)	给药前情况	给药后反应及发生时间
1				
2				
3				

【注意事项】

1. 水合氯醛为镇静催眠药,小鼠的中枢抑制反应可表现为活动减少、闭目静卧、翻正反射消失和呼吸停止等。

2. 此实验也可用苯甲酸钠咖啡因来替代。小鼠分别腹腔注射 0.2%、0.5%和 2%苯甲酸钠咖啡因溶液 0.2ml/10g,观察有无兴奋、竖尾、惊厥甚至死亡等现象。

3. 腹腔注射时应注意以下 2 点:①掌握好进针角度,一般为 45°;②确认注入腹腔内,进针不宜太深,避免损伤重要脏器。

【思考题】

了解药物剂量和作用的关系对于药理学实验和临床用药有何指导意义?

(魏国会)

第三节　乙酰胆碱的量效关系

【实验目的】

观察不同浓度的乙酰胆碱对家兔离体回肠平滑肌的收缩作用,初步分析药物的量效关系及其意义。

【实验原理】

乙酰胆碱为胆碱能神经递质,常用作实验药物,通过激动 M 受体引起肠平滑肌的收缩作用。而离体肠管实验可用于观察药物对回肠平滑肌舒缩功能的影响,进而定量分析有关的药效学参数,并判断药物作用的部位及作用强度。

【实验对象】

家兔(体重 2kg 左右)。

【实验器材与药品】

BL-420E＋生物机能实验系统、麦氏浴槽、恒温装置、张力换能器、供氧装置、温度计、手术线、铁支架、烧瓶夹、橡皮管、弹簧夹、烧杯、量筒、注射器；乙酰胆碱（$3×10^{-1}$、$3×10^{-2}$、$3×10^{-3}$、$3×10^{-4}$、$3×10^{-5}$、$3×10^{-6}$、$3×10^{-7}$、$3×10^{-8}$ mol/L）、台氏液（钙减半）。

【实验步骤】

1. 标本制备　取禁食 24h 的家兔 1 只，用锤击头部或静脉注入空气栓塞致死，立即解剖腹腔取出回肠，迅速置于饱和氧的台氏液中，以台氏液将管腔内的食物残渣冲洗干净。

2. 实验装置的准备　此装置由恒温、供气、排液及记录部分组成。恒温水浴温度控制在 38℃左右；供气部分由 L 型通气管和气源组成，一般可利用充满空气的球胆，气流量以 1～2 个气泡/s 为宜；供液及排液部分主要是麦氏浴槽，其下端的排液管连有胶管以供使用。

3. 标本连接　轻取 2cm 左右的离体回肠标本，在盛有台氏液的平皿中将肠管两端穿线、结扎。一端固定在通气钩上，浸入盛有 20ml 台氏液的麦氏浴管中，并通入气体；另一端通过张力换能器与 BL-420E＋生物机能实验系统 CH1 通道连接，调节换能器的高度，拉紧丝线给标本一定量的前负荷。

4. 描记小肠正常收缩曲线　待离体肠段稳定 10～15min 后，启动 BL-420E＋生物机能实验系统，在系统主界面菜单条点击"输入信号"→"1 通道"→"张力"，描记一段正常收缩曲线。根据显示的波形，调整增益和扫描速度，以描记最佳的收缩曲线，然后给药。

5. 给药并标记

（1）单剂量法：从低浓度（低剂量）开始，依次向浴管内加入各种浓度的乙酰胆碱 0.1ml。加入最低浓度的乙酰胆碱后观察离体回肠收缩反应，当反应达到最大时用台氏液冲洗 3 次，待曲线恢复到给药前水平，并描记一段基线后再加入下一个浓度的乙酰胆碱溶液。

（2）累加法：从低浓度（低剂量）到高浓度（高剂量）向浴管内依次累积加入乙酰胆碱 0.1ml。当加入第 1 个剂量的乙酰胆碱后，反应达到最大时立即加入第 2 个剂量，以此类推，直到回肠对乙酰胆碱的反应不再增大为止。

【实验结果】

以乙酰胆碱引起的最大收缩幅度为 100%，计算加入不同剂量乙酰胆碱后的张力变化百分率，并以此为纵坐标，以乙酰胆碱的摩尔浓度的负对数为横坐标作图，画出量效关系曲线。

【注意事项】

1. 悬挂肠管时，不要过度牵拉肠管，标本负荷一般为 3g 左右。

2. 为了正确地累积反应，应在对某剂量的反应达到最大效应后立即给予下一个剂量。若前一个剂量达到最大反应后慢慢观察，再给下一个剂量时，反应就难于累积，故可稍微提前加下一个剂量。

3. 离体回肠标本及其与换能器的连线不要触及管壁和 L 型通气管壁。

【思考题】

1. 何谓药物的量效关系？绘制量效曲线有何意义？

2. 由量效曲线分析效价强度与药物剂量的关系，并指出其重要意义。

（龚　帧）

第四节　半数致死量的测定

【实验目的】

1. 学习半数致死量(LD_{50})的测定方法、步骤和计算过程。
2. 了解药物 LD_{50} 测定的意义及其原理。
3. 掌握药物治疗指数的意义和计算方法。

【实验原理】

LD_{50} 指某一药物在一群实验动物中引起半数动物死亡的剂量,常作为衡量药物急性毒性大小的重要指标,可为临床安全用药及药物监测提供参考依据。LD_{50} 的测定方法较多,例如目测概率单位法、Bliss 概率单位法、寇氏法(Karber 氏法)、序贯法等。这里仅介绍结果较准确、计算简便的改良寇氏法。

【实验对象】

小白鼠(体重 20g 左右)。

【实验器材与药品】

鼠笼、天平、1ml 注射器;碘解磷定溶液(20.00、16.00、12.80、10.24、5.12mg/ml)。

【实验步骤】

1. 预实验　根据经验或文献资料,选择碘解磷定溶液的估计量以等比稀释配成一系列剂量。取小白鼠 12 只,随机分为 4 组,按组分别腹腔注射碘解磷定溶液(0.15ml/10g),观察出现的症状并记录死亡动物数,求出引起 0 和 100% 死亡率的剂量范围,即一只动物也不死亡的最大剂量(LD_0)和引起全部动物死亡的最小剂量(LD_{100}),也就是正式实验的最大剂量和最小剂量。

2. 正式实验

(1) 分组编号:称取体重为 18~22g 小白鼠 50 只并随机分为 5 组,每组 10 只(雄、雌各半),且尽可能使各组小鼠平均体重及性别分布一致。

(2) 给药:各组按表中几个等比级剂量[一般用(1:0.70)~(1:0.85)]进行小鼠腹腔注射碘解磷定溶液(0.15ml/10g)。

(3) 观察记录:给药后观察并记录小鼠中毒症状。根据 2h 内所记录各组的剂量和小鼠死亡率,计算出碘解磷定的 LD_{50}。

【实验结果】

将每组动物死亡数和死亡率填入表 7-4,然后根据公式或应用计算机软件计算出 LD_{50}。

表 7-4　碘解磷定 LD_{50} 的测定结果

分组	小鼠(只)	浓度(mg/ml)	剂量(mg/kg)	对数剂量	死亡数(只)	死亡率(P)
1	10	20.00	300	2.48		
2	10	16.00	240	2.38		
3	10	12.80	192	2.28		
4	10	10.24	154	2.18		
5	10	5.12	123	2.08		

1. 改良寇氏法计算公式

(1) 当最小剂量组的死亡率为 0,最大剂量组的死亡率为 100% 时,按下列公式计算:

$$LD_{50}=lg^{-1}[X_m-i(\sum p-0.5)]$$

式中,X_m 为最大剂量的对数值;i 为相邻 2 组剂量对数的差值(即 0.1);p 为各组动物的死亡率(以小数表示);$\sum p$ 为各组动物死亡率的总和。

(2) 当最小剂量组的死亡率 >0 而又 $<30\%$,或最大剂量组的死亡率 $<100\%$ 而又 $>70\%$ 时,可按下列校正公式计算:

$$LD_{50}=lg^{-1}[X_m-i(\sum p-\frac{3-p_m-p_n}{4})]$$

式中,p_m:最大剂量组的死亡率;p_n:最小剂量组的死亡率。

2. 应用计算机软件 点击桌面"LD$_{50}$"进入计算软件,将各组药物剂量和死亡率填入,然后点击"运行",即可算出 LD$_{50}$。

【注意事项】

1. 预试验需要摸索出合适的剂量范围,即测出药物引起 0 和 100% 死亡率剂量的所在范围。如小鼠全死则降低剂量;如小鼠全活则增加剂量。同时,药物剂量的配制要准确,以免影响正式实验的进行。

2. 正式实验中,动物分组必须按区组随机法,且应雌、雄各半。

3. 动物种类、体重范围、给药途径、剂量、观察时间、室温等因素对 LD$_{50}$ 的测定结果都有影响,故应注意控制实验条件。

【思考题】

1. 何谓 LD$_{50}$?测定 LD$_{50}$ 的实验依据是什么?

2. 药物的半数致死量(LD$_{50}$)和治疗指数(TI)有何临床意义?

(龚 帧)

第五节 酚红的药代动力学参数测定

【实验目的】

1. 通过观察静脉注射酚红后不同时间血药浓度的变化,学习血药浓度测定的基本方法。

2. 掌握药物半衰期、表观分布容积、清除率的计算方法。

【实验原理】

酚红即酚磺酞(PSP,相对分子质量 354),为一种常用的指示剂,在碱性环境中呈紫红色。静脉注射 PSP 后,因其在体内不被代谢,药物浓度与其吸光度呈正比,故可采用比色法测定给药后不同时间的血浆 PSP 吸光度。通过外标法计算出血浆 PSP 的浓度,再由给药时间与相应血药浓度,计算药物半衰期($t_{1/2}$)、表观分布容积(V_d)、清除率(CL)等药代动力学参数。

【实验对象】

家兔(2kg 左右)。

【实验器材与药品】

婴儿秤、手术刀片、抗凝试管、塑料试管、2ml 吸管、吸耳球、1ml 微量加样器、5ml 注射器、台式离心机、721 型分光光度计、SFPE ver1.0 统计软件；1、2、4、8、16μmol/L PSP 标准溶液，0.6％PSP 溶液、稀释液(0.9％NaCl 溶液 29ml＋1mmol/L NaOH 溶液 1ml)、1mol/L NaOH 溶液、75％乙醇。

【实验步骤】

1. 绘制酚红的校正曲线　取 1、2、4、8、16μmol/L PSP 标准溶液及蒸馏水各 1.55ml，再加入 1mol/L NaOH 溶液 0.05ml，摇匀。于 560nm 波长处比色测定上述各标准溶液的吸光度，以 PSP 标准浓度为横坐标，吸光度为纵坐标，绘制出 PSP 的校正曲线，亦可用计算器或计算机将 PSP 的不同标准浓度与其相应的吸光度作直线回归，均可得校正曲线的直线回归方程：

$$Y = a + bX$$

式中：X：PSP 的标准浓度；Y：吸光度(A)。

2. 不同时间的血药浓度测定　取家兔 1 只，称重后，从一侧耳缘静脉取血 1ml 置于含肝素的试管中，振摇，作空白对照。然后从同侧耳缘静脉注射 0.6％PSP 溶液 6mg/kg，并记录给药时间。于注射后 5、10、20、30min 分别从另一侧耳缘静脉取血 1ml，置于含肝素的试管中，振摇。离心 10min(转速为 1500r/min)，分别取上清液 0.1ml，置于对应编号的 6 只塑料试管中，依次加入稀释液 1.5ml，摇匀后静置 5min。以空白血制备样品为对照，于 721 型分光光度计 560nm 波长处进行比色测定，分别记录其吸光度(A)。

【实验结果】

采用 SFPE ver1.0 的"定量药理"-"直线回归"模块进行计算，计算出不同时间 PSP 的血药浓度。具体过程如下。

1. 输入酚红校正曲线(浓度-吸光度关系曲线)。

2. 利用上述校正曲线，求得不同的吸光度所对应的浓度值，将此浓度值乘以 16 即可求得给药后不同时间所对应的血药浓度。

3. 根据一级消除动力学公式 $\log C_t = \log C_0 - kt/2.303$，将给药时间 t 与已求得的 PSP 的血药浓度对数值 $\log C_t$ 再作线性回归，即可得该回归方程的斜率($-k/2.303$)和截距($\log C_0$)。将 k 和 C_0 代入公式 $t_{1/2} = 0.693/k$ 和 $V_d = D/C_0$(D 为给药剂量)，便可求得 $t_{1/2}$ 和 V_d。再将 V_d 代入公式根据 $CL = V_d \cdot k$，求得清除率 CL。

【注意事项】

1. 取血前可采用 75％乙醇溶液棉球涂擦，同时用示指轻弹兔耳根部，使兔耳缘静脉充分扩张、充盈以利取血。

2. 取血时间应准确，否则影响给药后不同时间所对应的血药浓度。

3. 离心前保持试管的平衡，以免损坏离心机。

【思考题】

1. 试述药物半衰期的定义及测定血药浓度和半衰期的临床意义。

2. 讨论影响血药浓度测定结果的因素有哪些？

(龚　帧)

第六节 传出神经系统药物对兔血压、心率的影响

【实验目的】

1. 观察传出神经系统药物对家兔血压、心率的影响。
2. 根据受体学说初步分析其作用机制。

【实验原理】

传出神经系统药物通过作用于血管平滑肌和心脏上相应的受体而产生心血管效应,使血压、心率发生相应变化。

【实验对象】

家兔(体重 2kg 左右)。

【实验器材与药品】

婴儿秤、兔手术台、哺乳动物手术器械、气管插管、动脉夹、动脉插管、玻璃分针、头皮针、压力换能器、BL-420E＋生物机能实验系统、注射器、丝线;0.01％乙酰胆碱溶液、0.5mg/ml 阿托品溶液、1mg/ml 盐酸肾上腺素溶液、2mg/ml 重酒石酸去甲肾上腺素溶液、1mg/ml 盐酸异丙肾上腺素溶液、0.5％酚妥拉明溶液、0.1％盐酸普萘洛尔溶液、3％戊巴比妥钠溶液、肝素钠、肝素氯化钠溶液、0.9％氯化钠溶液。

【实验步骤】

1. 动物的麻醉与固定 取家兔 1 只,称重后以 3％戊巴比妥钠 1ml/kg 耳缘静脉注射麻醉,并随时观察家兔的反应情况。当家兔四肢松软、呼吸变深变慢、角膜反射消失,表明动物已被麻醉,即可背位固定于手术台上。

2. 肝素化 选择一侧耳缘静脉插入头皮针,注入肝素钠 0.5ml,再固定头皮针以备给药。

3. 气管插管和颈总动脉插管 常规分离气管和一侧颈总动脉,并行气管插管和颈总动脉插管,将颈总动脉插管通过压力换能器与 BL-420E＋生物机能实验系统 CH1 通道连接(同第五章第九节)。

4. 记录动脉血压曲线 启动 BL-420E＋生物机能实验系统,在主界面菜单中选择"实验项目"→"循环实验"→"兔动脉血压调节"实验模块,开始记录动脉血压曲线。根据信号窗口中显示的波形,调整增益和扫描速度,以描记最佳的动脉血压曲线。

【观察项目】

描记一段正常血压曲线后,按顺序由耳缘静脉依次注射下列药物,观察给药后药物反应指标:血压变化(升至最高点或降至最低点的高度及其时间),心率改变(心率增快或减慢及其时间)。

1. 作用于 M 受体药物 ①0.01％乙酰胆碱溶液 0.1ml/kg(缓慢静脉注射);②0.5mg/ml 硫酸阿托品溶液 0.1ml/kg,3～5min 后再给予 0.01％乙酰胆碱溶液。

2. 作用于 α 受体药物 ①2mg/ml 去甲肾上腺素溶液 0.1ml/kg;②缓慢注入 0.5％酚妥拉明溶液 0.2ml/kg,3～5min 后再给予 2mg/ml 去甲肾上腺素溶液。

3. 作用于 β 受体药物 ①1mg/ml 异丙肾上腺素溶液 0.1ml/kg;②0.1％普萘洛尔溶液 0.5ml/kg 缓慢注入,3～5min 后再给予 1mg/ml 异丙肾上腺素。

4. 作用于 α、β 受体药物 ①1mg/ml 肾上腺素溶液 0.1ml/kg；②给予 0.5％酚妥拉明溶液 0.2ml/kg 缓慢注入，然后再给予 1mg/ml 肾上腺素溶液 0.1ml/kg。

【实验结果】

记录给药前后的实验相关数据，打印实验曲线图，标明给药名称，对实验结果进行分析讨论。

【注意事项】

1. 麻醉动物一定要认真称重，麻醉用药应适量，过浅时动物不安静，过深时易致动物窒息。

2. 手术过程中应尽量避免出血。分离神经时应特别仔细，动脉插管要胆大心细，远心端一定要结扎，待动脉插管固定好后再松开动脉夹，否则易致出血。

3. 每次给药后，要注入少量 0.9％氯化钠溶液冲洗管内残留药物，待血压曲线平稳后再给下一药物，确保实验结果的准确性。

【思考题】

1. M 受体激动药、M 受体阻断药对心血管系统有何作用？

2. 比较肾上腺素、去甲肾上腺素、异丙肾上腺素对心血管系统作用的异同。

3. 分析给予 α 受体阻断药后，对拟肾上腺素药物有何影响？为什么？

（龚　帧）

第七节　有机磷酸酯类中毒与解救

【实验目的】

1. 观察家兔有机磷酸酯类中毒的症状。

2. 观察阿托品和碘解磷定对有机磷酸酯类中毒的解救作用，并比较两者的解救效果有何区别。

3. 掌握有机磷酸酯类中毒以及阿托品和碘解磷定解毒的机制。

【实验原理】

有机磷酸酯类为难逆性抗胆碱酯酶药，主要用作农、林业杀虫剂，对人和动物有较强的毒性。该药可通过各种途径被机体吸收，与体内胆碱酯酶牢固结合形成磷酰化胆碱酯酶后，使胆碱酯酶失活，导致乙酰胆碱不被水解而大量堆积，导致一系列中毒症状。阿托品和碘解磷定可以有效缓解其所引起的中毒症状。

【实验器材与药品】

婴儿秤、兔固定箱、剪刀、测瞳尺、注射器、75％乙醇溶液棉球及干棉球若干；80％美曲膦酯(敌百虫)溶液、0.5mg/ml 硫酸阿托品溶液、25mg/ml 碘解磷定溶液。

【实验对象】

家兔 2 只(体重 2kg 左右)。

【实验步骤】

1. 取家兔 2 只，以甲、乙编号，称重后分别观察并记录其正常活动情况、呼吸频率、瞳孔大小、唾液分泌、大小便、肌张力及有无肌震颤等生理指标。

2. 分别剪去两兔背部 3～5cm² 被毛以暴露其皮肤,涂搽敌百虫溶液使其中毒,随时密切注意给药后家兔各项生理指标的变化,加以记录。

3. 待中毒症状明显后,甲兔立即耳缘静脉注射 0.5mg/ml 阿托品注射液 1ml/kg,乙兔立即耳缘静脉注射 25mg/ml 解磷定注射液 2ml/kg,观察两兔各项生理指标的变化,并进行比较。

4. 约 10min 后,再次给药,甲兔经耳缘静脉注射 25mg/ml 解磷定注射液 2ml/kg,乙兔经耳缘静脉注射 0.5mg/ml 阿托品注射液 1ml/kg,给药后密切观察残存中毒症状的解除情况,并分析 2 种处理结果的区别。

【实验结果】

将实验结果填入表 7-5。

表 7-5　有机磷农药中毒及解救实验结果

兔号	观察指标	活动情况	呼吸频率(次/min)	瞳孔大小(mm)	唾液分泌	大小便次数	肌震颤程度	肌张力大小
甲	中毒前							
	给敌百虫							
	给阿托品							
	给解磷定							
乙	中毒前							
	给敌百虫							
	给阿托品							
	给解磷定							

【注意事项】

1. 有机磷农药为剧毒药,实验过程中切勿接触皮肤等部位,如不慎接触应立即用清水冲洗,忌用肥皂等碱性物质处理,否则可转化为毒性更强的敌敌畏。

2. 制备中毒模型时,应做好急救准备,如预先备好解毒药及给药部位。一旦出现中度中毒症状时即开始解救,且动作要快,以免动物因抢救不及时而死亡。

3. 观察兔肌张力的方法　将家兔置台面上,拉后肢,如立即回缩,说明肌张力正常;如回缩迟缓或不回缩,说明肌张力降低或消失。

【思考题】

1. 讨论有机磷酸酯类的中毒机制、临床表现及其急性中毒的抢救措施。

2. 分析阿托品与碘解磷定解救有机磷酸酯中毒的机制和各自的特点。

(龚　帧)

第八节　普鲁卡因对坐骨神经的传导阻滞作用

【实验目的】

观察普鲁卡因对坐骨神经干的麻醉作用。

【实验原理】

神经兴奋的发生和传导有赖于细胞膜上 Na^+ 内流。其客观指标是神经兴奋时产生的动作电位。局麻药可阻滞 Na^+ 内流,从而阻滞神经冲动的发生与传导。

【实验器材与药品】

探针、蛙板、大头针、手术剪、尖镊子、铁支架、玻璃分针、铁夹、药棉、玻璃纸、小烧杯、计时器或秒表;2%盐酸普鲁卡因溶液、0.5%稀盐酸溶液。

【实验对象】

蟾蜍。

【实验步骤】

1. 取蟾蜍 1 只,用探针破坏大脑后,用大头针固定四肢于蛙板上,剖开腹腔,除去内脏,暴露两侧坐骨神经丛,用棉球擦去腹腔内的液体。

2. 从蛙板上取下蟾蜍,用铁夹夹住下颌部,悬挂于铁支架上。当蛙腿不动时,将其两后足趾浸入盛有 0.5%稀盐酸溶液的烧杯内,测定自浸入酸液到引起缩腿反应所需的时间。当出现缩腿反应后,立即用水洗去足趾上的酸液并拭干。

3. 在一侧神经丛下面放置玻璃纸,并将浸有 2%盐酸普鲁卡因溶液的小棉球贴附在玻璃纸上面的神经丛上。约 10min 后再将两足趾分别浸入酸液内测定产生缩腿反射所需的时间。

【实验结果】

将实验结果填入表 7-6。

表 7-6　盐酸普鲁卡因对蟾蜍坐骨神经传导的影响

足趾	缩腿反射潜伏期(s)	
	用药前	用药后
左		
右		

【注意事项】

1. 实验过程中尽量避免用力牵拉坐骨神经丛。

2. 分离神经时应采用玻璃针,以减少对神经的刺激。

【思考题】

1. 何为传导阻滞麻醉？适用于哪些手术？常用药物有哪些？

2. 普鲁卡因阻滞坐骨神经传导的作用机制是什么？

（魏国会）

第九节　巴比妥类药物和尼可刹米对呼吸中枢的作用

【实验目的】

通过药物刺激致小鼠惊厥,观察苯巴比妥钠的抗惊厥作用。

【实验原理】

尼可刹米在治疗剂量时主要兴奋延髓呼吸中枢,而中毒剂量时可过度兴奋中枢引起惊厥,继而转化为难以逆转的中枢抑制,导致动物死亡。苯巴比妥钠为中枢抑制药,大剂量的苯巴比妥钠具有抗惊厥作用。

【实验器材与药品】

鼠笼、大烧杯、注射器、电子秤;5%苯巴比妥钠溶液、0.9%氯化钠溶液、2.5%尼可刹米溶液。

【实验对象】

小白鼠2只。

【实验步骤】

取小白鼠2只称重、编号。甲鼠腹腔注射5%苯巴比妥钠0.1ml/10g,乙鼠腹腔内注射等量0.9%氯化钠溶液对比,放入大烧杯中观察活动情况。20min后,分别给2只小白鼠背部皮下注射2.5%尼可刹米溶液0.2~0.3ml/10g,反扣于大烧杯下。连续观察20min,并记录有无惊厥发生及出现的时间、程度及结果有何不同。

【实验结果】

将实验结果填入表7-7。

表7-7 苯巴比妥钠的抗惊厥作用

鼠号	体重	药物	用量	条件	用药后情况
甲		苯巴比妥钠		尼可刹米	
乙		0.9%氯化钠溶液		尼可刹米	

【注意事项】

1. 给药方法要正确,不同药物给药途径不同。
2. 皮下注射尼可刹米后,用大烧杯扣住小鼠,防止小鼠兴奋时跳出大烧杯。

【思考题】

1. 苯巴比妥钠属于哪类药物?有哪些药理作用?说明苯巴比妥钠的作用及机制。
2. 中枢兴奋药有哪些?

(魏国会)

第十节 氯丙嗪的镇静(安定)作用

【实验目的】

1. 学习电刺激诱发小鼠激怒反应的方法。
2. 观察氯丙嗪的镇静(安定)作用。

【实验原理】

氯丙嗪可通过阻断脑干网状结构上行激动系统侧支中的α受体,抑制特异性感觉传入冲动沿侧支向网状结构的传导,使皮质细胞的兴奋性降低,发挥镇静作用,使动物对外界刺激(如电刺激)的反应性降低,反应时间延长。

【实验器材与药品】

小白鼠激怒仪 1 台、玻璃罩 1 个、50ml 烧杯 1 个、1ml 注射器及 6 号针头各 1 支、天平;0.08%盐酸氯丙嗪溶液、0.9%氯化钠溶液。

【实验对象】

小白鼠,体重 18~22g。

【实验步骤】

1. 取体重 20g 左右的健康小白鼠若干只,将其成对放于激怒装置中,以玻璃罩将小白鼠罩住,通电刺激后观察小白鼠是否有拳击、撕咬行为,将电刺激后无反应者淘汰,将选出的小白鼠留待正式实验之用。

2. 实验前小白鼠禁食 16h,然后取 4 只,随机分为 2 组,一组腹腔注射 0.08%盐酸氯丙嗪溶液 0.1ml/10g,另一组注射等量 0.9%氯化钠溶液。15min 后,以给药前的电流分别刺激 2 组小鼠,观察 2 组小白鼠是否仍出现拳击、撕咬行为及攻击次数。

【观察项目】

攻击次数:将两鼠前肢提起,以后肢站立,面对面互相扑咬或有拳击行为者为一次攻击,待四肢落地后,再有如上行为者为第 2 次,以此类推,观察 1min。

【实验结果】

将实验结果填入表 7-8。

表 7-8　氯丙嗪对电流刺激小鼠激怒反应的影响

分组	药物	给药前攻击次数(次/min)	给药后攻击次数(次/min)
实验组			
对照组			

【注意事项】

1. 选择小白鼠时,雄性者拳击、撕咬率较高。

2. 刺激方法:以 80~100V,50Hz 交流电连续刺激 1min。

【思考题】

氯丙嗪具有强大的中枢安定作用,其临床意义如何?

(魏国会)

第十一节　强心苷对离体心脏的作用

【实验目的】

1. 学习斯氏离体蛙心灌流法。

2. 观察强心苷对离体蛙心的收缩强度、频率、节律的影响以及强心苷和钙离子的协同作用。

【实验原理】

治疗剂量的强心苷能抑制 Na^+-K^+-ATP 酶的活性,使细胞内 Na^+ 增多。细胞内 Na^+ 增多,通过 Na^+-Ca^{2+} 交换机制使 Na^+ 外流增加、Ca^{2+} 内流增加,或使 Na^+ 内流减少、Ca^{2+} 外流减少,最终导致细胞内 Ca^{2+} 增多,从而使心肌收缩力增强。另一方面,由于强心苷抑制 Na^+-K^+-ATP 酶的活性,也使细胞外 K^+ 增多,细胞内外 K^+ 浓度差减小,导致心肌细胞最大舒张电位减小、兴奋性增高、自律性提高,因此过量的强心苷又可引起心律失常。

【实验对象】

蛙或蟾蜍(70g 以上)2 只。

【实验器材与药品】

蛙板、蛙类手术器械、斯氏蛙心插管、蛙心夹、丝线、铁支架、双凹夹、长柄木夹、滴管、张力换能器、BL-420E+生物机能实验系统;任氏液、低钙任氏液(所含 $CaCl_2$ 量为一般任氏液的 1/4,其他成分不变)、5%洋地黄溶液(或 0.1%毒毛花苷 K 溶液)、1%氯化钙溶液。

【实验步骤】

1. 离体蛙心制备并插管 同第五章第八节。
2. 仪器连接 同第五章第八节。
3. 描记心搏曲线 启动 BL-420E+生物机能实验系统,在主界面菜单中选择"实验项目"→"循环实验"→"蛙心灌流"实验模块。根据信号窗口中显示的波形,调整增益和扫描速度,以描记最佳的心脏收缩曲线。
4. 记录一段正常心搏曲线后,依次换加下列药液。每加一种药液后,密切注意心缩强度、心率、房室收缩的一致性等方面的变化。
   (1) 加入低钙任氏液。
   (2) 当心脏收缩显著减弱时,向插管内加入 5%洋地黄溶液 0.1~0.2ml(或 0.1%毒毛花苷 K 溶液 0.2ml)。
   (3) 当作用明显时,再向插管内加入 1%氯化钙溶液 2~3 滴。

【注意事项】

1. 本实验以用青蛙心脏为好。蟾蜍因其皮下腺体中含有强心苷样物质,其心脏对强心苷较不敏感。
2. 在实验过程中应保持插管内液面高度一致,心搏曲线的基线位置、放大倍数、描记速度应保持一致。
3. 在实验中以低钙任氏液灌注蛙心,使心脏的收缩减弱,可以提高心肌对强心苷的敏感性。

【思考题】

1. 在本实验中可以看到强心苷的哪几种药理作用?
2. 分析强心苷与钙离子的协同作用。

(林 玲)

第十二节　利多卡因对氯化钡诱发心律失常的治疗作用

【实验目的】

1. 学习利用氯化钡复制心律失常动物模型的方法。
2. 观察利多卡因的抗心律失常作用。

【实验原理】

氯化钡能促进心脏浦肯野纤维 Na^+ 的内流，抑制 K^+ 的外流，提高 4 期自动去极化的速度，从而诱发室性心律失常，可表现为室性期前收缩、二联律、室性心动过速、心室颤动等。故常用氯化钡来制作各种室性心律失常模型，用于抗心律失常药物的筛选。利多卡因可选择性作用于浦肯野纤维，抑制 Na^+ 的内流，促进 K^+ 的外流，降低心室的自律性。利多卡因临床上常作为防治急性心肌梗死、抗室性心律失常的首选药物。

【实验对象】

大白鼠。

【实验器材与药品】

BL-420E＋生物机能实验系统、针行电极、动物秤、固定木板、橡皮筋、1ml 注射器、4 号针头；10％水合氯醛溶液、0.4％氯化钡溶液、0.5％利多卡因溶液、0.9％氯化钠溶液。

【实验步骤】

1. 动物的麻醉与固定　取健康大鼠 2 只，称重，分别腹腔注射 10％水合氯醛溶液 0.3ml/100g 麻醉，背位固定于木板上。

2. 股静脉给药准备　于大鼠一侧大腿内侧股动脉搏动处剪开皮肤约 2cm，暴露股静脉，插入与注射器相连的头皮静脉注射针头，以备给药。

3. 描记正常心电图　将针型电极插入大鼠的四肢皮下：白-左前肢，红-左后肢，黑-右后肢，将电极连线与 BL-420E＋生物机能实验系统相连。启动 BL-420E＋生物机能实验系统，记录心电图，调整心电图波形的大小及幅度至最佳状态，稳定 3～5min 后开始实验。

4. 制作心律失常模型　大鼠股静脉缓慢注射 0.4％氯化钡溶液 0.1ml/100g（4mg/kg），密切观察记录心电图的变化，直至出现室性心律失常。若注射氯化钡 20min 仍未出现心律失常，可追加注射少量氯化钡，每次剂量不超过 1/4 给药量。

5. 治疗心律失常　当出现室性期前收缩、室性心动过速或心室颤动时，实验组大鼠立即股静脉注射 0.5％利多卡因 0.1ml/100g（5mg/kg）；对照组大鼠则股静脉注射等量的 0.9％氯化钠溶液。比较 2 只大鼠心电图的变化以及心律失常的持续时间，以能否立即终止心律失常或心律失常持续时间有无缩短作为指标，评价利多卡因对氯化钡诱发心律失常的治疗作用。

【实验结果】

将各时期心电图的结果填入表 7-9 中。

表 7-9　利多卡因对氯化钡诱发心律失常大鼠心电图的影响

	给药前	注射 0.4％氯化钡溶液后	注射 0.5％利多卡因或 0.9％氯化钠溶液后
实验鼠			
对照鼠			

【注意事项】

1. 利多卡因拮抗氯化钡诱发心律失常的作用,奏效极快。因而在注射利多卡因期间即可开始描记心电图,以便观察心电图的变化过程。

2. 本实验中的麻醉药水合氯醛不能以戊巴比妥钠等替代,否则不易引起较恒定的心律失常。

3. 本实验中大白鼠静脉给药也可通过其舌下静脉注射。

4. 本实验也可以在家兔身上进行,给药剂量分别为:20%乌拉坦溶液 5ml/kg 麻醉,0.4%氯化钡溶液 1ml/kg,0.5%利多卡因溶液 1ml/kg,均从耳缘静脉注射。

5. 小鼠、大鼠、豚鼠等小动物即使发生心室颤动,也常有自然恢复之可能。而狗、猴等大动物则不然,发生心室颤动后多以死亡告终。

【思考题】

1. 氯化钡引起心律失常的机制是什么?

2. 利多卡因治疗哪种类型的心律失常效果较好?为什么?其机制是什么?

(林 玲)

第十三节 呋塞米对正常家兔尿液的影响

【实验目的】

1. 学习急性利尿的实验方法。

2. 观察呋塞米对兔的利尿作用。

【实验原理】

呋塞米即速尿,属于强效利尿药,可抑制髓襻升支粗段 Na^+-$2Cl^-$-K^+ 协同转运系统,使 Na^+、Cl^- 和 H_2O 的重吸收减少而达到利尿作用。

【实验对象】

家兔。

【实验器材与药品】

兔手术台、哺乳动物手术器械 1 套、注射器(2、5、50ml 各 1 支)、导尿管、量筒;20%乌拉坦溶液、0.9%氯化钠溶液、1%呋塞米注射液、液状石蜡。

【实验步骤】

1. 导尿管法

(1) 取体重相近的健康雄兔 2 只,称重标记。分别用水 50ml/kg 灌胃,给予水负荷。

(2) 2 只家兔分别腹腔注射 20%乌拉坦溶液 5ml/kg,麻醉后背位固定于手术台上。用充满 0.9%氯化钠溶液的无菌导尿管(表面蘸少许液状石蜡),从尿道插入膀胱 8~10cm,见有尿液滴出即可,轻压家兔下腹部使膀胱内积尿排尽。

(3) 分别收集 2 只家兔用药前 30min 内的尿量,然后给 1 号兔耳缘静脉注入 1%呋塞米注射液 0.5ml/kg,2 号兔耳缘静脉注射 0.9%氯化钠溶液 0.5ml/kg。再分别记录给药后 0~10min、10~20min、20~25min、25~30min 内的尿量,将实验结果记录于表 7-10 中。

2. 输尿管法

（1）取家兔 2 只，分别称重并以 20％乌拉坦溶液 5ml/kg 经耳缘静脉注射麻醉，仰卧位固定于手术台上，由耳缘静脉慢推 0.9％氯化钠溶液 15ml/kg，下腹部剪毛，在趾骨联合上缘向上沿正中线做一约 5cm 长切口，再沿腹白线剪开腹壁及腹膜，找出膀胱，将其翻出腹外，用湿 0.9％氯化钠溶液纱布保温，在膀胱底部两侧找出输尿管并分离，在输尿管靠近膀胱处用细线结扎，用另一根线穿过输尿管下方，轻轻提起输尿管，在结扎处与穿线处剪一小口，然后向肾方向插入一导尿管，用线结扎固定，另一端用量筒收集尿液，手术完毕后膀胱复位，关闭腹腔，防止输尿管扭曲。

（2）给药方法及收集尿量与导尿管法相同。将实验结果记录于表 7-10 中。

表 7-10　呋塞米对家兔尿量的影响

编号	注射药物	给药前 30min 尿量(ml)	给药后尿量(ml)			
			0～10min	10～20min	20～25min	25～30min
1	1％呋塞米					
2	0.9％氯化钠溶液					

【思考题】

呋塞米的利尿作用机制、特点、临床用途及不良反应是什么？

（林　玲）

第十四节　药物对凝血时间的影响

【实验目的】

1. 学习小鼠凝血时间测定的方法。

2. 观察药物对凝血时间的作用。

【实验原理】

肝素可通过广泛地干扰体内凝血过程，发挥强大的体内、体外抗凝作用。双香豆素能竞争性地拮抗维生素 K 的作用，抑制凝血因子 Ⅱ、Ⅶ、Ⅸ、Ⅹ 的合成，具有缓慢而持久的体内抗凝血作用。

【实验对象】

小白鼠。

【实验器材与药品】

注射器、载玻片、毛细玻管、针头、计时器、棉球；2.5％酚磺乙胺（止血敏）溶液、50U/ml 肝素溶液、0.9％氯化钠溶液。

【实验步骤】

1. 毛细管法　取 20g 左右的健康小白鼠 3 只，用苦味酸标记。1 号鼠腹腔注射 2.5％止血敏溶液 0.2ml/10g，2 号鼠腹腔注射 50U/ml 肝素溶液 0.2ml/10g，3 号鼠腹腔注射 0.9％氯化钠溶液 0.2ml/10g。30min 后，以毛细管作眼眶内眦穿刺，取达 5cm 的血柱。立即启动秒表,每隔 15s 折断毛细管一小截,检查有无血凝丝出现,计算从毛细管采血到出现血凝丝的时间,即为凝血时间。

2. 玻片法　取 20g 左右健康小白鼠 3 只,称重标记,1 号鼠腹腔注射 2.5% 止血敏溶液 0.2ml/10g,2 号鼠腹腔注射 50U/ml 肝素 0.2ml/10g,3 号鼠腹腔注射 0.9% 氯化钠溶液 0.2ml/10g。30min 后以毛细玻管做眼眶内眦穿刺后迅速取血,分别滴 2 滴于清洁载玻片两端,每隔 30s 以干燥洁净针头挑动血滴 1 次,直至针头能挑起纤维蛋白丝为止,另一滴血供最后复验,记录凝血时间。

汇集全班实验结果,计算 3 组小鼠的平均凝血时间,并做均数之间差异的显著性检验,从而得出关于止血敏和肝素对凝血时间影响的结论。

【实验结果】

将实验结果填入表 7-11。

表 7-11　药物对凝血时间的影响

分组	小鼠数	凝血时间均值 $\pm s$D	药物对凝血时间的影响

【注意事项】

1. 进行实验时室温最好在 15℃ 左右。

2. 实验器材应保持清洁、干燥。

【思考题】

1. 肝素为何在体内和体外均有抗凝血作用?

2. 双香豆素为何只在体内有抗凝而在体外不抗凝? 枸橼酸钠为何只在体外抗凝而体内不抗凝?

(林　玲)

第十五节　可待因对小鼠氨水引咳的镇咳作用

【实验目的】

观察可待因的镇咳作用,了解其临床应用。

【实验原理】

NH_3 能刺激呼吸道黏膜上皮的感受器,制作成咳嗽模型,以观察药物的镇咳作用。可待因可抑制延髓咳嗽中枢,阻断咳嗽反射,产生强大的镇咳作用。

【实验对象】

小白鼠。

【实验器材与药品】

大烧杯、托盘天平、秒表、1ml 注射器、镊子、棉球;0.5% 磷酸可待因溶液、27%～29% 浓氨水、0.9% 氯化钠溶液。

【实验步骤】

取小白鼠 2 只,称重标号后放入一倒置大烧杯内,观察正常活动。甲鼠皮下注射 0.5% 磷酸可待因溶液 0.1ml/10g,乙鼠皮下注射 0.9%氯化钠溶液 0.1ml/10g 作对照。20min 后,分别置入浸有浓氨水的棉球刺激引咳,观察并记录两鼠的咳嗽潜伏期及每分钟咳嗽的次数(咳嗽表现为缩胸、张口,有时可听到咳声)。咳嗽 1min 后取出,以免 NH_3 中毒死亡。

【实验结果】

将实验结果记录于表 7-12 中。

表 7-12　注射可待因和 0.9%氯化钠溶液小鼠咳嗽潜伏期和咳嗽次数的比较

编号	体重	药物及剂量	咳嗽潜伏期(s)	咳嗽次数/min
甲				
乙				

【注意事项】

1. 咳嗽潜伏期是指从吸入 NH_3 开始至出现咳嗽的时间。

2. 咳嗽表现:小鼠腹肌收缩同时张大嘴、抬头,有时可听到咳声,需仔细观察。

【思考题】

可待因的镇咳机制、临床应用及用药注意事项各是什么?

(林　玲)

第十六节　药物对在体胃肠道蠕动的影响

【实验目的】

学习观察胃肠道蠕动的实验方法,观察药物对在体胃肠道蠕动的影响。

【实验原理】

依文思兰是一种染料,其在胃肠道的推进距离可指示药物对胃肠道蠕动的作用(增强或抑制)及程度(强或弱),从而直观地观察药物对在体胃肠道蠕动的影响。

【实验对象】

小白鼠,体重 18~22g。

【实验器材与药品】

电子秤或天平、小白鼠灌胃针头、1ml 注射器、组织剪、眼科剪、眼科镊、直尺、搪瓷盘、烧杯、棉签;0.001%乙酰胆碱溶液、0.001%硫酸新斯的明溶液、0.125%吗丁啉溶液、0.001% 盐酸肾上腺素溶液、0.1%盐酸吗啡溶液、0.9%氯化钠溶液、0.4%依文思兰溶液、苦味酸。

【实验步骤】

1. 取小白鼠 6 只,禁食 12~24h,称重编号。

2. 按剂量 0.2ml/10g 给 1~5 号小白鼠分别灌胃 0.001%乙酰胆碱、0.001%硫酸新斯的明、0.125%吗丁啉、0.001%肾上腺素和 0.1%盐酸吗啡溶液,6 号鼠用 0.9%氯化钠溶液灌胃,记录给药时间。

3. 给药 5min 后,各小鼠均灌胃 0.4%依文思兰溶液 0.2ml,记录给药时间。

4. 给药 15min 后,将各小鼠断颈椎处死,迅速破开腹腔,找到胃幽门和回盲部,剪断小肠肠管,分离肠系膜,小心置于湿润的搪瓷盘内,轻轻将肠管摆成直线。测量小肠的总长度和依文思兰在肠内移动的距离(即幽门至肠内依文思兰最前沿处的长度),根据下面的公式计算依文思兰移动率:

$$依文思兰移动率 = 依文思兰在肠内移动的距离/小肠的总长度 \times 100\%$$

【实验结果】

将实验结果记录于表 7-13 中。

表 7-13　依文思兰移动长度和依文思兰移动率

编编号	药物与剂量(mg/kg)	肠总长度(mm)	依文思兰移动长度(mm)	依文思兰移动率(%)
1	乙酰胆碱			
2	新斯的明			
3	吗叮啉			
4	肾上腺素			
5	吗啡			
6	0.9%氯化钠溶液			

【注意事项】

1. 给药剂量要准确,各鼠给药及处死时间要一致,测量肠管长度时避免过度牵拉。

2. 若依文思兰移动有中断现象,应以移动最远处为测量终点。

3. 取出小肠后如用甲醛固定,测量结果会更准确。

4. 为避免个体差异,可以总结全班各组的实验结果。

【思考题】

1. 影响肠蠕动的因素有哪些?

2. 乙酰胆碱、新斯的明、吗丁啉、肾上腺素和吗啡各属于哪类药物? 对胃肠道各有何作用? 其机制如何? 临床上各有何用途?

(吴周环)

第十七节　药物对离体肠运动的影响

【实验目的】

1. 学习兔离体肠道的制备方法。

2. 观察药物对离体兔肠运动的影响。

【实验原理】

BL-420E＋生物机能实验系统可测量和记录血压、心电、呼吸、脉搏以及胃肠平滑肌、骨骼肌、心肌收缩等肌体组织的运动状态。本实验制备兔离体肠道,与张力换能器相连,在BL-420E＋生物机能实验系统显示用药后的肠运动状态(张力、幅度和节律),从而观察药物对离体肠运动的影响。

【实验对象】

家兔。

【实验器材与药品】

麦氏浴槽、BL-420E+生物机能实验系统、张力换能器、手术剪、眼科镊、注射器、培养皿、缝针、棉线；0.1％盐酸吗啡溶液、0.05％硫酸新斯的明溶液、0.001％盐酸肾上腺素溶液、0.125％吗丁啉溶液、0.1％硫酸阿托品溶液、0.001％乙酰胆碱溶液、蒂罗德溶液(台氏液)。

【实验步骤】

1. 离体兔肠段标本的制备 取空腹家兔1只，左手持髂上部，右手握木棒，猛击枕骨部致死。迅速开腹，自幽门下6cm处剪取空肠，剪成约2cm的小段，放入盛有台氏液的培养皿中备用。

2. 仪器的连接 取长约2cm的兔空肠标本，在盛有台氏液的培养皿中，于肠段两端用缝针各穿一线，其一端系在通气管的小钩上，将通气管连同肠段放入盛有38℃台氏液的麦氏浴槽内(台氏液量约30ml)。另一端系在调好的BL-420E+生物机能实验系统的张力换能器上。用螺旋夹控制给氧的气泡，以每分钟100～120个气泡为宜。待肠段平稳5min后，启动BL-420E+生物机能实验系统，在主界面菜单中选择"实验项目"→"药理学实验模块"→"药物对离体肠的作用"，描记一段离体小肠平滑肌的正常收缩曲线，注意观察基线水平、收缩幅度和节律，然后给药。

3. 吗啡对离体肠运动的影响 在麦氏浴槽中加入0.1％盐酸吗啡溶液2～4滴，观察肠肌张力、幅度及节律的变化。放掉浴槽中的台氏液，用38℃新鲜台氏液重复更换2～3次，待肠段活动恢复至对照水平时，进行下一项实验。

4. 新斯的明对离体肠运动的影响 在麦氏浴槽中加入0.05％硫酸新斯的明溶液0.5ml，观察肠肌张力、收缩幅度及节律的变化。待作用出现后，更换新鲜台氏液2～3次，待肠段活动恢复后进行下一项实验。

5. 肾上腺素对离体肠运动的影响 在麦氏浴槽中加入0.001％盐酸肾上腺素溶液2～4滴，观察及更换新鲜台氏液同上。

6. 吗丁啉对离体肠运动的影响 在麦氏浴槽中加入0.125％吗丁啉溶液0.5ml，观察及更换溶液同上。

7. 阿托品和乙酰胆碱对离体肠运动的影响 在麦氏浴槽中加入0.1％阿托品溶液2～4滴，经3min后再加入0.001％乙酰胆碱溶液2～4滴，观察肠段张力、收缩幅度及节律的变化。

【实验结果】

记录正常离体肠肌及加入各种药物后肠肌的张力和收缩情况的变化，并记录于表7-14中。

表7-14 药物对离体兔肠肌张力、收缩幅度和收缩节律的影响

编号	药物	肠肌张力	肠肌收缩幅度	肠肌收缩节律
0	无			
1	吗啡			
2	新斯的明			
3	肾上腺素			
4	吗丁啉			
5	阿托品			
6	乙酰胆碱			

【注意事项】

1. 控制浴槽中的水温，以保持肠段的收缩功能与药物反应。

2. 加药前，先准备好每次更换用的 38℃的台氏液。

3. 每次加药出现反应后，必须立即更换浴槽内的台氏液，至少 2 次。每项实验加入台氏液的量应相同。需待肠段运动恢复正常后再进行下一项实验。

4. 上述各药用量是参考剂量，若效果不明显，可以增加药物剂量。

5. 供氧的气泡过大过急都会使悬线振动，导致标本较大幅度地摆动而影响记录结果。

【思考题】

分析吗啡、新斯的明、肾上腺素、吗丁啉、阿托品和乙酰胆碱对小肠平滑肌收缩活动的影响及作用机制。

【附注】　台氏液的配制方法

NaCl 8.0g、KCl 0.2g、$CaCl_2$ 0.2g、$NaHCO_3$ 1.0g、NaH_2PO_4 0.05g、$MgCl_2$ 0.1g、葡萄糖 1.0g，加蒸馏水至 1000ml。注意：$CaCl_2$ 溶液需在其他基础溶液混合并加蒸馏水稀释之后，方可一边搅拌一边逐滴加入，否则将生成钙盐沉淀，葡萄糖应在临用时加入，加入葡萄糖的溶液不能久置。

（吴周环）

第十八节　糖皮质激素对细胞膜的保护作用

【实验目的】

观察氢化可的松对红细胞膜的保护作用。

【实验原理】

糖皮质激素具有抗炎作用，其主要机制是稳定溶酶体膜，减少水解酶及各种炎症递质的释放，减轻或抑制炎症反应的病理过程。溶酶体膜与红细胞膜的生物学特性极为相似，通过氢化可的松保护红细胞膜免遭皂苷破坏所造成的溶血实验，可证实糖皮质激素类药物的抗炎作用机制。

【实验对象】

家兔。

【实验器材与药品】

试管 3 支、试管架、5ml 量筒 1 个、0.5、1、2ml 吸管各 1 支；0.5%氢化可的松溶液、4%桔梗煎剂溶液、0.9%氯化钠溶液。

【实验步骤】

取家兔 1 只，自心脏取血，制备成 2%红细胞混悬液（见本节附注）。取试管 3 支，编号，各加入 2%红细胞混悬液 3ml。然后在第 1 支试管中加 0.9%氯化钠溶液 1.5ml，第 2 支试管中加 0.9%氯化钠溶液 1ml，第 3 支试管中加 0.5%氢化可的松 1ml，振摇均匀，放置 10～15min 后，分别在第 2、第 3 支试管中加 4%桔梗煎剂溶液 0.5ml，摇匀。此后每隔 2～3min

检查 1 次,观察各试管有无溶血现象。

【实验结果】

将实验结果记录于表 7-15 中。

表 7-15　氢化可的松对红细胞膜的保护作用

编号	2%红细胞液(ml)	0.9%氯化钠溶液(ml)	0.5%氢化可的松(ml)	4%桔梗煎剂(ml)	结果
1	3	1.5	—	—	
2	3	1.0	—	0.5	
3	3	—	1.0	0.5	

【注意事项】

1. 红细胞混悬液在冰箱冷藏 3～4 日后使用,效果更佳。

2. 加入 4%桔梗煎剂溶液后,要随时观察实验结果。

3. 观察时可将 3 支试管并排对光比较。

【思考题】

糖皮质激素的抗炎作用机制、主要用途、主要不良反应及其预防方法是什么?

【附注】

1. 2%红细胞混悬液制备　取家兔 1 只,从心脏取血,置于盛有玻璃珠的三角烧瓶中,振摇或用棉签搅拌,使之成为去纤维蛋白原血液。再置刻度离心管中加 3～4 倍体积的 0.9%氯化钠溶液摇匀后离心约 1min,倾去上清液。如此反复用 0.9%氯化钠溶液洗 3～4 次,直至离心后上清液呈无色透明为止,放置冰箱中贮存待用。用前倾去上清液,根据红细胞容量用 0.9%氯化钠溶液稀释成 2%混悬液。

2. 4%桔梗煎剂溶液制备　取桔梗 4g,加水适量浸泡 0.5h,再连续煎 3 次,第 1 次 20min,第 2 次 15min,第 3 次 10min。煎后过滤,用蒸馏水将滤液配制成 4%的溶液。

(吴周环)

第十九节　磺胺类药物对肾毒性作用的观察

【实验目的】

通过镜检服用磺胺噻唑(ST)或磺胺嘧啶(SD)小白鼠尿的 ST 或 SD 结晶,了解 ST 或 SD 对肾的毒性作用。

【实验原理】

磺胺药及其乙酰化物在水中溶解度较小,经肾排泄时易在酸性尿液中析出结晶,损伤肾。为防止磺胺类药物损伤肾,宜同服等量碳酸氢钠碱化尿液,增加药物及其乙酰化物的溶解度,减少结晶的形成。

【实验对象】

小白鼠,体重 18～22g。

【实验器材与药品】

电子秤或天平、小白鼠灌胃针头、1ml 注射器、显微镜、玻片、毛细滴管；10％磺胺噻唑悬液、40％磺胺嘧啶悬液、10％氢氧化钠溶液。

【实验步骤】

取小白鼠 2 只,称重并编号。分别以灌胃方法灌水 0.5ml,5min 后甲鼠以 10％ST 悬液 0.2ml/10g、乙鼠以 40％SD 悬液 0.2ml/10g 灌胃,1h 后分别收集两小鼠尿液,置于载玻片上(收集方法:可将载玻片置于鼠笼下任其小便于玻片或用毛细滴管吸其排于桌上的小便,置于载玻片上)。稍等片刻,用低倍镜检查尿中有无 ST 结晶或 SD 结晶。磺胺类药物结晶的形状有 2 种:①成束的麦秆状,其束位于中间,两侧对称,有时呈菊花状;②菱形结晶。然后在镜检找到磺胺结晶较多的尿液中,加 1 滴 10％氢氧化钠溶液,观察磺胺结晶是否还存在或数目是否减少。

【实验结果】

将实验结果记录于表 7-16 中。

表 7-16　磺胺类药物对小鼠肾毒性作用的观察

编号	体重	药物及剂量	小鼠一般情况	尿液		
				肉眼观	镜下观	加碱液后的变化
甲						
乙						

【思考题】

怎样避免磺胺药物使用过程中在泌尿道形成结晶?

（吴周环）

第二十节　几种抗菌药物抗菌作用的比较

【实验目的】

观察并比较吡哌酸、氟哌酸、青霉素、庆大霉素和多黏菌素的抗菌作用。

【实验原理】

吡哌酸和氟哌酸分别是第 1、2 代人工合成的喹诺酮类抗微生物药,青霉素、庆大霉素和多黏菌素是抗生素类抗微生物药。虽然他们同属于抗微生物药,都有抗菌作用,但对革兰阳性菌、革兰阴性菌等的作用各不相同。在平板抑菌实验中,药物对细菌抗菌活性越强者,其抑菌圈越大,即细菌对该药物的敏感性越高;反之,抑菌圈越小,则细菌对该药的敏感性越低;药物对细菌无作用者,则在细菌平板上无抑菌圈出现。这样,通过测量药物对细菌琼脂平板的抑菌圈直径大小,即可比较出上述各药的体外抗菌作用。

【实验器材与药品】

1. **菌株**　金黄色葡萄球菌,大肠埃希菌,铜绿假单胞菌。

2. 器材　普通琼脂培养基平板平皿、灭菌棉签、无菌小镊子、测量尺、玻璃铅笔。

3. 药品　吡哌酸纸片、氟哌酸纸片、青霉素纸片、庆大霉素纸片和多黏菌素 E(B)纸片。

【实验步骤】

1. 细菌琼脂平板的制备　取预先制备好的琼脂平板 3 个,以灭菌小棉签蘸取金黄色葡萄球菌液(1ml 菌液含 3 亿个细菌),注意不宜蘸取过多,以刚浸湿整个棉签为度,轻轻从 4 个不同方向平行、交叉画线,使菌液均匀涂布在整个琼脂平板表面,即制得 3 个金黄色葡萄球菌琼脂平板。用同样方法,再制得大肠埃希菌和铜绿假单胞菌琼脂平板各 3 个。为了防止混淆,在皿盖上用玻璃铅笔作上标记。

2. 加抗菌药纸片并孵育　用无菌小镊子分别取含有吡哌酸、氟哌酸、庆大霉素、多黏菌素 E(B)及青霉素的纸片各 1 张,先后放在 1 个细菌琼脂平板表面的不同区域(为了位置间隔准确,最好事先在平皿底面用玻璃铅笔作上记号),盖好皿盖。然后,再将其余 8 个细菌琼脂平板也按上述方法放好药物纸片,盖好皿盖。将细菌琼脂平板全部放于孵箱中,37℃孵育 24h。

3. 观察并比较抑菌圈的大小　将孵育 24h 后的细菌培养皿取出,观察有无抑菌圈。测量皿中各药物纸片周围抑菌圈的直径,做好记录,并计算各药抑菌圈直径的平均值。比较各药抑菌圈直径的平均值,即可比较各药物对金黄色葡萄球菌、大肠埃希菌和铜绿假单胞菌的体外抗菌作用。

【实验结果】

将实验结果记录于表 7-17 中。

表 7-17　几种抗菌药物抗菌作用的比较

药物	抑菌圈的平均直径(mm)		
	金黄色葡萄球菌	大肠埃希菌	铜绿假单胞菌
吡哌酸			
氟哌酸			
青霉素			
庆大霉素			
多黏菌素			

【注意事项】

1. 在接种细菌和放置药用纸片时应注意无菌操作。

2. 测量抑菌圈时要仔细准确并及时做好记录。

3. 实验用各药物纸片为临床检验所常用,价廉易购。也可参考临床检验专著自制。

【思考题】

喹诺酮类抗微生物药和抗生素类药相比各有何优、缺点?

【附注】

1. 药物敏感试验结果的判断标准　抑菌圈直径＜10mm 为耐药,等于 10mm 为轻度敏感,11～15mm 为中度敏感,＞16mm 为高度敏感。

2. 普通琼脂培养平板的制备　在牛肉高汤液体培养基中加入琼脂即成。琼脂的浓度为 14～15g/L(冬天)或 17～20g/L(夏天)，以 0.1mol/L 氢氧化钠调至 pH 为 7.6，装入三角烧瓶内包扎好，以 10.5～14kPa 压力灭菌 20min，趁热倒入预先灭菌的培养皿内，平放、冷却后即成。

（吴周环）

第八章　人体机能实验

第一节　出血时间和凝血时间的测定

一、出血时间测定

【实验目的】

1. 学习测定出血时间的方法。
2. 了解毛细血管功能及血小板功能是否正常。

【实验原理】

出血时间是指从针刺使皮肤小血管破损后，血液自行流出到自行停止的一段时间，正常人的出血时间为1～3min。当小血管破损时，受损的血管可立即收缩，局部血流减慢，促使血小板黏附于血管损伤处，同时血小板释出血管活性物质，使毛细血管发生较广泛和持久的收缩，使出血停止，故测定出血时间可了解毛细血管及血小板的功能是否正常。若血小板减少或功能缺陷，出血时间延长，甚至有自发性出血倾向。

【实验器材与药品】

弹簧采血针或柳叶形采血针、吸水纸、棉球、电钟或手表、75％乙醇溶液。

【实验对象】

人。

【实验步骤】

1. 以75％乙醇溶液棉球消毒耳垂或指腹后，用消毒弹簧采血针刺入耳垂2～3mm深，让血自然流出。
2. 每隔半分钟用吸水纸吸干流出的血液1次，直至没有血液流出为止。自血液流出时算起，记录开始出血至止血的时间，或计算吸水纸上的血点数并以2除之，即为出血时间。

【注意事项】

1. 取血位置必须选择血液流畅的部位，切忌在冻疮、水肿或充血处采血。
2. 刺入皮肤深度要适宜，勿过深或过浅。
3. 吸水纸勿接触伤口，以免影响结果的准确性。

二、凝血时间的测定

【实验目的】

学习测定凝血时间的方法，了解凝血功能是否正常。

【实验原理】

凝血时间是指离体血液发生凝固所需的时间。玻片法凝血时间正常值为2～8min，毛细玻璃管法凝血时间正常值为 2～7min。血液与异物表面接触后,启动凝血过程,凝血因子被相继激活,最终使纤维蛋白原转变成纤维蛋白,纤维蛋白聚合成纤维蛋白多聚体,使血液凝固。

【实验器材与药品】

弹簧采血针、玻片、毛细玻璃管、电钟、棉球、75％乙醇溶液。

【实验对象】

人。

【实验步骤】

1. 以 75％乙醇溶液棉球消毒耳垂或指端后,用消毒弹簧采血针刺入 2～3mm 深,让血自然流出。

2. 玻片法　将第一滴血置于玻片上,立即计时,每隔半分钟用针尖在血滴中挑 1 次,直至针尖能自血滴中挑起纤维状的血丝为止。自流血开始至挑起细纤维血丝的时间即为玻片法凝血时间。

3. 毛细玻璃管法　采血时先用棉球吸去第一滴血,然后用毛细玻璃管吸血并使其充满,立即计时。折断毛细玻璃管一小段,至断端出现纤维血丝为止的时间即为毛细玻璃管法凝血时间。

【注意事项】

1. 取血时,切勿挤压过甚,否则组织液混入,会缩短凝血时间。

2. 挑动血滴时,应横贯血滴直径,但勿过多挑动,否则会变成脱纤维蛋白血液,以至始终不能凝血。

【思考题】

1. 血小板是如何参与生理止血的?

2. 影响出血时间和凝血时间的因素有哪些?

3. 正常人体内的血液为什么不会凝固?

4. 抗凝和促凝的方法有哪些?

5. 测定出血时间和凝血时间有何临床意义?

(王光亮)

第二节　ABO 血型的鉴定

【实验目的】

1. 学习 ABO 血型鉴定的方法。

2. 掌握 ABO 血型分型的原理。

【实验原理】

ABO 血型是根据 A 凝集原和 B 凝集原在红细胞表面的存在情况来分型的。如果红细胞表面只有 A 凝集原,为 A 型;如果只有 B 凝集原,为 B 型;如果 A 凝集原和 B 凝集原都存在,为 AB 型;如果 A 凝集原和 B 凝集原都不存在,则为 O 型。当相应的凝集素与凝集原

（如抗 A 凝集素与 A 凝集原）相遇时，就会发生免疫反应，导致红细胞凝集。根据这一原理，用已知的抗 A 凝集素和抗 B 凝集素，来鉴定红细胞表面有无 A 凝集原和 B 凝集原，从而判断血型。

【实验器材与药品】

双凹玻璃片、采血针、玻璃棒或竹签、75％乙醇溶液、棉球、试管、吸管、抗 A 和抗 B 血清。

【实验对象】

人。

【实验步骤】

1. 用 75％乙醇溶液消毒手指或耳垂后，针刺取血 1～2 滴于盛有 1ml 0.9％氯化钠溶液的试管混匀，制成红细胞混悬液。

2. 取洁净双凹玻片 1 块，在 2 个凹孔内分别加入抗 A 血清（蓝色，含抗 A 凝集素）和抗 B 血清（黄色，含抗 B 凝集素）各 1 滴。再用吸管在 2 个凹孔内各加入 1 滴红细胞混悬液，静置于实验台上。

3. 10～15min 后，观察凹孔内有无红细胞凝集现象（图 8-1），判断血型：若红细胞在抗 A 血清中凝集，在抗 B 血清中不发生凝集，说明红细胞表面只存在 A 凝集原，故血型为 A 型；

若红细胞在抗 A 血清中不发生凝集，而在抗 B 血清中凝集，说明红细胞表面只存在 B 凝集原，故血型为 B 型；若红细胞在抗 A 和抗 B 两种血清中都发生凝集，说明红细胞表面 A、B 两种凝集原都存在，故血型为 AB 型；若红细胞在抗 A、抗 B 血清中都不发生凝集，说明红细胞表面 A、B 两种凝集原都不存在，故血型为 O 型（表 8-1）。

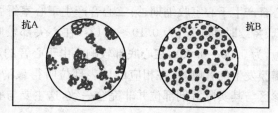

图 8-1　红细胞的凝集现象

图中加抗 A 凝集素的一侧红细胞发生了凝集现象，加抗 B 凝集素的一侧红细胞未发生凝集现象

表 8-1　ABO 血型的结果判断

抗 A 血清（蓝色）	抗 B 血清（黄色）	血型结果
＋	－	A 型
－	＋	B 型
＋	＋	AB 型
－	－	O 型

注："＋"为凝集，"－"为不凝集

【注意事项】

1. 如肉眼不能确定凹孔内有无红细胞凝集现象，可在低倍镜下观察。

2. 注意不要将红细胞的叠连现象误认为是凝集现象。红细胞的叠连现象，用玻璃棒或竹签搅动，立即散开。而红细胞的凝集现象，不能搅散。

3. 每个人使用的采血针、玻璃棒、吸管、试管等均为个人专用，不能混用。

【思考题】

1. 若无标准血清，已知某人血型为 A 型或 B 型，能否用来鉴定他人血型？如何鉴定？

2. 临床输血的原则有哪些?

（王光亮）

第三节 心音的听诊

【实验目的】

1. 学习心音的听诊方法。

2. 正确区分第一心音和第二心音。

3. 了解各心脏瓣膜听诊区的位置。

4. 掌握第一心音和第二心音的产生机制。

【实验原理】

　　心动周期中,由于心脏的收缩和舒张,心室内压力的升高和降低,导致心瓣膜关闭或开放、心室射血或充盈等机械活动引起的振动,经胸壁组织传至体表,用听诊器在胸壁便能听到心音。在每个心动周期中,心脏产生 4 个心音,即第一、第二、第三和第四心音,但用听诊器通常只能听到第一心音和第二心音,在正常儿童和青年,有时还可听到第三心音。第一心音产生于心室收缩期,第二心音产生于心室舒张期。相比较而言,第一心音较响、音调较低、持续时间较长,为 0.10～0.12s,在心尖部较响;第二心音较弱、音调较高、持续时间较短,为 0.06～0.08s,在心底部较响。由于心音的产生位置和传导方向、远近的不同,心脏各瓣膜发生的音响,常在相应的体表部位听得最清楚,这些部位称为瓣膜听诊区。各瓣膜听诊区与其实际解剖部位并非完全一致,这主要与心音沿血液流动方向传播有关。

【实验器材】

听诊器。

【实验对象】

人。

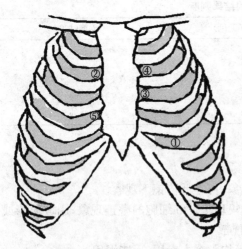

图 8-2　心脏瓣膜听诊区的位置
①二尖瓣听诊区;②主动脉瓣听诊区;③主动脉瓣第二听诊区;④肺动脉瓣听诊区;⑤三尖瓣听诊区

【实验步骤】

　　1. 辨认听诊部位　受试者解开上衣,面向亮处坐好。检查者坐其对面,肉眼观察(或用手触诊)受试者心尖搏动位置与范围是否正常。辨认心音各瓣膜听诊区:①二尖瓣听诊区在第五肋间左锁骨中线稍内侧(即心尖部);②主动脉瓣听诊区:胸骨右缘第二肋间;③主动脉瓣第二听诊区位于胸骨左缘第三肋间;④肺动脉瓣听诊区:胸骨左缘第二肋间;⑤三尖瓣听诊区:胸骨右缘第四肋间或胸骨剑突处(图 8-2)。

　　2. 心音听诊　检查者戴好听诊器,以右手拇指、示指和中指轻持听诊器胸件,将其置于受试者听诊部位,按二尖瓣听诊区→主动脉瓣第二听诊区→肺动脉瓣听诊区→主动脉瓣听诊区→三尖瓣听诊区顺序依次仔细听取心音。

根据心音的音调、强度、性质、持续时间、时间间隔等特点,仔细区分第一心音和第二心音。如难以区分,可边听边用手指触按心尖搏动或桡动脉搏动,与搏动同时发生的心音即为第一心音,其后则为第二心音。第一心音与第二心音的主要区别见表 8-2。

表 8-2　第一心音与第二心音的主要区别

心音	响度	音调	持续时间	时间间隔	最响部位	与心尖搏动关系
第一心音	较响	较低	较长 0.10s	与第二心音间隔较短	心尖部	同时产生
第二心音	较弱	较高	较短 0.08s	与下一个第一心音间隔较长	心底部	搏动之后产生

【注意事项】

1. 实验室必须保持安静。

2. 听诊时,听诊器耳件方向应与外耳道方向一致。听诊器连接胶管不得交叉和扭结。操作中应尽量减少胸件与胸壁、连接胶管等的摩擦,以免产生杂音。

【思考题】

1. 分析第一心音和第二心音与心动周期中心脏内部变化的关系。

2. 心音听诊有何意义?

（王光亮）

第四节　人体动脉血压的测定

【实验目的】

1. 学习间接测定动脉血压的方法。

2. 掌握间接测量动脉血压的原理、动脉血压的正常值和水银柱式血压计的构造。

【实验原理】

人体动脉血压的间接测量是以血压计的袖带在动脉外加压,用听诊器于受压动脉的远端听取血管音的变化来测量的。通常血液在血管内流动时并没有声音,但如给血管施加压力使血管变窄,血液形成湍流,则可产生声音,即血管音。当用橡皮球将空气打入缠缚于上臂的袖带内,使其压力超过肱动脉中的最高压力即收缩压时,此段动脉完全被压闭,血流被阻断,此时在被压闭的肱动脉远端用听诊器听不到任何声音,也触不到桡动脉搏动。当逐步放气减小施加的压力至稍低于收缩压时,动脉血流开始通过(仅在心室收缩期血压最高时能通过),血流通过受压变窄的动脉时产生湍流,引起血管壁的振动,这时用听诊器在动脉远端就能听到血管音,因而刚刚能听到血管音时血压计上所指示的压力即为收缩压。当继续放气减压,使外加压力等于或稍低于动脉中的最低压力即舒张压时,动脉内的血流不论是在心收缩期或舒张期都能连续通畅地通过,血管音就会突然由强变弱或消失,此时血压计上所指示的压力即为舒张压。

【实验器材】

听诊器、血压计。

【实验对象】

人。

【实验步骤】

1. 熟悉血压计的结构　通常使用的血压计是水银柱式血压计,由检压计、袖带和充气球3部分组成。检压计是一个标有0~300mmHg(40kPa)刻度的玻璃管,上端通大气,下端通过阀门与水银槽相通。袖带是个外包布套的长方形橡皮囊,借橡皮管分别与检压计的水银槽及充气球相通。充气球是一个带有螺丝阀门的橄榄状橡皮囊,供充气和放气之用。

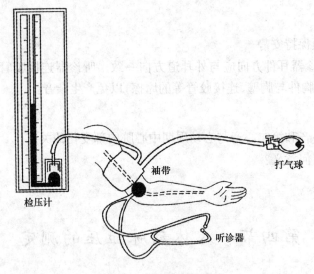

图 8-3　动脉血压的测量

2. 测量方法

(1) 受试者安静休息5~10min,取坐位或卧位,裸露上臂,衣袖太紧时应脱去上衣,轻度弯曲外展,放松手臂,并使上臂与心脏处于同一水平。

(2) 打开并放平血压计,开通水银槽的阀门。打开充气球的阀门,将袖带内气体完全压出,并将袖带缠于上臂(袖带下缘距肘关节2~3cm),袖带缠绕不宜过紧或过松(图8-3)。如前壁静脉过度充盈,需松开袖带抬高手臂使静脉充分回流,再缠袖带。

(3) 戴好听诊器,使耳件方向与外耳道一致。用手指在受试者肘窝内侧与袖带之间触及肱动脉搏动,再将听诊器的胸件置于肱动脉搏动处以听取血管音。

(4) 测量收缩压:用手挤压充气球将空气缓慢打入袖带内,此时检压计中水银柱的高度随之增加,同时仔细听诊动脉内血管音的变化。动脉内血管音的变化是从无到有,由弱变强,最后突然消失。当血管音突然消失后,继续充气加压,使水银柱的高度再增加20~30mmHg。随即打开充气球的阀门,缓缓放气,使水银柱徐徐下降。在水银柱下降的过程中,当听到第一声"崩崩"或"呼呼"样的血管音(有时非常微弱)时,血压计上所示的水银柱高度即为收缩压。成年人收缩压的正常值为90~130mmHg。

(5) 测量舒张压:测得收缩压后,继续缓缓放气使水银柱继续下降。在此过程中,血管音由弱增强,而后又突然由强变弱,直至消失。在血管音突然由强变弱或消失的瞬间,血压计上水银柱的高度即为舒张压。成年人舒张压的正常值为 60～80mmHg。

连续测量 3 次,取最低的一次为血压值。

【注意事项】

1. 测量血压时必须保持安静,以利于听诊。

2. 测量部位应与检压计、心脏处于同一水平。

3. 缠绕袖带时要松紧适宜,不能折叠或扭转。

4. 袖带充气加压速度不能过快,且勿超过 300mmHg,以防水银喷出管外。

5. 重复测量血压时,应先将袖带内空气完全排出,使检压计水银柱高度降至"0"位,而后再次测量。

6. 发现血压超出正常范围时,应休息 10min 后再测,以减小误差。

7. 左、右臂肱动脉血压可有 5～10mmHg 的差异,故在测量动脉血压时应固定选择一侧上臂。

8. 血压计用毕,应将袖带内空气全部排出、卷好放置盒内。将检压计稍向右倾斜,使管内水银完全退回槽内,然后关闭阀门,以防水银外漏。

【思考题】

1. 如果只有血压计而没有听诊器,能否测量动脉血压?

2. 有哪些因素可以影响动脉血压?

3. 袖带缠绕过松和过紧对血压的测量值有何影响?

4. 动脉血压为什么有收缩压与舒张压的变化? 毛细血管血压和静脉血压是否也有收缩压与舒张压的变化?

（王光亮）

第五节　人体心电图的描记

【实验目的】

1. 学习人体心电图的描记方法。

2. 掌握正常心电图的波形组成及其生理意义。

3. 学习心电图各波的测量和分析方法。

【实验原理】

心脏在机械收缩之前,心肌先发生兴奋。在其兴奋过程中,可产生微弱的电流自心脏向身体各部位传导。由于心电瞬时综合向量不同,电流的方向与身体各部位的角度不同,周围组织与心脏的距离不等,以及身体各部位电解质含量的差异,使不同的体表部位表现出不同的电位变化。在体表,通过一定的引导方法,用心电图机将这些电流变化记录下来,就得到心电图。心电图反映了心脏内生物电的产生、传导和消失所引起的综合性电位变化。在一个心电周期中,心电图包括 P 波、QRS 波群、T 波 3 个波形。P 波代表心房去极化;QRS 波群代表心室去极化;T 波代表心室复极化。临床上心电图对心脏起搏点的分析、传导功能的判断以及心律失常、心肌肥大、损伤等疾病的诊断具有重要的意义。

【实验器材与药品】

心电图机、棉球、0.9%氯化钠溶液或导电膏。

【实验对象】

人。

【实验步骤】

1. 接好心电图机的电源线、地线和导联线，打开电源开关，预热3～5min。

2. 旋动基线调节按钮，使基线位于记录纸中线处；将"记录控制"旋钮拨至"记录"档，走纸速度置于25mm/s(心率过快时可用50mm/s)；调整"增益"，按动"标准电压"旋钮，使纵坐标10mm(记录纸上纵坐标10小格)代表1mV。

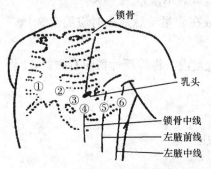

图8-4　胸导联引导电极放置位置

3. 受试者静卧检查床上，放松肌肉，在手腕、足踝和胸前安放好引导电极，接上导联线。为了保证引导电极导电良好，可在放置引导电极的体表部位涂少许0.9%氯化钠溶液(或导电膏)。导联线的连接方法是：红色—右手、黄色—左手、绿色—左足、黑色—右足(接地)、白色—胸导联(图8-4)。四肢引导电极应选肌肉较少的部位安放，一般是腕关节屈侧和距小腿关节内踝上约3cm。

4. 用导联选择开关分别选择标准肢体导联Ⅰ、Ⅱ、Ⅲ，单极加压肢体导联aVR、aVL、aVF以及胸导联V_1、V_2、V_3、V_4、V_5、V_6等导联，描记心电图。各导联的选择只需旋动心电图机上的相应旋钮即可，而不需移动已安放在人体的电极。

5. 记录完毕后，取下电极擦净，将各控制按扭转回原处，切断电源。取下记录纸，标明导联及受试者姓名、性别、年龄及日期。

6. 心电图分析

(1) 辨认各波段：P波、QRS波群、T波、P-R间期、Q-T间期和ST段(图8-5)。

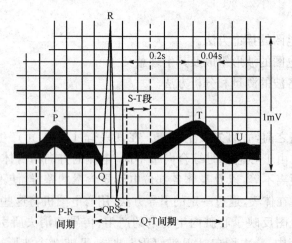

图8-5　人体心电图各波的测量

(2) 测量波幅和时间：纵坐标表示电压，每一小格(即1mm)代表0.1mV，横坐标表示时间,每一小格(也为 1mm)代表 0.04s。用分规测量 P 波、QRS 波群、T 波的时间和电压,并测出 P-R 间期和 Q-T 间期的时间。测量波幅时,凡向上的波均应测量从基线上缘至波峰顶点的距离;凡向下的波,均应测量基线下缘至波谷底点的距离。

(3)计算心率:测量相邻的 2 个心电周期中的 P-P 间隔时间或 R-R 间隔时间,根据心电周期与心率的关系,计算出心率。

(4)分析心律:是否为窦性心律、心律是否规则、有无期前收缩或异位心律。首先辨认 P 波、QRS 波群,根据 P 波决定基本心律。窦性心律的心电图表现为:P 波在 Ⅱ 导联中直立,aVR 导联中倒置,P-R 间期为 0.12~0.20s。如果最大的 P-P 间隔与最小的 P-P 间隔时间相差在 0.12s 以上,则为窦性心律不齐。

【注意事项】

1. 肌肉应尽量放松,冬季气温低时应注意保暖,防止寒冷引起肌紧张甚至寒战而产生肌电干扰。电极要紧贴皮肤,防止记录过程中电极脱落。

2. 记录心电图时,应将基线调到中央。如基线不稳或有干扰时,应排除后再进行描记。

3. 在变换导联时,必须先将输入开关关上,再转动导联选择开关。

4. 记录完毕后,取下电极擦净,将各控制旋钮转回"关"的位置,最后切断电源。

【思考题】

1. 心电图由哪些基本波形和时间段组成? 它们分别表示什么生理意义?

2. 为什么不同导联记录的心电图波形不一样?

3. 根据心电图如何计算出心率?

(王光亮)

第六节 人体肺通气功能的测定

【实验目的】

1. 了解肺量计的构造和原理。

2. 学习简单肺量计的使用和肺通气功能测定的方法。

【实验原理】

肺通气是指气体通过呼吸道进出肺的过程,是整个呼吸过程的基础。潮气量、肺活量、时间肺活量等可用作衡量肺通气功能的指标。

【实验器材与药品】

单筒肺量计、橡皮吹嘴、鼻夹、75%乙醇溶液、钠石灰。

【实验对象】

人。

【实验步骤】

1. 了解肺量计的构造 单筒肺量计主要由一对套在一起的圆筒所组成(图 8-6)。外筒装满清水,其底部有排水阀门,中央有进、出气管,管的上端露出水面,管的下端通向管外的三通阀门,呼吸气体由此进出。内筒为一倒扣于外筒中的铝制浮筒,重量较轻,浮筒内为一密闭空间,浮筒可随呼吸气体的进出而升降。浮筒顶部有排气阀门,可排出浮筒内气体,浮筒容量为6～8L。筒顶系有钢丝细绳,经滑轮架与平衡锤相连,平衡锤与浮筒重量相等,使呼气、吸气都不感费力。呼吸气体进出浮筒引起浮筒升降时,带动描记笔在记录纸上进行描记。记录纸上印有表示气体容积的横线和表示走纸速度的纵线,横线一小格为100ml,纵线一小格为25mm,根据走纸速度计算时间。浮筒内不充气时,记录笔尖处于"0"位。在呼气管道上安装有钠石灰罐,用来吸收呼出的CO_2。

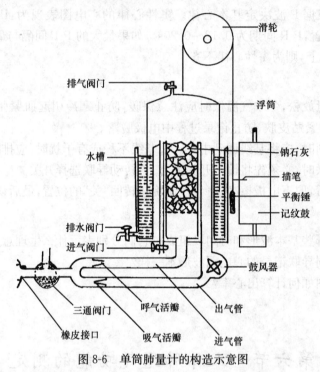

图 8-6　单筒肺量计的构造示意图

2. **测量准备**　将肺量计安装平稳,调节水平调节盘,使浮筒不与外筒接触并能自由升降,将外筒内加水至水位表的红线刻度。打开进气阀门,提起浮筒,使之充入空气4～5L,再关闭进气阀门。检查外筒、内筒、气阀等是否漏水、漏气。将内筒钠石灰罐内装满新鲜钠石灰,安装记录纸和记录笔,接通电源。受试者闭目静立或坐,口中衔好经75％乙醇溶液消毒的橡皮吹嘴,用鼻夹夹鼻。练习用口呼吸2～3min。

3. **肺通气功能指标的测定**

(1) 潮气量:按下"记录"键上方的"3"小按键,记录纸以50mm/min即2格/min的速度缓慢走纸。平静呼吸,描记正常呼吸曲线30s,计算5次吸入或呼出气体量的平均值,即为潮气量。

(2) 补吸气量:平静呼吸数次后,在一次平静吸气末再继续用力吸气直至不能再吸为止,在平静吸气后再用力所吸入的气体量为补吸气量。

(3) 补呼气量:平静呼吸数次后,在一次平静呼气末再继续用力呼气直至不能再呼为止,在平静呼气后再用力所呼出的气体量为补呼气量。

(4) 肺活量:平静呼吸数次后,尽力吸气,随即作最大限度的呼气,所呼出的气体量即为肺活量。重复3次,取最大值为肺活量。

(5) 时间肺活量(用力呼气量):将走纸速度调至25mm/s,使记录纸纵线一小格代表时间 1s。平静呼吸数次后,用力作最大限度的吸气,在吸气末屏气 1~2s,再以最快的速度和最大的力气呼气,直至不能再呼气为止。从记录纸上读出第 1s 末、第 2s 末和第 3s 末所呼出的气体量,分别计算它们占全部呼出气体量(肺活量)的百分比,即为第 1s 末、第 2s 末和第 3s 末的时间肺活量。

(6) 每分通气量:平静呼吸,记录 15s 呼吸曲线,计算 15s 内呼出或吸入的气体总量,再乘以 4 即为每分通气量。

(7) 每分最大通气量:尽力作最深最快的呼吸 15s,计算 15s 内呼出或吸入的气体总量,再乘以 4 即为每分钟最大通气量。

【注意事项】

1. 使用肺量计前,应检查肺量计是否漏气、漏水。

2. 测量时受试者不能看描记笔,应避免从鼻孔或口角处漏气。

3. 每次更换受试者时,都应重新消毒橡皮吹嘴。

【思考题】

1. 肺通气功能的评价指标有哪些?

2. 比较肺活量与时间肺活量的概念和意义有何不同?

3. 体育锻炼对肺活量有何影响?

(张　敏　何　巍)

第七节　视力、视野和盲点的测定

【实验目的】

1. 了解视力测定的原理和方法。

2. 学习视野计的使用方法和视野的检查方法。

3. 学习盲点的测定方法。

【实验原理】

视力也称为视敏度,是指眼对物体细微结构的分辨能力,即分辨物体上两点间最小距离的能力,通常以眼能看清楚文字或图形所需的最小视角来表示。视角与视力的关系是:视力=1/视角。视角以分角为单位,$1'=1/60°$,当视角为 $1'$ 时,视力$=1/1'=1.0$。视力表就是根据视角原理制定的。常用的国际标准视力表有 12 行。当距离视力表 5m 处观看视力表时,第 10 行上的字母"E"上下两横线发出的光线在眼球恰好形成 $1'$ 视角。因此,在距离视力表 5m 处能辨认第 10 行的字母"E",按国际标准视力表为 1.0,按对数视力表为 5.0。临床规定,1.0 即为正常视力。

视野是单眼固定注视正前方一点时所能看到的空间范围。由于眼球位置较深,鼻、眉弓、额骨等可遮挡一部分到达视网膜的外来光线,故当眼注视正前方时,其视野有一定的限制。眼的颞侧视野较大,鼻侧较小;上方视野较小,下方较大。由于感受色觉的视锥细胞分布于视网膜的中心部分,因此,颜色视觉的视野较无色视觉视野较小些。临床上常用测定视野的方法,检查视网膜、视觉传导通路以及视觉中枢的功能。

视网膜上视神经穿出部位为视盘,此处没有感光细胞,外来光线于此处成像则不能引起视觉,此处称为生理性盲点。视觉器官的某些疾病,可引起病理性盲点。测定盲点可有助于了解视觉系统的功能。根据物体成像规律,通过测定盲点投射区域的位置和范围,依据相似三角形各对应边呈正比的定律,便可计算出盲点所在的位置和范围。

【实验器材】

标准对数视力表、遮眼板、指示棒、视野计,白色、红色、黑色和绿色视标,视野图纸、铅笔、白纸、尺。

【实验对象】

人。

【实验步骤】

1. 视力的测定

(1)将视力表挂在光线明亮处。被检者立于距视力表 5m 处,视力表第 10 行视标应与被检者眼睛处于同一高度。

(2)被检者用遮眼板遮住一眼,另一眼看视力表。检查者用指示棒自上而下,从大到小分别指示视力表上的视标,让被检者说出视标的缺口方向。如此循序渐进,直到被检者不能辨识为止。能辨清的最小一排视标左边所标数字,即为被检者该眼的视力,正常人的视力为 1.0。

(4)如被检者不能辨认最大视标,可令被检者向视力表方向移近直到能辨认最大视标时止步,测定其与视力表的距离,按以下公式计算:

被检者视力=被检者与视力表的距离/正常辨认最大视标的最远距离

(5)用同样方法测定另一眼的视力。

2. 视野的测定

(1)熟悉视野计的构造:最常用的弧形视野计是一个安在支架上的半圆弧形金属板,可绕矢状轴作 360°旋转。圆弧板上有刻度,表示由该点射向视网膜周边的光线与视轴的夹角,视野的外周界限以此角度来表示。在圆弧内面中央装有一个固定的小圆镜,其对面的支架上有支持下颌的托颌架和固定眼窝下缘的眼眶托(图 8-7)。

(2)测定方法:受试者背光而坐,面向视野计,下颌放在托颌架上,眼眶下缘靠在眼眶托上,调整托架高度,使眼与圆弧板中央的小圆镜处在同一水平。用遮光板遮住一眼,另一眼凝视圆弧板中央的小圆镜,眼球不能转动。将视野计的半圆弧架旋至垂直位置,主试者将白色视标由周边向中心缓缓移动,并问受试者是否看见。重复检查,确定受试者确实能看到刚才的那一点,将此点的位置记录在视野坐标图纸的相应位置上。按照上述方法,将视野计半圆弧架依次旋转 45°、90°、135°、180°、225°、270°、315°、360°,分别测定各个方向的视野,并记录在坐标图纸的相应位置上。将坐标图纸上所测得的各个点用线连起来,即得到该眼白色视野的范围(图 8-8)。同上方法,再分别测定其他颜色的视野及另一眼的视野图。

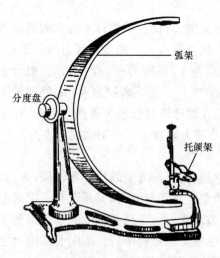

弧架

分度盘

托颌架

图 8-7 视野计

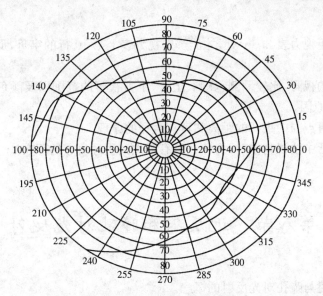

图 8-8　正常左眼白色视野图

3. 盲点的测定

（1）将白纸固定在墙上，与受试者头部等高。受试者立于纸前 50cm 处，用遮眼板遮住一眼，在白纸上与另一眼相平的地方用铅笔画一"十"字记号。让受试者注视"十"字。实验者将视标由"十"字中心向被测者颞侧缓慢移动，此时受试者被测眼直视前方，不能随视标的移动而移动。当受视者恰好看不见视标时在白纸上标记视标位置。然后将视标继续向颞侧缓慢移动，直至又看见视标时记下其位置。由所记下的 2 点连线的中点起，沿着各个方向移动视标，找出并记下视标在各个方向刚能被看见的位置点。将各点依次连接起来，就是受试者盲点投射区域。

（2）用同样方法可测出另一眼的盲点投射区域。

（3）根据相似三角形对应边呈正比定律（图 8-9），可计算出盲点与中央凹的距离以及盲点的直径：

$$盲点与中央凹的距离＝盲点投射区中心到"十"的距离×(15/500)$$

$$盲点直径(mm)＝盲点投射区域直径×(15/500)$$

【注意事项】

1. 测视力时，光线要充足，光源应从受试者后方射来。测试距离要准确。

2. 受试者被测眼应注视视野计中心的小镜子，眼球不得随意转动。

3. 测定颜色视野时，受试者必须认清视标的颜色。同时在测颜色视野时，视标的颜色不让受试者事先知道。

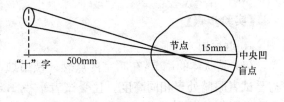

图 8-9　盲点与中央凹距离和盲点直径的
计算示意图

4. 视野计半圆弧架旋转的角度，可根据具体情况只测某几个对称的角度，不必全部都测。

5. 在测盲点时，受试者一定要直视前方，眼球不能随视标的移动而移动。

【思考题】

1. 若受试者距视力表 2.5m 处，才能辨别视力表上第 10 行的字母，那么受试者的视力是多少？

2. 根据测得的视野，比较颞侧、鼻侧、上方、下方视野的范围以及颜色视野与无色视野的差异，并说明其原因。

3. 试述测定盲点与中央凹的距离和盲点直径的原理。

4. 在日常生活中注视物体时，为什么没有感觉到生理盲点的存在？

（张　敏　何　巍）

第八节　近反射和瞳孔对光反射

【实验目的】

1. 掌握近反射与瞳孔对光反射的概念。

2. 掌握近反射与瞳孔对光反射的检查方法。

【实验原理】

当眼看 6m 以内的近物时，近物上任一点发出的光线均呈辐射状，经折光系统折射后在视网膜的后面聚焦，而在视网膜上则形成模糊不清的物像，但是正常人眼也能看清 6m 以内的近物，这是因为在看近处物体时，眼睛发生相应的调节反射，包括：晶状体凸度增加，折光能力增强，视网膜成像清楚；瞳孔缩小，减小球面像差；双眼球会聚，使视网膜成像对称（辐辏反射）。这 3 种反射合称为近反射。当物体由近向远处移动时，眼睛则发生相反的调节。瞳孔的主要功能是调节进入眼内的光线量，当用不同强度的光线照射眼睛时，瞳孔的大小可随光照强度的改变而改变，以调节进入眼内的光线量。当光线增强时，瞳孔缩小；当光线减弱时，瞳孔扩大。这称为瞳孔对光反射。

【实验器材】

蜡烛、火柴、手电筒、暗室。

【实验对象】

人。

【实验步骤】

1. 近反射

（1）晶状体的调节：在暗室内点燃一枝蜡烛，置于受试者的左前方约 30cm 处，并使烛焰与受试者眼睛处于相同高度。让受试者平视 1.5m 外的某一静止物体，实验者在受试者的右前方适当位置观察受试者眼内的烛像。注意烛像的数目、大小、位置和亮度等。实验者可以观察到 3 个烛像：一个是最亮的中等大小的正像 1，是光线在角膜表面反射形成的；另外 2 个是通过瞳孔看到的，一个是暗而大的正像 2，是光线在晶状体前表面反射形成的；一个是较亮而最小的倒像 3，是光线在晶状体后表面反射形成的。看清 3 个烛像后，记住各烛像的位置和大小。再让受试者迅速注视眼前 15cm 处的某一物体（如实验者的手指）。此时可观察到：1 像无变化，3 像变化不明显，而 2 像变小且向 1 像靠近（图 8-10）。这说明眼视近物时，晶状体前表面凸度增加。

（2）瞳孔和视轴的变化：让受试者注视正前方远处物体，观察其瞳孔的大小。然后将物体由远处向受试者眼前移动，观察受试者瞳孔是否缩小，同时两侧视轴是否向中间会聚。

2. 瞳孔对光反射　在暗室（或暗处），让受试者两眼直视前方，观察其瞳孔大小。用手电筒直接照射受试者的双眼，观察双眼瞳孔的变化。在受试者鼻梁处用遮光板或用手

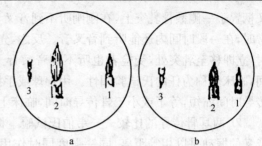

图 8-10　眼视近物时眼内烛像的变化
a：未调节时的烛像；b：调节时的烛像

隔离照射眼球的光线，再用手电筒照射一眼，观察另一眼瞳孔的变化，同法检查另一侧瞳孔。2 次实验均可观察到瞳孔立刻缩小，前者称为瞳孔对光反射，后者称为互感性瞳孔对光反射。

【注意事项】

1. 近反射实验中受试者两眼需注视远处，不可注视蜡烛火光。

2. 瞳孔对光反射实验中两眼需注视远处，不可注视灯光。

3. 辐辏反射实验中，将物体由远处向受试者眼前移动时，受试者眼睛要紧盯物体。

【思考题】

1. 眼看近处物体时，是如何调节的？

2. 用手电筒照射受试者左侧眼时，瞳孔有何变化？此时右侧眼的瞳孔是否也有变化？

（张　敏　何　巍）

第九节　声音的传导途径

【实验目的】

1. 比较声音传导的 2 种途径，了解各自的特点。

2. 了解鉴别传导性耳聋与神经性耳聋的实验方法和原理。

【实验原理】

声波可经外耳道、鼓膜和听骨链传至内耳，称为气传导。声波也可经颅骨传入内耳，称为骨传导。正常情况下，声波主要经过气传导途径传至内耳，骨传导作用甚微。当气传导途径发生障碍时，骨传导作用相对加强，成为声波传导的主要途径。通过任内氏实验和韦伯氏试验，可以鉴别传导性耳聋与神经性耳聋。

【实验器材】

音叉（频率为 256Hz 或 512Hz）、棉球。

【实验对象】

人。

【实验步骤】

1. 同侧气传导与骨传导的比较——任内氏试验　受试者坐在安静的室内，将振动的音

叉柄置于一侧颞骨乳突上,在刚刚听不到音叉音时立即将音叉放于该耳的外耳道附近。正常时,在一段时间内还能听到音叉音。反之,先置音叉于被检者外耳道处,当听不到音叉音时,立即移至乳突处,受检者也听不到音叉音。由此说明正常人气传导时间大于骨传导时间,临床上称为任内氏试验阳性。用棉球或手指塞住同侧外耳道,重复上述实验,则出现气传导时间缩短,等于或小于骨传导时间,临床上称为任内氏试验阴性。

2. 两耳骨传导的比较——韦伯氏试验 将振动的音叉柄垂直地放在头顶的正中线上,音叉的振动是以相等距离、同一强度同时作用于两耳。听力正常时,两耳所感受的声音一样。如果将一耳的外耳道用棉球或手指堵塞,重复上述实验,这时两耳的声音强度有何变化?(正常人被塞棉球一侧听到的声音更强)。

【注意事项】

1. 室内需保持安静,以免影响测试效果。
2. 敲响音叉,用力不要太猛,严禁在硬物上敲打,以免损坏音叉。
3. 音叉振动方向要与外耳道方向一致,注意音叉勿触及耳郭或头发。

【思考题】

根据上述实验如何鉴别传递性耳聋与神经性耳聋?

（张　敏　何　巍）

第九章　机能学综合性实验

第一节　动脉血压的调节与急性失血性休克

【实验目的】

1. 学习直接测定哺乳动物动脉血压的方法,观察一些神经和体液因素对家兔动脉血压的影响,以加深对动脉血压的形成和调节原理的理解。

2. 通过动脉放血复制失血性休克的动物模型,观察失血性休克时机体主要体征和血流动力学的变化。

3. 设计抢救方案,加深对休克防止原则及所用药物作用的理解,培养独立分析问题、解决问题的能力。

【实验原理】

正常情况下由于神经调节和体液调节,人体和动物的动脉血压都能保持相对稳定。神经调节中最为重要的就是颈动脉窦主动脉弓压力感受器反射,心血管中枢通过压力感受器反射调节心脏和血管的活动,改变心排血量和外周阻力,从而调节动脉血压。体液因素中最为重要的是肾上腺素、去甲肾上腺素和乙酰胆碱,它们通过与心血管系统相应的受体结合而调节动脉血压。此外,循环血量与血管容量相匹配也是维持动脉血压相对稳定的必要条件。如果大失血导致循环血量急剧减少或因容量血管扩张导致循环血量与血管容量之比明显减小,均可引起动脉血压降低和休克的发生。本实验观察一些神经和体液因素对家兔动脉血压的影响,通过动脉放血的方法复制家兔急性失血性休克模型,观察休克期间其血流动力学和体征的变化,并针对失血性休克的发生机制给以相应的治疗措施。

【实验器材与药品】

哺乳动物常用手术器械、静脉输液装置、BL-420E＋生物机能实验系统、恒温微循环灌流盒、显微镜、兔台、呼吸换能器、压力换能器、三通管、动脉夹、气管插管、动脉插管、静脉插管、注射器(2、5、20ml 各 1 支);20％氨基甲酸乙酯溶液、1％肝素氯化钠溶液、0.9％氯化钠溶液、0.01％去甲肾上腺素溶液、0.01％肾上腺素溶液、0.01％乙酰胆碱溶液。

【实验对象】

家兔(2kg 以上)。

【实验步骤】

1. 麻醉与固定　取兔称重,按 5ml/kg 剂量经耳缘静脉注射 20％氨基甲酸乙酯溶液进行麻醉。仰卧固定于兔台,颈、腹部剪毛备用。

2. 颈部手术

(1) 颈正中皮肤切口,常规分离气管并行气管插管术。气管插管通过换能器与 BL-420

生物机能实验系统1通道相连接。

(2) 分离左侧颈总动脉,穿双线备用。分离右侧颈总动脉、颈外静脉、迷走神经和减压神经,分别穿线备用。

(3) 按1ml/kg剂量由耳缘静脉注射1%肝素氯化钠溶液。

(4) 同第五章第九节方法行左颈总动脉插管,并与BL-420E+生物机能实验系统2通道相连接。

(5) 将充满0.9%氯化钠溶液的静脉插管插入右颈外静脉,深4~5cm。插管外端用三通管连接水检压计和输液瓶,用以测定中心静脉压和输液。在测中心静脉压前,阻断压力换能器侧管,使插管与输液瓶相通,缓慢输入0.9%氯化钠溶液(5~10滴/min),保持静脉通畅,中心静脉压的测量方法见第六章第二节。

3. 腹部手术 下腹部耻骨联合上作长3~5cm的正中切口,找到膀胱并行膀胱插管,以记录尿量(滴/min)(图9-1)。

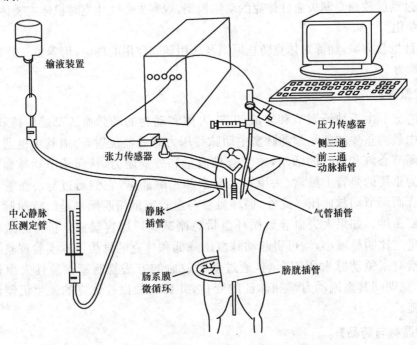

图9-1 家兔失血性休克实验装置示意图

【观察项目】

1. 动脉血压的调节

(1) 启动BL-420E+生物机能实验系统,调整好基准参数。同步描记正常呼吸、动脉血压曲线,观察正常呼吸、动脉血压波形状态。在动脉血压曲线上通常可见三级波形,即一级波、二级波和三级波。

(2) 牵拉颈总动脉:手持左侧颈总动脉远心端的结扎线,向心脏方向有节奏地轻轻牵拉(2~3次/s),持续5~10s,观察动脉血压的变化。

(3) 夹闭颈总动脉:用动脉夹夹闭右侧颈总动脉5~10s,观察动脉血压的变化,随后放开动脉夹,观察动脉血压的变化。

(4) 刺激减压神经:以中等强度电流刺激右侧减压神经10s,观察动脉血压的变化。

（5）刺激迷走神经：结扎并剪断右侧迷走神经，以中等强度电流连续刺激其外周端，观察动脉血压的变化。

（6）静脉注射去甲肾上腺素：耳缘静脉注射 0.01% 去甲肾上腺素溶液 0.3ml，观察动脉血压的变化。

（7）静脉注射肾上腺素：耳缘静脉注射 0.01% 肾上腺素溶液 0.3ml，观察动脉血压的变化。

（8）静脉注射乙酰胆碱：耳缘静脉注射 0.01% 乙酰胆碱溶液 0.3ml，观察动脉血压的变化。

2. 急性失血性休克

（1）记录正常状态下各项生理指标，包括动脉血压（BP）、心率（HP）、脉压（PP）、呼吸（频率和幅度）、中心静脉压（CVP）、尿量、角膜反射（敏感程度）和嘴唇黏膜的颜色等。

（2）左腹部剪毛，在腹直肌旁作一 3～5cm 纵向切口，钝性分离肌肉，打开腹腔，选一段游离程度较大的小肠袢，轻轻拉出，放置于恒温微循环灌流盒内，用 38℃ 0.9% 氯化钠溶液恒温灌流。调整水浴面刚好覆盖肠系膜，置显微镜下观察微循环的血流速度、毛细血管入口和出口的口径。

（3）用 20ml 注射器于颈动脉插管三通管处放血，待动脉血压降至 40mmHg 时，停止放血。放出的血液用小烧杯收集，用于回输。

（4）同（1）和（2）方法，记录各项生理指标、观察微循环的变化。

（5）将收集的血液用适量的 0.9% 氯化钠溶液稀释，通过输液装置以 50～60 滴/min 的速度经颈外静脉回输入家兔体内。待中心静脉压恢复至正常水平时，再同（1）和（2）方法，记录各项生理指标、观察微循环的变化。

【注意事项】

1. 本实验须多次经耳缘静脉注射药物，应尽可能保护耳缘静脉，可先由耳缘静脉尖部注射，若不成功再逐渐向耳缘静脉根部注射。

2. 各种插管应固定牢固，以防脱落。动、静脉插管方向应与血管保持一致，以免刺破血管。

3. 一种药物注射完成后，应用 0.9% 氯化钠溶液冲洗注射器，以免药物残留影响下一项实验的结果。

4. 动脉血压的调节　每一项实验完成后，应待血压恢复并稳定后方可进行下一项实验。

5. 实验操作过程中尽量避免出血，分离血管和神经应小心仔细，动作轻柔。

6. 静脉输液前，应将输液管中的空气和气泡排出，防止栓塞。

【思考题】

1. 动脉血压三级波形产生的机制是什么？

2. 夹闭一侧颈总动脉和夹闭一侧股动脉，对动脉血压的影响有无不同？为什么？

3. 减压神经在血压调节过程中起何作用？剪断减压神经后，刺激其中枢端和外周端对血压的影响有无不同？为什么？

4. 失血性休克的临床表现有哪些？

5. 失血性休克的抢救原则是什么？

（周裔春）

第二节　拟肾上腺素药与抗肾上腺素药对动脉血压的影响

【实验目的】

1. 观察拟肾上腺素药对动物血压的影响。
2. 观察受体阻断剂对激动剂作用的影响。
3. 学习麻醉动物血压实验的装置和方法。

【实验原理】

利用直接测定血压的方法,插入颈总动脉的动脉插管与压力换能器构成抗凝密闭系统,从与压力换能器相连的 BL-420E＋系统可读出血压值。

【实验器材与药品】

哺乳动物常用手术器械、兔手术台、BL-420E＋生物机能实验系统、压力换能器、颈动脉插管、动脉夹、注射器(1、2、5ml 各 1 支)、6 号针头、丝线、纱布;0.01％盐酸肾上腺素溶液、0.01％重酒石酸去甲肾上腺素溶液、0.5％盐酸酚妥拉明溶液、1％肝素氯化钠溶液、20％氨基甲酸乙酯、0.9％氯化钠溶液。

【实验对象】

家兔。

【实验步骤】

1. 麻醉与固定　取兔称重,按 5ml/kg 剂量经耳缘静脉注射 20％氨基甲酸乙酯进行麻醉。仰卧固定于兔台,打开台下的灯以保温。
2. 颈部手术　同第五章第九节方法行颈总动脉插管,并与 BL-420E＋生物机能实验系统 1 通道相连接。

【观察项目】

1. 启动 BL-420E＋生物机能实验系统,调整好基准参数,记录一段正常的动脉血压曲线。
2. 从耳缘静脉插入与注射器相连的头皮静脉注射针头,然后依次由耳缘静脉注射下列药物,待血压恢复原先水平或平稳以后再给下一药物。每次给药后立即推入 0.9％氯化钠溶液 2ml 以将余药冲入静脉内,给药步骤如下。

A 组:观察拟肾上腺素药的作用

(1) 盐酸肾上腺素 0.1ml/kg

(2) 重酒石酸去甲肾上腺素 0.1ml/kg

(3) 异丙肾上腺素 0.05ml/kg

B 组:观察应用 α 受体阻断剂酚妥拉明后对拟肾上腺素药作用的影响

酚妥拉明 0.1ml/kg 缓慢注入,用药 2～3 min 后再给下列药物:

1) 重酒石酸去甲肾上腺素 0.1ml/kg

2) 盐酸肾上腺素 0.1ml/kg

将实验结果记录于表 9-1 中。

表 9-1　注射拟肾上腺素药与抗肾上腺素药后动脉血压的变化

组别	给药步骤	血压(mmHg)			
		基础	最高	最低	变化值
A	(1)盐酸肾上腺素				
	(2)重酒石酸去甲肾上腺素				
	(3)异丙肾上腺素				
B	(1)盐酸酚妥拉明				
	(2)重酒石酸去甲肾上腺素				
	(3)盐酸肾上腺素				

【注意事项】

1. 本实验用家兔进行,因家兔的耐受性较差,可能有些结果不是很典型。

2. 麻醉药不宜超量,且应密切注意实验动物的呼吸情况。

3. 为避免形成血栓,静脉通道在不给药时应连续、缓慢地滴注 0.9％氯化钠溶液。

4. 给药时,拟肾上腺素药要快速注射,而 α 受体阻断药应缓慢注射,并边注射边观察动物能否承受。为使实验能顺利进行,还应注意要先给兴奋心脏及收缩血管的药物,后给抑制心脏及扩张血管的药物。

【思考题】

1. 根据实验结果说明肾上腺素、去甲肾上腺素、异丙肾上腺素对血压作用的特点,并分析其作用机制。

2. 给予 α 受体阻断药后,对各拟肾上腺素药的作用有何影响？为什么？

(吴周环)

第三节　心律失常模型的建立与药物治疗

【实验目的】

1. 了解正常动物的心肌电生理特性。

2. 复制心律失常的动物模型,观察抗心律失常药的治疗作用。

【实验原理】

强心苷中毒时可出现多种类型的心律失常,一般认为其原理是较大剂量的强心苷能抑制心肌细胞膜上 Na^+-K^+-ATP 酶的活性,减少 K^+ 向细胞内的主动转运,使细胞内 K^+ 浓度降低,导致心肌细胞最大舒张电位降低,舒张期自动去极化速度加快,自律性升高而发生心律失常。

氯化钡与 Ca^{2+} 有相似的作用,对蛙心有洋地黄样作用,首先引起心肌收缩力增强,继而引起心律失常,最终导致心脏停搏。给大白鼠注射氯化钡可引起室性期前收缩、心动过速和颤动。其原理一般认为是通过增加浦肯野纤维对 Na^+ 的通透性,促进细胞外 Na^+ 内流,提高舒张期自动去极化的速率,从而诱发心律失常。

利多卡因可抑制浦肯野纤维 Na^+ 的内流并促进 K^+ 的外流,因而降低心肌自律性,对室性心动过速、心律失常有良好的拮抗作用(对强心苷所致的室上性心律失常也有效)。

【实验器材与药品】

手术台、BL-420E＋生物机能实验系统、注射器;0.2％氯化钡溶液、0.5％利多卡因溶液、0.005％毒毛花苷 K、30％水合氯醛溶液。

【实验对象】

大白鼠。

【实验步骤】

取重 300g±50g 的大鼠 3 只,分别编号并称重,腹腔注射 30％水合氯醛 300mg/kg (0.1ml/100g)进行麻醉。麻醉后仰卧固定于手术台上,在前、后肢的皮下各插入一心电图导联并与 BL-420E＋生物信息采集与处理系统相连(红电极-右前肢,黄电极-左前肢,蓝电极-左后肢,黑电极-右后肢),走纸速度调为 25mm/s,描记标准肢体 Ⅱ 导联心电图。由舌下静脉或阴茎背静脉分别注射下列药物:

1 号鼠(对照鼠):0.9％氯化钠溶液 0.1ml/100g,观察并记录心电图 5min。

2 号鼠:缓慢注射 0.005％毒毛花苷 K(速度为 0.25～0.50ml/min),记录心电图,观察有无心动过速、期前收缩、阵发性心动过速、心室颤动等心律失常现象。当发生任何一种心律失常时,从静脉注射 0.5％利多卡因溶液 5mg/kg(0.1ml/100g),观察心电图的变化。

3 号鼠:0.5％利多卡因溶液 5mg/kg(0.1ml/100g),观察心电图的变化,每隔 1min 记录心电图 1 次,持续 5min。然后注射 0.2％氯化钡溶液 2mg/kg(0.1ml/100g),观察心电图的变化。

【注意事项】

1. 氯化钡应临用前配制,静脉注射速度要快。

2. 水合氯醛有时可致心律失常。

【思考题】

1. 强心苷中毒所致的心律失常有哪些类型,宜选用什么药物治疗? 为什么?

2. 利多卡因对哪种心律失常疗效最好? 为什么?

(牛 力)

第四节　呼吸运动的调节与急性呼吸衰竭

【实验目的】

1. 观察吸入气中 PCO_2 升高、血液 pH 改变、切断迷走神经等对家兔呼吸运动的影响,并探讨其机制。

2. 学习家兔急性呼吸衰竭模型的复制方法。观察家兔急性呼吸衰竭时呼吸运动及血气指标的变化并探讨其机制。

【实验原理】

由于各级呼吸中枢的相互配合、调节,在正常情况下呼吸运动能够有节律地进行,并能根据机体代谢的需要而相应地变化,呼吸中枢通过膈神经和肋间神经引起呼吸肌的收缩与舒张而产生呼吸运动。体内外环境条件发生变化时,可直接作用于呼吸中枢或通过刺激相应的感受器而反射性地调节呼吸运动,使呼吸运动能够适应各种环境条件下机体代谢的需要。呼吸衰竭是指由于呼吸功能严重障碍,导致动脉血 PO_2 低于正常,伴有或不伴有动脉血 PCO_2 高于正常的病理过程。肺通气障碍、气体弥散障碍和肺通气/血流比值失调是呼吸衰竭的主要发病机制。本实验采用人工气胸、肺水肿等方法复制急性呼吸衰竭的动物模型,观察急性呼吸衰竭时动物呼吸运动和血气指标的变化,并分析其机制。

【实验器材与药品】

哺乳动物常用手术器械、静脉输液装置、BL-420E＋生物机能实验系统、全自动血气分析仪、兔手术台、电子秤、听诊器、呼吸换能器、三通管 2 个、动脉夹、气管插管、动脉插管、CO_2 气囊、小烧杯、注射器(2、10、20、50ml 各 1 支)、针头(6 号、9 号、16 号);0.9％氯化钠溶液、20％氨基甲酸乙酯、1％肝素氯化钠溶液、3％乳酸溶液、5％$NaHCO_3$溶液、0.1％肾上腺素溶液。

【实验对象】

家兔。

【实验步骤】

1. 麻醉与固定　取兔称重,按 5ml/kg 剂量耳缘静脉注射 20％氨基甲酸乙酯进行麻醉。将兔仰卧固定于兔台。

2. 颈部手术

(1) 颈正中皮肤切口,常规分离气管并行气管插管。将气管插管通过换能器与 BL-420E＋生物机能实验系统 1 通道相连接。

(2) 分离颈部两侧迷走神经,穿线备用。

(3) 按 1ml/kg 剂量由耳缘静脉注射 1％肝素氯化钠溶液,使全身肝素化。

(4) 分离左侧颈总动脉并按第五章第九节方法行颈总动脉插管(颈总动脉插管末端用三通管封闭)。

【观察项目】

1. 启动 BL-420E＋生物机能实验系统,调整好基准参数,描记正常呼吸运动曲线。

2. 血气分析　用注射器抽出动脉插管内的无效液,然后用 2ml 注射器采血 1ml,迅速套上带帽的针头,立即作血气分析,测定血液的 pH、PaO_2、$PaCO_2$ 作为正常对照。

3. 增加吸入气中 $PaCO_2$　将 CO_2 气囊管口与气管插管通气口都放入一烧杯内,烧杯口朝上,打开 CO_2 气囊,使吸入气中 CO_2 的含量明显增加,观察呼吸运动曲线的变化。

4. 增大无效腔　在气管插管通气口处连接一长约 50cm 的橡皮管,观察呼吸运动曲线的变化。

5. 改变血液酸碱度　耳缘静脉注射 3％乳酸溶液 2ml,观察呼吸运动曲线的变化。待呼吸运动曲线恢复正常后,再由耳缘静脉注射 5％$NaHCO_3$溶液 6ml,观察呼吸运动曲线的变化。

6. 剪断迷走神经　先剪断一侧迷走神经,观察呼吸运动曲线的变化。再剪断另一侧迷走神经,观察呼吸运动曲线的变化。

7. 人工气胸　于家兔右胸第 4～5 肋间隙与腋前线交界处插入 16 号针头,造成右侧开放性气胸,观察呼吸运动曲线的变化。气胸持续 10～15min,待呼吸明显改变和口唇黏膜发绀后,采动脉血作血气分析(同上)。再用 50ml 注射器通过针头将胸膜腔内的空气抽尽并拔出针头,约 20min 后家兔呼吸运动可恢复正常。

8. 实验性肺水肿引起的呼吸衰竭

(1) 记录一段正常的呼吸运动曲线,用听诊器听肺部的呼吸音。然后按 100ml/kg 剂量,以 180~200 滴/min 的速度由耳缘静脉快速输入 37℃的 0.9%氯化钠溶液。输完后再将 0.1%肾上腺素溶液(1ml/kg)用 0.9%氯化钠溶液稀释静脉滴注。然后仍以 0.9%氯化钠溶液(10~15 滴/min)维持静脉通路,以便必要时重复给药。

(2) 静脉给药时,要密切观察:①呼吸运动曲线是否变化,呼吸是否困难、急促;②气管插管内是否有粉红色泡沫样液体溢出;③肺部是否出现湿啰音。如肺水肿体征不明显,可重复使用肾上腺素,方法同上,直至出现肺水肿表现。

(3) 当动物出现明显的呼吸急促、气管内有粉红色泡沫样液体溢出、两肺出现湿啰音等肺水肿体征时,立即采动脉血作血气分析(同上)。

采血后,夹闭气管,处死家兔,打开胸腔,在气管分叉处结扎气管以防肺水肿液流出。在结扎处上方切断气管,分离心脏及血管,将肺取出并用滤纸吸干其表面的水分,称肺重,计算肺系数(正常家兔肺系数为 4~5)。肉眼观察肺体积、颜色的改变并切开肺,观察有无泡沫样液体流出。将实验结果记录于表 9-2 中。

$$肺系数=肺重量(g)/体重(kg)$$

表 9-2　急性肺水肿实验结果

观察项目	正常对照	肺水肿
有无呼吸困难		
肺部有无湿啰音		
气管内有无粉红色泡沫样液体溢出		
肺体积、颜色		
肺切面有无泡沫样液体流出		
pH		
PaO_2		
$PaCO_2$		
肺系数		

【注意事项】

1. 每一项实验均应与正常呼吸运动曲线作为对照。

2. 静脉注射乳酸不可外漏,以免动物躁动影响实验结果。

3. 动脉采血作血气分析时,切忌与空气接触,如针管内有气泡立即排除。

4. 复制气胸时针头穿刺胸壁不可过深,以免刺穿肺、心脏或大血管。

5. 取肺称重时不要损伤肺组织,以免肺水肿液流出,影响肺系数的准确性。

【思考题】

1. 解释实验项目 3~7 结果的机制。

2. 气胸对呼吸运动可产生什么影响?

3. 肺水肿导致呼吸衰竭的机制是什么?

(周裔春)

第五节 消化道平滑肌的生理特性及其影响因素

【实验目的】

1. 观察家兔离体小肠平滑肌的一般生理特性。
2. 掌握哺乳动物离体器官灌流的方法。
3. 观察肾上腺素、乙酰胆碱和阿托品等药物对家兔离体小肠平滑肌的作用。

【实验原理】

离体的组织器官置于模拟的内环境中,可在一定的时间内保持其功能,从而为观察其生理学和药理学特性提供了便利的条件。消化道平滑肌具有一定的自动节律性、较大的伸展性,对某些化学物质、温度变化以及机械刺激较为敏感等一般生理特性。肾上腺素通过激动消化道平滑肌上的肾上腺素能受体引起其舒张;乙酰胆碱则通过激动消化道平滑肌上的 M 受体引起消化道平滑肌收缩,在一定范围内,两者呈量效关系。阿托品为 M 受体阻断剂,可阻断乙酰胆碱对 M 受体的激动作用,从而引起消化道平滑肌舒张。

【实验器材与药品】

哺乳动物常用手术器械、恒温平滑肌槽、小烧杯、温度计、BL-420E＋生物机能实验系统、张力换能器、螺旋夹;台氏液、0.01％去甲肾上腺素溶液、0.01％乙酰胆碱溶液、0.01％阿托品溶液、0.1％酚妥拉明溶液、1％氯化钙溶液、1mol/L 盐酸溶液、1mol/L 氢氧化钠溶液。

【实验对象】

家兔。

【实验步骤】

1. 恒温平滑肌槽的准备　将恒温平滑肌槽的水浴槽中加入自来水,在标本管加入台氏液,开启电源加热,将肌槽温度调节为38℃。打开供氧开关,调节微调旋钮使气泡均匀地向上,气泡不能过快以免影响记录。

2. 标本制备　用木槌猛击兔头部使其昏迷。迅速剖开腹部,取下十二指肠及其邻近上段小肠 20～30cm,用温热台氏液清洗肠管内容物,每一实验组取一段长 3～4 cm 的肠管,置于 4～6℃的台氏液中备用。

3. 仪器连接与设置　每组取一段肠管,两端用细线结扎,一端系于通气管的挂钩上,另一端通过张力换能器与BL-420E＋生物机能实验系统 1 通道相连接。启动 BL-420E＋生物机能实验系统,在主界面"实验项目"菜单中点击"消化实验"中的"消化道平滑肌的生理特性"项。根据需要调节参数,观察实验项目。

【观察项目】

1. 自动节律性收缩　描记一段小肠平滑肌的节律性收缩曲线,其基线的高低即代表了平滑肌的紧张性高低,基线升高表示紧张性升高,反之,紧张性降低。

2. 乙酰胆碱对肠管运动的作用　在浴槽标本管中加入 0.01％的乙酰胆碱溶液 1～2 滴,观察肠管张力和运动的变化。随后放掉标本管中的台氏液,加入预先准备好的38℃的新鲜台氏液,重复更换 3 次。待肠管节律性运动恢复到对照水平时,进行下一项实验。

3. 阿托品对肠管运动的作用　在浴槽标本管中加入 0.01％的阿托品溶液 2～4 滴,2min 后,再加入 0.01％乙酰胆碱溶液 1～2 滴,观察肠管张力和收缩的变化,并与项目 2

结果相比较。然后,用与上同样的方法将标本管中的台氏液换掉,待肠管运动恢复稳定后,再进行下一项实验。

4. 去甲肾上腺素对肠管运动的作用　在浴槽标本管中加入 0.01% 的去甲肾上腺素溶液 1~2 滴,观察肠管张力和运动的变化。然后,用与上同样的方法将标本管中的台氏液换掉,待肠管运动恢复稳定后,再进行下一项实验。

5. 酚妥拉明对肠管运动的作用　在浴槽标本管中加入 0.1% 的酚妥拉明溶液 2~4 滴,2min 后,再加入 0.01% 的去甲肾上腺素溶液 1~2 滴,观察肠管张力和收缩的变化,并与项目 4 结果相比较。然后,用与上同样的方法将标本管中的台氏液换掉,待肠管运动恢复稳定后,再进行下一项实验。

6. 氯化钙对肠管运动的作用　在浴槽标本管中加入 1% 的氯化钙溶液 1~2 滴,观察肠管张力的变化。然后,用与上同样的方法将标本管中的台氏液换掉,待肠管运动恢复稳定后,再进行下一项实验。

7. 温度变化对肠管运动的影响　将浴槽标本管中的台氏液换成 25℃ 的台氏液,观察肠管张力和运动的变化;再将台氏液逐渐加温至 38℃,进一步观察其运动的变化。

8. pH 变化对肠管运动的影响　在浴槽标本管中加入 1mol/L 的盐酸 3~4 滴,观察肠管平滑肌的反应。随后再加入 1mol/L 的氢氧化钠 3~4 滴,观察肠管平滑肌运动的变化。

【注意事项】

1. 肠管牵拉不能过紧或过松,且需保持垂直,并不得与浴槽管壁、通气塑料管接触,以免产生摩擦。

2. 浴槽中液体的量以高过肠管为准,并保持液面高度一致。

3. 每项实验结束后,必须立即更换浴槽内的台氏液至少 3 次,待肠管活动恢复稳定后,再进行下一项实验。

4. 按上述剂量滴加药物,若效果不明显,可适当补加药物。但不可一次增加过多,以免引起不可逆转反应。

5. 水浴装置的温度须保持在 38℃,以免影响平滑肌的收缩功能以及对药物的反应。

【思考题】

1. 哺乳动物离体平滑肌保持正常收缩活动需要具备哪些灌流条件?

2. 分析以上各项因素对小肠平滑肌活动影响的机制。

3. 平滑肌的收缩机制是什么?

(周裔春)

第六节　影响尿生成的因素和药物对尿生成的影响

【实验目的】

1. 熟悉哺乳动物腹部手术的操作,学习膀胱插管记录尿量的方法。

2. 通过观察利尿药对家兔尿生成的影响,加深对肾生理、利尿药的作用机制以及调节机制的理解。

【实验原理】

肾生成尿的过程包括肾小球的滤过、肾小管和集合管的重吸收和分泌 3 个环节,凡能影响其中任一环节的因素都能影响尿的生成。各种利尿药通过作用于不同的环节而影响尿的生成,使尿量和尿的成分发生变化。

【实验对象】

家兔。

【实验器材与药品】

哺乳动物常用手术器械、静脉输液装置、BL-420E＋生物机能实验系统、记滴器、压力换能器、酒精灯、试管、试管夹、兔台、三通管、动脉夹、气管插管、动脉插管、膀胱插管、注射器(1、10ml 各 1 支)、纱布、棉线;20％氨基甲酸乙酯溶液、0.9％氯化钠溶液、0.01％去甲肾上腺素溶液、20％葡萄糖溶液、1％肝素溶液、0.1％呋塞米溶液、班氏试剂。

【实验步骤】

1. 麻醉与固定　取兔称重,按 5ml/kg 剂量耳缘静脉注射 20％氨基甲酸乙酯溶液进行麻醉。仰卧固定于兔台,颈、腹部剪毛备用。

2. 颈部手术

(1) 颈正中皮肤切口,常规分离气管并行气管插管术。

(2) 分离右侧迷走神经和左侧颈总动脉,并行左颈总动脉插管,记录动脉血压,方法同本章第一节。

(3) 耳缘静脉缓慢滴注 0.9％氯化钠溶液(10～20 滴/min),维持动物正常生理状态,并建立给药通道。

3. 腹部手术　下腹部耻骨联合上作长 3～5cm 的正中切口,找到膀胱并行膀胱插管。将膀胱插管连接记滴器,使引出的尿液滴在记滴器的接触点上,将记滴器连至 BL-420E＋生物机能实验系统以记录尿量。尿量记录也可以不使用记滴器,而直接数每分钟尿滴数(滴/min)。手术操作结束后,用 38℃ 0.9％氯化钠溶液纱布覆盖腹部切口。

【观察项目】

1. 待家兔尿量稳定后,记录一段正常血压曲线和 1min 的尿量,作为正常对照。

2. 耳缘静脉快速注射 38℃ 0.9％氯化钠溶液 20ml,观察动脉血压和尿量的变化,用试管取少量尿液进行尿糖定性实验。

3. 耳缘静脉注射 0.01％去甲肾上腺素溶液 0.5ml,观察动脉血压和尿量的变化。

4. 耳缘静脉注射 20％葡萄糖溶液 10ml,记录尿量。待尿量明显变化后取少量尿液进行尿糖定性实验。

5. 结扎右侧迷走神经,用中等强度的电流连续刺激其外周端,使动脉血压下降至 50mmHg 左右,观察尿量的变化。

6. 静脉注射 0.1％呋塞米溶液(2ml/kg),观察血压和尿量的变化。

7. 静脉注射神经垂体素 2U,观察血压和尿量的变化。

8. 左颈总动脉放血,使血压迅速下降到 50mmHg 左右,观察尿量的变化。再将血液经抗凝处理后迅速输回体内,观察血压和尿量的变化。

【注意事项】

1. 各种插管应固定牢固,以防脱落。

2. 实验前给家兔多食青菜和饮水,以保证基础尿量。

3. 每项实验应在前一实验的效应基本消失、血压和尿量基本稳定后,再进行下一项实验,以排除前面因素的影响。

4. 手术操作应轻柔,避免产生损伤性尿闭,保持输尿管的畅通。

【思考题】

1. 20％葡萄糖溶液和呋塞米的利尿机制各是什么?

2. 大量饮水和静脉快速注射0.9％氯化钠溶液引起尿量增加,机制有何不同?

3. 神经垂体素对肾尿生成的影响机制是什么?

(周裔春)

第十章 疾病动物模型的复制

第一节 心肌缺血-再灌注损伤模型

【实验目的】

1. 学习大鼠心肌缺血-再灌注损伤模型的复制方法。

2. 观察心肌缺血-再灌注损伤时心功能指标的变化及心律失常的表现。

【实验原理】

心肌缺血可导致心肌损伤,心肌缺血一定时间后再供给血液反而加重心肌的损伤,称为心肌缺血-再灌注损伤。本实验通过对大鼠行左冠状动脉前降支(LAD)结扎术和松解术,导致由 LAD 供血的左侧心室肌区域发生明显的缺血-再灌注损伤。手术方法为结扎冠状动脉左前降支,从主动脉根部逆向灌注大鼠的心脏,灌注液经冠状静脉从右心房流出,收集流出的灌流量,记录心电图、心率及其他参数。

【实验器材与药品】

BL-420E+生物机能实验系统、乳胶管、心电图机、压力换能器、动物人工呼吸机、小动物手术台、电烧灼器及其配件、常规手术器 1 套、注射器、心导管、气管插管、主动脉插管、充气硅胶管、小动脉夹、纱布、手术线;3%戊巴比妥钠溶液、0.9%肝素氯化钠溶液。

【实验对象】

雄性体重 250~300g 大鼠。

【实验步骤】

1. 取大鼠 1 只,腹腔注射 3%戊巴比妥钠 1ml/kg 麻醉,仰位固定于手术台上。

2. 连接心电图机,选用标准肢体导联。按红-右前肢、黄-左前肢、黑-右后肢的规则,将导联线上的针形电极刺入动物四肢皮下,对大鼠进行心电图检测,作为缺血前对照。

3. 去除大鼠颈部手术部位的被毛,做一长约 2.5cm 的颈前正中切口,分离气管,行气管插管,接人工呼吸机行人工呼吸。

4. 分离右颈总动脉,结扎远心端,再做插管,插入直径为 0.5~0.8mm 的充满肝素氯化钠溶液的聚乙烯左心室导管,然后将导管缓缓插入左心室,双重结扎固定。导管另一端通过压力换能器与 BL-420E+生物机能实验系统 CH1 通道相连,以记录心功能指标。

5. 在胸骨左侧约 0.5cm 处用电烧灼器从第 3~5 肋纵行切开皮肤与肌层,开胸后接通人工呼吸机,做正压人工通气,吸入室内空气,潮气量为 5~6ml,频率为 60~70 次/min。

6. 充分暴露心脏及其表面的血管,剪开心包膜,在左心耳根部下方 2mm 处进针,用线从左冠状动脉的左侧进针,穿过左冠状动脉下方的心肌表层后在肺动脉圆锥旁出针,再将心脏放回原位,稳定后记录正常心电图及心功能指标。

7. 结扎冠状动脉,结扎之前在预结扎的冠状动脉处放置一根充气的硅胶管,利用硅胶管的弹性压迫让冠状动脉闭塞 5min,在此期间每分钟记录一次心电图和心功能指标。

8. 在结扎左冠状动脉 5min 后松开结扎线解除闭塞,恢复灌流 10min,动态记录恢复灌流后心电图及心功能指标(解除结扎后 0、10、20、30、60s 及 2、4、6、8、10min)。

9. 观察心肌缺血-再灌注损伤时心功能指标的变化及心律失常的表现。

【注意事项】

1. 动物不宜麻醉过深,否则易导致呼吸抑制死亡。

2. 针形电极一定要扎在大鼠四肢皮下,不可刺入肌肉内,否则对心电图干扰较大。

3. 冠状动脉结扎部位要准确。

4. 严格控制缺血时间,过长或过短不易诱发再灌注性心律失常。

【思考题】

1. 心肌缺血-再灌注损伤心功能常出现哪些异常变化?

2. 心肌缺血-再灌注损伤的可能机制有哪些?

3. 对心肌缺血-再灌注损伤有哪些预防治疗措施?

(秦仲君)

第二节　肝硬化模型

【实验目的】

利用大鼠复制肝硬化模型,并观察肝硬化的病理变化。

【实验原理】

由于炎症、中毒、药物等因素,使肝受到长期、反复而广泛的损伤时,可引起肝细胞变性、坏死,继而引起肝细胞再生和纤维组织增生,使肝组织结构破坏、质地变硬,发生肝硬化。本实验采用皮下注射 CCl_4 和饮用食用白酒的方法,诱导雄性大鼠发生肝硬化并观察肝硬化的病理变化。

【实验器材与药品】

99.5%四氯化碳(CCl_4)、菜籽油、0.35%苯巴比妥钠溶液、55°食用白酒、常规手术器 1 套、注射器。

【实验对象】

雄性大鼠,体重约 200g。

【实验步骤】

1. 将 99.5% CCl_4 与菜籽油分别按 1:1、3:2 的比例配制成 50% 和 60% 的 CCl_4 中性菜籽油溶液;将 55°食用白酒与蒸馏水分别按 11:9、11:7、11:5 的比例配制成 10%、20% 和 30% 的乙醇溶液。

2. 取雄性大鼠 1 只,以 0.35%苯巴比妥钠溶液代替饮用水 2 周。随后双下肢皮下交替注射 50% CCl_4 中性菜籽油溶液 0.5ml/100g,每周 2 次,持续 4 周。第 5 周开始改为用 60% CCl_4 中性菜籽油溶液,按 0.5ml/100g 双下肢皮下交替注射,持续 5 周。同时在第 1、2 周以 10%乙醇溶液为其惟一饮用水,第 3、4 周改为 20%乙醇溶液,第 5 周开始至实验结束以

30%乙醇溶液为其惟一饮用水。诱导肝硬化模型时间共计 9 周。

3. 在诱导肝硬化模型期间观察动物对外界的反应情况。

4. 开腹后切取肝，观察其大体变化，并切片镜下观察其病理变化，包括肝细胞坏死情况、炎性细胞浸润、纤维间隔及假小叶的形成等病理变化特点。

【注意事项】

1. 本实验大鼠饮用的是食用白酒，若用医用 75%乙醇溶液会引起大鼠拒饮而且会导致大鼠的死亡。

2. 在诱导前以 0.35%苯巴比妥钠溶液代替饮用水 2 周，增加肝细胞对 CCl_4 的敏感性，可促进大鼠产生持久的肝硬化。

【思考题】

1. 饮用苯巴比妥钠溶液为什么能促进大鼠产生持久的肝硬化？

2. 肝硬化的发病机制是什么？

（秦仲君）

第三节　肾性高血压模型

【实验目的】

学习大鼠肾性高血压模型复制的方法。

【实验原理】

高血压主要由外周血管阻力增大引起。动物高血压模型的复制主要有神经源型、肾型和内分泌型高血压模型，其中肾型高血压模型应用较多。本实验通过结扎肾动脉，使肾动脉狭窄，肾小球滤过率减小，引起球旁器分泌肾素增多，激活肾素-血管紧张素-醛固酮系统，使阻力血管收缩、血管阻力增大，同时肾钠、水重吸收增加，尿量减少，体液容量增加，导致血压升高，复制肾性高血压模型。

【实验器材与药品】

显微镜、2.5 倍手术放大镜、多功能大鼠尾动脉血压测量仪、常规手术器械 1 套、注射器、棉棒；20%氨基甲酸乙酯溶液、0.9%氯化钠溶液、2%氯化钠溶液。

【实验对象】

大鼠，体重 200g 以上。

【实验步骤】

1. 取大鼠 1 只，腹腔注射 20%氨基甲酸乙酯 5ml/kg 麻醉，背部去毛。

2. 常规消毒，于一侧背肋缘下作长 1.5～2.0cm 的皮肤纵形切口，剪开皮下及肌肉进入腹腔，用拇指置于鼠背、示指和中指于鼠腹触摸到肾后，用示指或中指将肾推出切口，用 0.9%氯化钠溶液湿棉棒将肾周围的大网膜和其他组织推回腹腔，暴露肾。

3. 在 2.5 倍放大镜下可见肾动脉后支位于肾静脉的后上方，用湿棉棒轻压肾的中外侧使肾稍向外旋，用镊子或湿棉棒于内侧切口处轻压肾蒂，肾动脉后支因张力关系而自动与静脉分开，两者之间出现小间隙，利用此间隙通过丝线结扎动脉后支，回纳肾，分层间断缝合肌层和皮肤。

4. 用同样方法做对侧肾动脉后支结扎。

5. 手术 1 周后，用 2‰氯化钠溶液替代饮水喂养 3 个月。

6. 用多功能大鼠尾动脉血压测量仪测量 3 个月时大鼠的血压。

【注意事项】

直接分离肾动脉后支极易损伤肾静脉造成出血，此时应用湿棉棒轻压，用镊子或湿棉棒于内侧切口处轻压肾蒂，使出现小间隙，再做结扎。

【思考题】

1. 肾性高血压的产生机制是什么？

2. 大鼠出现高血压有哪些异常表现？

（秦仲君）

第四节　糖尿病模型

【实验目的】

学习大鼠糖尿病模型的制作方法，了解糖尿病的发病机制。

【实验原理】

糖尿病可分为 1 型糖尿病即胰岛素依赖型和 2 型糖尿病即非胰岛素依赖型两大类。1 型糖尿病是由于胰岛 B 细胞分泌胰岛素不足而引起，其治疗对胰岛素敏感，2 型糖尿病是由于机体对胰岛素不敏感而引起。四氧嘧啶（ALX）通过产生超氧自由基而破坏胰岛 B 细胞，使胰岛素分泌减少，可用来复制 1 型糖尿病模型。若大鼠高脂脂肪乳灌胃并结合 ALX 注射即可复制 2 型糖尿病模型。

【实验器材与药品】

血糖仪、注射器、四氧嘧啶（ALX）、0.9‰氯化钠溶液、猪油、甲硫氧嘧啶、胆固醇、谷氨酸钠、蔗糖、果糖、吐温、丙二醇、胰岛素。

【实验对象】

8 周鼠龄雌性大鼠，体重 200～250g。

【实验步骤】

1. 1 型大鼠糖尿病模型　　以 ALX 为诱导剂，注射前以 0.9‰氯化钠溶液配制为 10‰浓度的溶液，按 200mg/kg 体重的剂量一次性注射入大鼠腹腔。腹腔给药前 12h 禁食，给药后自由取食。24h 后及 1 周后血糖值≥16.5mmol/L，尿糖≥＋＋＋为造模成功。此后每日测尿糖，每周测体重及尾静脉穿刺测血。

2. 2 型大鼠糖尿病模型

（1）制备脂肪乳：猪油 20g、甲硫氧嘧啶 1g、胆固醇 5g、谷氨酸钠 1g、蔗糖 5g、果糖 5g、吐温 20ml、丙二醇 30ml，加水定容至 100ml，配成脂乳。

（2）高脂脂肪乳灌胃，共 10 日。

（3）第 1 日，将灌胃脂肪乳 10 日的大鼠，禁食不禁水 12h 后，腹腔注射 ALX 120mg/kg，

15min 后腹腔注射胰岛素 0.4U,并分别于给 ALX 后 2.5h 和 5.0h 灌胃给 25％葡萄糖溶液 10ml/kg。

（4）第 2 日,同上大鼠禁食不禁水 12h 后腹腔注射 ALX 100mg/kg,15min 后腹腔注射胰岛素 0.4U,并分别于给 ALX 后 2.5h 和 5.0h 灌胃给 25％葡萄糖溶液 10ml/kg。

（5）采用葡萄糖氧化酶法测末次给药后 72h 的空腹血糖值,以空腹血糖≥16.7mmol/L 作为糖尿病大鼠。

【注意事项】

1. 用于制备糖尿病的大鼠体重不可过低,否则不易成模。

2. ALX 一次腹腔注射的剂量不能过高,否则导致大鼠死亡。

3. ALX 不稳定,应临用时配制。

【思考题】

1. 1 型和 2 型大鼠糖尿病的发病机制各是什么?

2. 1 型和 2 型大鼠糖尿病的异常表现有哪些?

（秦仲君）

第五节　急性心肌梗死模型

【实验目的】

学习大鼠急性心肌梗死模型的复制方法;观察急性心肌梗死心电图的变化。

【实验原理】

心肌梗死是指冠状动脉病变引起严重而持久的心肌缺血与部分心肌坏死。临床常表现为胸痛、急性循环功能障碍、心电图出现缺血、损伤和坏死的系列特征性改变,以及血清特异性酶浓度的序列变化。心肌梗死发生率高,患者死亡率高,是危害人类生命健康的常见疾病,对其防治非常重要。本实验通过结扎左冠状动脉前降支复制大鼠急性心肌梗死模型,以对心肌缺血和心肌梗死的预防和治疗进行研究。

【实验器材与药品】

手术台、BL-420E＋生物机能实验系统、动物呼吸机、心电图肢体导联引导电极、哺乳动物手术器械、缝合针、缝合线、注射器;20％氨基甲酸乙酯。

【实验对象】

大鼠,体重 250～300g。

【实验步骤】

1. 术前准备　大鼠经腹腔注射 20％氨基甲酸乙酯 5ml/kg 麻醉,仰卧位固定于手术台上,连接 BL-420E＋生物机能实验系统,肢体导联监测心电,记录标准Ⅱ导联心电图各 1min。

2. 气管插管　颈部正中皮肤切口,暴露气管,行气管插管并与呼吸肌相连,潮气量为 5～6ml,呼吸频率为 60～70 次/min。

3. 胸部手术

（1）左侧胸部皮肤去毛,碘伏消毒。

（2）沿胸骨左缘心脏搏动处纵向剪开皮肤约 2cm，用止血钳逐层游离皮下组织、肌肉，暴露左第 2～4 肋，可清晰看到心脏搏动的暗影。

（3）用弯头止血钳迅速沿胸骨左缘 3、4 肋间隙插入胸腔分开肋骨，使心脏弹出胸腔，充分暴露心脏及其表面的血管。

（4）用医用缝合线在左冠状动脉前降支挂线，然后迅速将心脏送回胸腔，医用缝合线的两端留置体外备用。

4. 观察心电图指标　用长嘴止血钳将胸部皮肤和肌肉以及心脏挂线夹紧，防止气胸发生，观察心电图变化。

5. 心肌梗死动物模型复制成功的标志　造模后，心电图表现为 ST 段抬高和（或）T 波高耸或者倒置呈弓背向上单向曲线为心肌缺血标志。如心电图改变不明显，可稍松开止血钳，拉紧一端线头，直至明显看到心电图改变。

【注意事项】

1. 注意控制麻醉深度，避免动物因呼吸抑制而死亡。
2. 电极不可置入大鼠肌肉内，以免对心电图造成干扰。

【思考题】

论述心肌缺血和心肌梗死的发病机制及对机体的影响。

（牛　力）

第十一章　机能学开放性实验

一、机能学开放性实验的教学目的

1. 培养学生综合运用基础知识和基本技能解决科学问题的能力。
2. 转变传统的验证性实验教学模式,为探索性、综合性、研究性实验教学提供教学平台。
3. 培养学生的创造、创新、创业精神,培养厚基础、宽口径、高素质、强能力的复合型人才。

二、机能学开放性实验的实施模式

(一) 管理制度

机能学开放性实验不是对学生放任不管,由于开放性实验的实验时间、实验地点及实验内容等的灵活性和多样性,使得开放性实验的实施更需要学校相关方面的积极配合,因此需制定开放性实验的相关制度来保证实验的完成。一般来说,制度主要包括以下内容。

1. 时间开放　可采用规定时间内自由开放与管理相结合的模式。在完成正常教学、科研工作的同时,实验室全天候开放,尤其保证课余、周末及寒暑假时间的开放,给学生提供更大的选择空间。学生可根据自己的实验方案到实验室预约登记,自主选择实验时间,在预约时间内自由安排实验时间,自主调整实验进度。实验室开放期间安排教学人员值班,及时指导、处理实验过程中出现的各种问题。

2. 空间开放　开放实验室给学生提供独立的活动空间,即实验地点开放。

3. 仪器设备开放　实验室所有仪器、设备都可供学生选用,但对大型精密仪器设备的使用要预约登记,必要时需要在教辅人员指导下,进行标准操作规程的训练。一般使用是无偿的。

4. 其他相关制度　如登记预约制度;值班制;安全、清洁卫生管理制度;低值易耗品的借用制度;实验动物领用制度;常规药品和剧毒药品的保管及领用制度;仪器设备标准操作规程及管理;动物尸体处理、污物处理及教师的工作量计算等管理制度。

(二) 教学体系平台建设

建立开放性实验教学信息管理系统对保证开放性实验的完成起着事半功倍的作用。一般教学信息管理系统平台的建设主要包括以下几方面的内容。

1. 基本信息库　主要包括课程信息和教师信息,如课程号、课程名称、课程简介、课程要求及课程属性等,教师编号、姓名、所属院系、职称、学位、专业信息等。

2. 实验项目管理　开放性实验教学软件中,将所开放的实验项目按实验序号、名称、实验地点、实验学时、每组人数仪器数等项目列出,有学期要求的还应将每学期所能开放的实验项目分学期列出,以实现对实验项目的管理。在选课系统中应提供每学期所开放的实验项目的开放时间,应有预约情况统计项。点击"预约情况统计",可查看本课程每个具体实验和具体时间的预约人数,以便实验教师提前掌握授课学生情况和实验技术人员做好实验前的准备工作。

管理系统中还应有学生成绩管理,还可开设大量的仿真、虚拟实验、网上师生互动等网络助学项目。

(三) 组织实施

机能学开放性实验工作应在实验中心的统一管理下具体实施。

1. 开放性实验项目确定　实验中心下发申报开放性实验室的通知,各实验室申报、院系确认。实验中心审查、批准开放性实验室及实验项目,并向全校公布。对各种开放性实验项目如基本技能训练、设计性实验等应安排好指导老师。

2. 预约　学生报名咨询和预约,填写申请表。

3. 落实各开放性实验项目实施计划　机能实验室根据学生的预约内容和实验室自身师资、实验设备、实验场所等具体情况拟定实验授课计划。

4. 开放性实验实施　各开放性实验室根据要求安排开放性实验工作。学生按预约进实验室,进行实验活动,注意应明确责任,防止浪费与人员损伤,杜绝危险事故的发生。

5. 考核　各相关主要负责人直接负责各开放性实验项目的具体工作,对开展的实验进行相应的考核。

6. 学期末各开放性实验室将开放性实验工作材料汇总,交学校审核备案。

三、机能学开放性实验开放的实验内容

1. 基础医学综合技能训练　机能学实验技能往往需要反复多次练习,学生可利用开放性实验室进行练习。

2. 课前预习和课后复习　在机能学实验室开放时间内,学生可随时到实验室预习和复习实验内容。

3. 实验课内延伸　实验课超过计划课时后,学生需要继续处理数据、观察切片标本、利用剩余实验材料练习等,实验室应开放,并安排人员管理指导。

4. 设计性、研究创新性实验　课程内的设计性、研究创新性实验,学生需利用课外时间进行研究活动,应进行预约登记,实验时间不限。实验室全天候开放,并做好各种准备工作,安排人员进行管理。学生在进入开放实验室前,必须阅读与实验内容有关的参考文献资料,准备好实验实施方案,做好有关实验的准备工作,经指导教师认可后方可进行实验。

5. 科研活动　课外科技活动包括学科竞赛、科研训练、自主实验技术创新与实验竞赛、课程内设计性、研究创新性实验延伸等。

6. 面向社会及非医药专业学生开放　对非医药专业学生和社会各界进行相关服务。

7. 其他　如教研活动开放、科研活动开放、向研究生开放等。

四、机能学开放性实验举例

现以我校药理学设计性实验为例,其具体实施步骤如下。

1. 实验设计专题讲座,并提供选题指南　介绍选题的重要性、文献检索方法、实验设计的基本要素和基本原则、结合实例介绍实验设计的步骤和内容,根据实际情况向学生提供选题指南。学生分头查阅有关资料进行具体选题。

2. 选定实验题目　选题遵循以下几个设计原则：创新性原则，科学性原则，可行性原则，精确性原则和简约性原则。学生通过咨询、讨论、查阅文献等方式，确定选题。

3. 试验设计　按照药理学实验设计的要求，在老师的指导下完成设计。实验设计内容包括：题目、立题依据、研究内容、实验方案与技术路线、创新性与可行性分析、实验进展、预期结果和经费预算等。

4. 开题报告　完成选题和实验设计，经指导老师审阅修改后，组织老师和同学进行开题报告，对开放性试验项目进行质疑、评议、找问题，提建议。包括对设计性实验目的是否明确，方案原理正确与否，论证是否充分，设计方案中能否结合学过的知识，结合已掌握的实验技术和方法，设计思路是否新颖，是否有独到见解，设计方案是否可行等内容。

5. 实验准备　学生应根据实验方案准备实验需要的动物、药品、试剂、器材等，应与实验中心相关人员取得联系，主动准备各种实验器材。

6. 实验操作　主要包括调整所用的仪器、设备，动物捉拿、固定、麻醉及手术过程，给药，实验结果的测定、记录和处理等。对实验结果不稳定的应进行反复实验，对实验过程中碰到的问题应探索解决。

7. 实验总结　实验完成后进行实验总结并撰写设计性实验报告，有的可以进一步总结成论文发表。机能学设计性实验报告的内容和形式如下。

（1）封面内容：主要包括以下内容：实验题目、负责人、联系电话、电子邮箱、填写日期。

（2）人员组成及分工：要明确写明人员主要负责的内容。每个小组可由 5～6 个人组成，成绩可根据小组的排名顺序得不同分：如第 1 名 100％；第 2 名 95％；第 3 名 90％；第 4 名 85％等。

（3）实验开题报告：学生应根据开题报告会中师生共同讨论的结果对实验目的及原理、实验对象、器材与药品、实验方法与步骤、预期结果、问题及对策作详细叙述。

（4）实验结果：根据实验方案完成实验，记录实验结果，包括实验中遇到的问题及解决的办法。结果可以是数据，也可以用文字表示，可以是图，也可以用表格表达，严禁滥造数据和结果。

（5）分析与讨论：应针对结果进行分析和讨论，机能学实验强调结果的准确性，但也不过分看重结果，重要的是分析结果产生的原因，讨论结果对进一步实验的意义等。

（6）结论：结合实验结果和讨论分析下结论。结论要简单扼要，观点明确。概括出的结论要符合研究结果的实际。

（7）参考文献：对实验报告中引用到的观点和实验方法应有明确的出处，用参考文献表示，附在实验报告后面。

（8）致谢：在实验报告中对帮助完成实验的人或单位应致谢。

（黄爱君）

第十二章 病案讨论

病案讨论(一)

【病史】

患儿,男,15个月,因腹泻、呕吐4日入院。发病以来,每天腹泻6～8次,水样便,呕吐4次,不能进食,每日补5%葡萄糖溶液1000ml,尿量减少,腹胀。

【体检】

精神委靡,体温37.5℃(肛)(正常36.5～37.7℃),脉搏速弱,150次/min,呼吸浅快,55次/min,血压86/50mmHg(11.5/6.67kPa),皮肤弹性减退,两眼凹陷,前囟下陷,腹胀,肠鸣音减弱,腹壁反射消失,膝反射迟钝,四肢凉。

【化验】

血清Na^+125mmol/L,血清K^+3.2mmol/L。

【思考题】

试分析该患儿发生了何种水、电解质代谢紊乱?为什么?

【参考答案】

1. 低渗性脱水

(1)病史:呕吐、腹泻、不能进食,4日后才入院,大量失液、只补水,因此从等渗性脱水转变为低渗性脱水。

(2)体检:皮肤弹性减退、两眼凹陷、前囟下陷,为脱水貌的表现。

(3)实验室检查:血清Na^+125mmol/L。

2. 低钾血症

(1)病史:呕吐、腹泻、不能进食,钾摄入不足、消化道丢失钾(小儿失钾的主要途径是胃肠道);补葡萄糖使细胞外钾转移到细胞内。

(2)体检:精神委靡、腹胀、肠鸣音减弱、腹壁反射消失、膝反射迟钝-神经肌肉兴奋性降低的表现。

(3)化验:血清K^+3.2mmol/L($<$3.5mmol/L)。

病案讨论(二)

【病史】

患儿,男,2岁,腹泻2日,每天6～7次,水样便,呕吐3次,呕吐物为所食牛奶,不能进食。伴有口渴、尿少、腹胀。

【体检】

精神委靡,体温37℃,血压86/50mmHg(11.5/6.67kPa),皮肤弹性减退,两眼凹陷,前囟下陷,心跳快而弱,肺无异常,腹胀,肠鸣音减弱,腹壁反射消失,膝反射迟钝,四肢发凉。

【化验】

血清 K^+ 3.3mmol/L,Na^+ 140mmol/L。

【思考题】

试分析该患儿发生何种水、电解质紊乱? 依据是什么?

【参考答案】

1. 等渗性脱水 病史腹泻、呕吐;口渴、少尿;外周循环衰竭表现:心跳快弱、血压下降;脱水征:皮肤弹性下降、两眼凹陷、前囟下陷;中枢神经系统功能失常:精神委靡;脱水热;Na^+ 140mmol/L。

2. 低钾血症 病史腹泻、呕吐;神经肌肉兴奋性降低:腹胀、肠鸣音减弱、腹壁反射消失、膝反射迟钝;血清 K^+ 3.3mmol/L。

病案讨论(三)

【病史】

患者,女,37 岁,患糖尿病半年,近 3 日食欲减退,呕吐频繁,精神委靡不振,乏力。现出现神志不清急诊入院。

【体检】

浅昏迷、呼吸深大,血压 80/64mmHg(10.7/8.53kPa),腱反射减弱。

【化验】

尿常规:蛋白(+),糖(+++),酮体(+)。

入院后注射胰岛素 72U,并输入 0.9%氯化钠溶液及乳酸钠,患者神志逐渐清醒,但有烦躁不安,并出现心律不齐。查血 K^+ 2.0mmol/L,Na^+ 141mmol/L。

【思考题】

试分析患者主要发生了哪种水、电解质代谢紊乱? 为什么?

【参考答案】

患者主要发生了低钾血症。

1. 病史 患糖尿病半年,近 3 日食欲减退,呕吐频繁,精神委靡不振,乏力。入院后注射胰岛素 72U,并输入 0.9%氯化钠溶液及乳酸钠。呕吐导致消化道失钾,应用胰岛素导致细胞外钾移向细胞内。

2. 体检 浅昏迷、腱反射减弱,心电图出现 T 波低平,频繁室性期前收缩,均为低钾血症的表现。

3. 化验 血 K^+ 2.0mmol/L 为最直接的证据。

病案讨论(四)

【病史】

患者,男,65 岁。风湿性心脏病史 20 年。近日感冒后出现胸闷、气促、夜间不能平卧,腹胀,双下肢水肿。

【体检】

颈静脉怒张,肝颈静脉回流征阳性,双肺可闻及湿啰音,心界向两侧扩大,心音低钝,心尖部可闻及Ⅲ级舒张期隆隆样杂音。肝大,肋下3指。

【思考题】

1. 患者发生了什么病理过程?请用病理生理学知识解释其临床表现。
2. 试述该患者的发病原因及机制。

【参考答案】

1. 发生了右心衰竭 体循环淤血致颈静脉怒张、肝颈静脉回流征阳性、肝淤血肿大。心性水肿致腹胀、双下肢水肿。

2. 风湿性心瓣膜病——二尖瓣狭窄所致 二尖瓣狭窄时,舒张期左心房血液不能有效流入左心室,因此左心房代偿性肥大,血液在加压情况下快速通过狭窄的瓣膜口,产生湍流和震动,出现舒张期隆隆样杂音。失代偿后,左心房内血液淤积,内压增高,肺静脉回流受阻致肺淤血、肺水肿。继而出现肺动脉收缩致肺动脉高压,右心代偿性肥大,失代偿后出现右心室扩张,三尖瓣相对关闭不全,最终右心衰竭,出现体循环淤血。

病案讨论(五)

【病史】

患者,男,33岁,特发性肺间质纤维化,因气短入院。

【体检】

体温36.5℃,心率104次/min,呼吸60次/min。呼吸急促,发绀,两肺底有细湿啰音。肺活量1000ml(正常成年男性3500ml)。

【血气分析】

PaO_2 58mmHg(7.7kPa),$PaCO_2$ 32.5mmHg(4.3kPa)(正常40mmHg,5.3kPa),pH 7.49(正常7.35~7.45)。

【思考题】

1. 该患者发生了哪种呼吸衰竭,机制如何?
2. 患者为什么发生呼吸困难?
3. 该患者发生了哪种类型的酸碱平衡紊乱?

【参考答案】

1. 该患者发生了Ⅰ型呼吸衰竭(因呼吸加快),主要机制是部分肺泡限制性通气不足,弥散障碍和通气/血流比例失调。

2. 肺顺应性降低,牵张感受器或肺泡毛细血管旁感受器受刺激而反射性引起呼吸运动变浅、变快。

3. 呼吸性碱中毒。

病案讨论（六）

【病史】

患者,女,30 岁,患慢性肾小球肾炎 8 年。近年来,尿量增多,夜间尤甚。本次因妊娠反应严重,呕吐频繁,进食困难而急诊入院。

【化验】

血 K^+ 3.6mmol/L,HCO_3^- 26.3mmol/L,Na^+ 142mmol/L,Cl^- 96.5mmol/L。内生性肌酐消除率为正常值的 24%,pH 7.39,$PaCO_2$ 43.8mmHg(5.9kPa)。

【思考题】

试分析该患者有无肾衰竭、酸碱平衡和钾代谢紊乱? 依据是什么?

【参考答案】

1. 该患者有肾衰竭　根据其有长期慢性肾炎病史,近年又出现多尿和夜尿等慢性肾衰竭的临床表现,尤其患者的内生肌酐消除率仅为正常值的 24%(慢性肾衰竭发展阶段),可见已发生肾衰竭。

2. 该患者发生混合型酸碱平衡紊乱　从表面上看,其 pH 在正常范围,似乎没有酸碱平衡紊乱。但根据其有慢性肾炎病史,已发生肾衰竭,可导致体内有机酸的排泄减少而发生代谢性酸中毒。该患者 $AG = [Na^+] - ([HCO_3^-] + [Cl^-]) = 142 - (26.3 + 96.5) = 17.2$mmol/L[AG 正常值(12±2)mmol/L],提示发生了 AG 增大型代谢性酸中毒。该患者又有呕吐病史,加之有 $PaCO_2$ 的继发性升高,可考虑有代谢性碱中毒。由于这 2 种酸碱平衡紊乱使其 pH 变化的趋势相反,互相抵消,故 pH 处在正常范围,但确时发生了混合型酸碱平衡紊乱。

3. 该患者发生钾代谢紊乱(缺钾)　粗看该患者似乎没有钾代谢紊乱,因为血清 K^+ 3.6mmol/L 在正常值范围内。但是,患者进食困难导致钾的摄入减少,频繁呕吐又导致钾的丢失过多,碱中毒又可加重低钾血症的发生。之所以血钾浓度降低不明显,是由于同时发生的酸中毒造成的假象。

病案讨论（七）

【病史】

患者,女,入院后实验室检查各血氧指标为:PaO_2 97mmHg(13kPa),PvO_2 60mmHg(8kPa),血氧容量 108ml/L,动脉血氧饱和度 97%,动静脉血氧含量差为 28ml/L。

【思考题】

试分析此患者可有何种类型缺氧? 为什么?

【参考答案】

1. 血液性缺氧和组织性缺氧。

2. 血液性缺氧　因为血氧容量降低,正常值为 20ml/L。

3. 组织性缺氧　因为 PvO_2 升高、动静脉血氧含量差减小。

病案讨论(八)

【病史】

患者,女,29 岁,因车祸头部及肢体多处创伤,并伴有大量出血(估计 1200ml),经清创手术及输血(500ml)、输液(0.9%氯化钠溶液 1000ml)处理后血压一直不能恢复,处于半昏迷状态,采用人工呼吸、心电监护,同时用 2mg 去甲肾上腺素静脉缓慢滴注,总量达 8mg。最终因抢救无效而死亡。

【思考题】

1. 该患者应属何种休克?

2. 你认为该患者处理措施是否合理? 为什么?

【参考答案】

1. 属失血性休克。

2. 处理措施不合理　原因:虽然去甲肾上腺素可使血管收缩有助于提高血压,但是浓度过高会加重微循环的缺血、缺氧,加重休克的进一步发展。

病案讨论(九)

【病史】

患者,男,19 岁,外出务工,不慎从高处坠落,事发后由他人救起。

【体检】

面色苍白、脉搏细弱,四肢冷、出汗,左耻骨联合及大腿根部大片瘀斑、血肿。血压:65/50mmHg(8.53/6.67kPa);心率:125 次/min;体温:36.8℃。伤后送医院,途中患者渐转入昏迷,皮肤瘀斑,最终死亡。

【思考题】

1. 该患者应属何种休克?

2. 送院前该患者处于休克哪一阶段?

3. 此阶段微循环变化的特点是什么?

4. 请从病理生理学的角度提出抢救此患者的原则。

【参考答案】

1. 该患者应属失血性休克(低血容量性休克)。

2. 送院前该患者处于休克初期(缺血缺氧期)。

3. 此阶段微循环变化的特点　大量真毛细血管关闭;动静脉吻合支开放;毛细血管前阻力↑↑>毛细血管后阻力↑;少灌少流,灌少于流。

4. 抢救原则　止血,补充血容量(需多少补多少,及时尽早,心、肺功能允许),纠正酸中毒,合理应用血管活性药物(休克早期可用舒张血管药物、后期在充分扩容的基础上可适当应用缩血管药物),防治细胞损伤、防治器官衰竭、支持营养等。

病案讨论（十）

【病史】

患者,男,患慢性肺源性心脏病,其血气分析和电解质测定结果如下:pH 7.40,$PaCO_2$ 67mmHg(8.9kPa),血 HCO_3^- 40mmol/L,Na^+ 140mmol/L,Cl^- 90mmol/L。

【思考题】

试分析该患者发生了何种类型的酸碱平衡紊乱?

【参考答案】

该患者同时存在呼吸性酸中毒和代谢性碱中毒。

根据病史和 $PaCO_2$ 指标可推测存在呼吸性酸中毒。根据病史,肺源性心脏病发生缺氧可发生乳酸性酸中毒,但根据 AG 值测定 AG＝140－(90＋40)＝10mmol/L,可排除该患者有代谢性酸中毒。根据患者 pH 在正常范围,可推测患者发生了代偿性呼吸性酸中毒或者患者发生了呼吸性酸中毒合并代谢性碱中毒,若是代偿性呼吸性酸中毒,则 HCO_3^- 代偿升高的值应等于实测值,若患者合并有代谢性碱中毒,则实测值应大于 HCO_3^- 代偿升高的值。慢性呼吸性酸中毒时 HCO_3^- 的预计值应等于:

$$HCO_3^- = 24 + \triangle HCO_3^-$$
$$= 24 + 0.4 \times (\triangle PaCO_2 \pm 3)$$
$$= 24 + 0.4 \times [(67-40) \pm 3]$$
$$= 24 + (10.8 \pm 3)$$
$$= 31.8 \sim 37.8 (mmol/L)$$

因为 HCO_3^- 实测值为 40mmol/L,高于预测范围的最高值,说明患者除存在呼吸性酸中毒外,还存在代谢性碱中毒。

病案讨论（十一）

【病史】

患者,女,冠心病继发心力衰竭,服用地高辛及利尿药数月。血气分析和电解质测定显示:pH7.59,$PaCO_2$ 30mmHg(3.99kPa),HCO_3^- 28mmol/L。

【思考题】

试分析该患者发生了何种酸碱平衡紊乱?

【参考答案】

患者 pH 为 7.59,明显高于 7.45,存在碱中毒。引起 pH 上升有 2 种可能性:$PaCO_2$ 原发性减少引起呼吸性碱中毒;HCO_3^- 原发性升高引起代谢性碱中毒。本例患者既有 $PaCO_2$ 下降,又存在 HCO_3^- 增高,故患者可能 2 种情况均存在。根据单纯性酸碱平衡紊乱代偿调节的规律,当 $PaCO_2$ 原发性减少引起呼吸性碱中毒时,HCO_3^- 则应代偿性减少,低于 24mmol/L 的正常水平,该患者实际 HCO_3^- 为 28mmol/L,故存在代谢性碱中毒;当 HCO_3^- 原发性增高引起代谢性碱中毒时,$PaCO_2$ 则应代偿性增高,其数值应高于 40mmHg (5.55kPa)的正常水平,该患者实际 $PaCO_2$ 为 30mmHg(3.99kPa),故存在呼吸性碱中毒。

病案讨论(十二)

【病史】

患者,男,患肺源性心脏病、呼吸衰竭合并肺性脑病,用利尿剂、激素等治疗。

【化验】

pH 7.43,$PaCO_2$ 61mmHg(8kPa),血 HCO_3^- 38mmol/L,血 Na^+ 140mmol/L,血 Cl^- 74mmol/L,血 K^+ 3.5mmol/L。

【思考题】

试分析该患者发生了何种酸碱平衡紊乱?

【参考答案】

分析:该患者 $PaCO_2$ 原发性升高,为慢性呼吸性酸中毒,计算代偿预计值为:$\Delta[HCO_3^-]\uparrow=0.35$,$\Delta PaCO_2\pm3=0.35\times(61-40)\pm3=7.45\pm3$。

代偿预计值为:正常$[HCO_3^-]+\Delta[HCO_3^-]=24+(7.45\pm3)=31.45\pm3$,而实际测得的$[HCO_3^-]$为 38mmol/L,大于代偿预计值,因此肯定有另外一种碱中毒,即代谢性碱中毒的存在。那么有没有代谢性酸中毒呢? 用 AG 值可以分析:$AG=[Na^+]-[Cl^-]-[HCO_3^-]=140-38-74=28$,明显升高。因此可判断代谢性酸中毒的存在。可见此患者发生了:呼吸性酸中毒、代谢性酸中毒、代谢性碱中毒三重型的酸碱平衡紊乱。

病案讨论(十三)

【病史】

患者,男,33 岁,工作勤奋,经常加班至深夜,久而久之,他逐渐感觉周身疲乏无力,肌肉关节酸痛,食欲减退。到医院作全面检查,未发现阳性体征和检验结果。

【思考题】

1. 该患者身体处于何种状态?

2. 是否需要治疗?

【参考答案】

1. 处于亚健康状态。

2. 因为他在体检后没有发现疾病的存在,但又有疲劳、食欲减退等表现,并不属于健康状态,所以他是处于疾病和健康之间的第 3 种状态,即亚健康状态。处于亚健康状态的个体不需要治疗,但需要通过自我调节如适当休息、放松、增加睡眠等逐步消除这些症状,使机体早日恢复健康。

病案讨论(十四)

【病史】

患者,男,47 岁,急性淋巴细胞性白血病,经连续化学治疗 8 周,自觉症状减轻,但食欲减退,轻度脱发,有低热。抽血,分离淋巴细胞作 DNA 琼脂糖电泳,常规透射电镜检查及核酸内切酶活性测定,发现:DNA电泳谱呈梯状条带;电镜检查发现:细胞皱缩,胞膜及细胞器相对完整,核固缩;核酸内切酶活性显著增强。

【思考题】

试分析患者淋巴细胞发生什么病理改变? 为什么?

【参考答案】

患者淋巴细胞发生凋亡改变,依据是DNA琼脂糖电泳、电镜检查及核酸内切酶活性测定。

病案讨论(十五)

【病史】

患者,男,47岁,3日前开始发热,体温38℃左右,伴咽喉痛、鼻塞及咳嗽,无呕吐与腹泻。体检:体温38.2℃,咽部充血。心律齐,心率90次/min,无杂音闻及,两肺呼吸音清晰,腹平软无压痛,肝、脾未扪及。

【思考题】

试分析该患者发热的原因是什么?

【参考答案】

根据患者的病史和体检,患者最大的可能是发生了上呼吸道感染。上呼吸道感染多由病毒引起,主要有流感病毒、副流感病毒等。细菌感染可直接或继病毒感染之后发生,尤以溶血性链球菌为多见。患者常在受凉、疲劳等诱因作用下,机体或呼吸道局部防御功能降低,使原已存在于呼吸道或从外界侵入的病毒或细菌大量繁殖,引起上呼吸道感染。病毒、细菌等作为发热激活物,使机体产生内生性致热原,进而导致机体发热。

病案讨论(十六)

【病史】

患者,女,33岁,妊娠晚期因大叶性肺炎入院,曾有心肌炎病史。发热39℃2h,心率120次/min。

【思考题】

试讨论该患者是否需要采取解热措施,如需要可采取哪些方法?

【参考答案】

需要解热。因曾有心肌炎病史,且心率已达120次/min。

可采取以下措施:

1. 控制原发病　积极治疗大叶性肺炎。
2. 物理降温　如75%乙醇溶液擦浴等。
3. 药物解热。
4. 支持治疗　补充营养、维生素等。

病案讨论(十七)

【病史】

患儿,男,发热、呕吐、皮肤有出血点,出血点涂片检查见脑膜炎链球菌。治疗中出血点逐渐增多呈片状,血压由入院时的 92/94mmHg(12.2/8.5kPa)降至 60/40mmHg(8.0/5.3kPa)。

【思考题】

1. 可能的诊断是什么? 依据是什么?

2. 应进一步对该患儿作什么检查?

【参考答案】

1. 弥散性血管内凝血　依据:出血、血压下降。

2. 为了确诊,应进一步检测血小板计数,凝血酶原时间,进一步检测纤维蛋白原含量。DIC 患者血小板计数通常低于 $100 \times 10^9/L$、凝血酶原时间延长($>14s$),血浆纤维蛋白原含量低于 $1.5g/L$。

病案讨论(十八)

【病史】

患者,男,10 岁。左臂、左下肢大面积烫伤。入院时体温 $37.5℃$,心率 125 次/min,血压 135/80mmHg,白细胞 $1.5 \times 10^9/L$,中性粒细胞 0.90,血糖 10.0mmol/L(空腹血糖 $3.9 \sim 6.0mmol/L$ 为正常)。$2 \sim 3$ 日后出现上腹部不适,伴黑粪 2 次,粪潜血试验阳性。

【思考题】

1. 该患者处于什么病理状态?

2. 患者为什么出现黑粪,其发病机制如何?

3. 患者神经-内分泌系统有何变化? 与黑粪发生有何关系?

【参考答案】

1. 该患者处于应激状态。

2. 患者发生应激性溃疡　发生机制:胃、十二指肠黏膜缺血;胃腔内 H^+ 向黏膜内的反向弥散;酸中毒、胆汁反流等。

3. 交感-肾上腺髓质系统兴奋→胆汁反流　交感-肾上腺髓质系统兴奋→黏膜缺血→内毒素血症、酸中毒、氧自由基↑、前列腺素合成↓。下丘脑-垂体-肾上腺皮质系统兴奋→β内啡肽↑;下丘脑-垂体-肾上腺皮质系统兴奋→糖皮质激素大量分泌→黏膜屏障作用↓。

病案讨论(十九)

【病史】

一患者患肝硬化已 5 年,平时状态尚可。一次进食不洁肉食后,出现高热($39℃$)、频繁呕吐和腹泻,继之出现乱语,扑翼样震颤,最后进入昏迷。

【思考题】

试分析该患者发生肝性脑病的诱发因素。

【参考答案】

1. 肝硬化患者,因胃肠道淤血,消化吸收不良及蠕动障碍,细菌大量繁殖。现进食不洁肉食,可导致肠道产氨过多。

2. 高热患者,呼吸加深加快,可导致呼吸性碱中毒;呕吐、腹泻,丢失大量 K^+,同时发生继发性醛固酮增多,引起低钾性碱中毒;呕吐丢失大量 H^+ 和 Cl^-,可造成代谢性碱中毒。碱中毒可导致肠道、肾吸收氨增多,而致血氨升高。

3. 肝硬化患者常有腹腔积液,加上呕吐、腹泻丢失大量细胞外液,故易合并肝肾综合征,肾脏排泄尿素减少,大量尿素弥散至胃肠道而使肠道产氨增加。

4. 进食不洁肉食后高热,意味着发生了感染,组织蛋白分解,导致内源性氮质血症。

病案讨论(二十)

【病史】

患儿,女,11 个月,因呕吐、腹泻 3 日入院,起病后每日呕吐 5~6 次,进食甚少。腹泻每日 10 余次,为不消化蛋花样稀汤粪。低热、嗜睡、尿少。检查:体温 38℃(肛温),脉搏 160 次/min,呼吸 38 次/min,体重 8kg。精神委靡,意识清楚,皮肤干燥,弹性较差。心音弱,肺正常,肝肋下 1cm。实验室检查:粪常规:阴性;血常规:血红蛋白 98g/L(正常值 120g/L);白细胞 $12×10^9/L$[正常值 $(4~10)×10^9/L$]。

血气分析	治疗前	血生化	治疗前	治疗后
pH	7.29	血钠(mmol/L)	131	142
AB(mmol/L)	9.8	血氯(mmol/L)	94	98
SB(mmlo/L)	11.7	血钾(mmol/L)	2.26	4.0
BE(mmlo/L)	−16.5			
PaCO₂(mmHg)	23.4			

【思考题】

试分析此病例的病理过程、发病机制和防治原则。

【参考答案】

(一) 病理过程

1. 水、电解质平衡紊乱

(1) 等渗性脱水:精神委靡、皮肤干燥、弹性差。

(2) 低血钾:<2.26mmol/L。

2. 酸碱失衡　各血气指标明显改变

(1) pH 下降,有酸中毒。

(2) 病史:腹泻、丢失 HCO_3^-,所以 HCO_3^- 下降为原发,$PaCO_2$ 下降为继发,判断有代谢性酸中毒。

(3) AG=131−(94+9.8)=27.2　ΔAG=27.2−12=15.2。

判断为高 AG 型代谢性酸中毒,缓冲前 HCO_3^-=AB+ΔAG=9.8+15.2=25,在正常范围之内,无代谢性碱中毒。

(4) 预测代偿公式,确定单纯型还是混合型。

用代偿公式：预测 $PaCO_2 = (1.5 \times 9.8 + 8) \pm 2 = 22.7 \pm 2$，实测 $PaCO_2 = 23.4$，在代偿范围之内，所以本病为单纯型代谢性酸中毒。

3. 缺氧 Hb 98g/L，贫血导致血液性缺氧。

4. 发热 肛温 38℃（非感染性）。

（二）发病机制

呕吐、腹泻→体液及电解质丢失→{等渗性脱水
低血钾
酸碱失衡}

该病例主要表现为：高 AG 型代酸 → 谷氨酸脱羧酶活性↑→γ-氨基丁酸生成↑→中枢抑制（精神委靡、嗜睡等）。

这个患者是以腹泻为主引起的酸碱失衡，一般应为正常 AG 型（高血氯性）代谢性酸中毒（失 HCO_3^- →血 Cl^-），但这个患者为什么是高 AG 型的代谢性酸中毒？可能原因：①呕吐，丢失 Cl^-，使血 Cl^- 不增高；②发热，肌肉耗氧增强，但 Hb↓，导致机体供氧不足，无氧代谢↑→乳酸堆积→AG↑。

（三）防治原则

补碱、补钾、根据 BE 负值多少来补碱（补 0.3mmol $NaHCO_3$/每个负值）。

（邬　珊）